KB133169

노 게임
노 라이프
NO GAME NO LIFE
5
카미야 유우 지음 · 일러스트 / 김완 옮김

그저《Prayer》답게 남의 눈치를 살피며,
있는 줄도 모르는《Player》에게 기도했다.
하다못해 인형의 연극이,
인간에게 도움이 되기를 빌며, 연신 웃음을 지었다.

불안도 공포도 있을 리 만무하다.
——이 손을 잡고 있는 한.
——그 누구에게도 질 것 같지 않다.

「……빠야…… 가자.」

「——전심전력혼신최선의 100%
——『천격』
——시작하겠사와요♥」

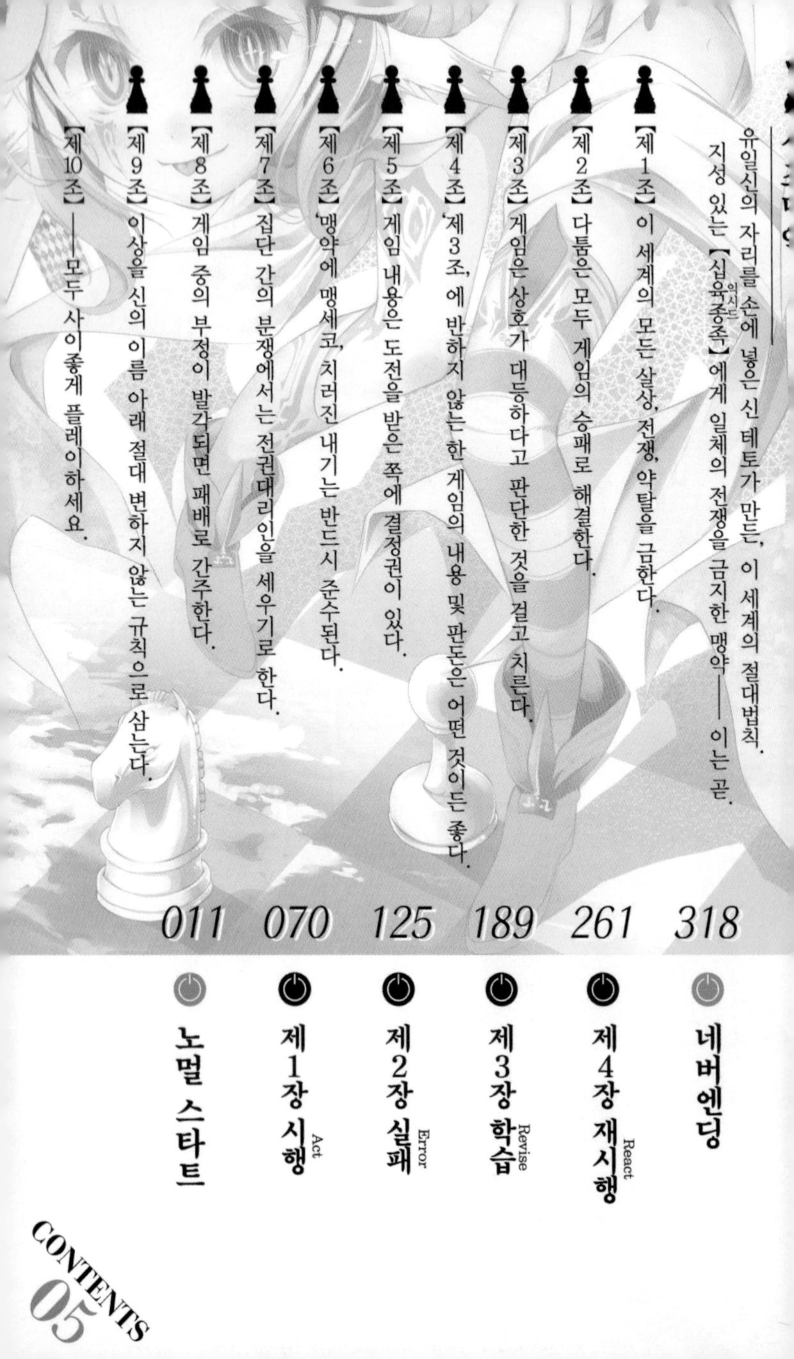

유일신의 자리를 손에 넣은 신 테토가 만든, 이 세계의 절대법칙.
지성 있는 【십육종족(익시드)】에게 일체의 전쟁을 금지한 맹약——이는 곧.

【제1조】 이 세계의 모든 살상, 전쟁, 약탈을 금한다.
【제2조】 다툼은 모두 게임의 승패로 해결한다.
【제3조】 게임은 상호가 대등하다고 판단한 것을 걸고 치른다.
【제4조】 '제3조'에 반하지 않는 한 게임의 내용 및 판돈은 어떤 것이든 좋다.
【제5조】 게임 내용은 도전을 받은 쪽에 결정권이 있다.
【제6조】 '맹약에 맹세코' 치러진 내기는 반드시 준수된다.
【제7조】 집단 간의 분쟁에서는 전권대리인을 세우기로 한다.
【제8조】 게임 중의 부정이 발각되면 패배로 간주한다.
【제9조】 이상을 신의 이름 아래 절대 변하지 않는 규칙으로 삼는다.
【제10조】 ——모두 사이좋게 플레이하세요.

CONTENTS 05

노 게임 노 라이프 5

NO GAME NO LIFE

카미야 유우 지음·일러스트 / 김완 옮김

표지 · 본문 일러스트

카미야 유우

노멀 스타트

『동시접속자 70억 돌파!
무한의 가능성이 기다리는 미지의 프런티어로,
자—— 떠나자. 자신만의 이야기를 만들자!!』

……현실.
사랑스러운 우리의 인생도 넓은 시야로 보면 하나의 게임.
그런 가슴 두근거리는 캐치프레이즈를 가진 게임을 한번 상상해보도록 하자.
문자 그대로 일생일대의, '인생'이라는 이름을 가진 대유희.

게임 스타트.
우선은 부모님의 공동작업이라는 자동진행식 랜덤 캐릭터 메이킹.
아버지와 어머니와 기타 등등의 축복이라는 훈훈한 오프닝을 거쳐, 드디어 조작 개시.
서툴지만 조작법을 익혀 사회라는 거친 파도의 축소판인

학창생활(튜토리얼)로——.

게임의 무대는—— 지구.

그 거대한 맵 한구석에 내던져진 우리를 기다리는 것은 장대한 오픈월드 게임이다.

방대한 선택지, 막대한 자유도, 무수한 미니게임.

그러나 가슴 두근거리는 캐치프레이즈가 시키는 대로 플레이를 진행한 우리는, 금세 깨달을 것이다.

—— '속았음' 을.

무한한 가능성—— 그렇다. 그 자체는 거짓말이 아닐지도 모른다.

다만 매사가 마음먹은 대로 이루어질 거라고는,

아무도 말하지 않았다는 점이 이 게임의 핵심이다.

레벨 부족, 패러미터 부족, 자금 부족, 스타트 지점에 따른 조건 부족.

무수한 족쇄가 이 게임의 자유도를 깡그리 망쳐버리고 있다.

그래도 우리는 노력한다.

캐치프레이즈를 믿고 칠전팔기.

내 손에는 무한한 가능성과 찬란한 희망이 있다고 말하며.

그렇게 아등바등 레벨을 올리고 패러미터를 높이고 자금을 모은다.

이 또한 캐릭터 메이킹 때 랜덤하게 굴렸던 패시브 스킬——

‘재능’과 ‘자질’의 유무에 따라 확연히 달라지지만.
그런 전혀 공정하지 않은 조건에 투덜거리면서도.
좌절하지 않고 굴하지 않고 ‘노력’으로 경험치를 쌓아,
필사적으로 애쓰는—— 그런 게임.

가슴이 뜨거워지는 이야기이다. 참으로 감동적이지 않은가.

——그러나 무의미하다.

아무리 점수를 따도 이 게임에서는 이길 수 없다.
레벨도 패러미터도 자금도, 모든 것을 채워봤자 이번에는——
비난을 받기 때문이다.
어째서?
—— ‘지나치게 노력했기 때문’이다.
그것이 전혀 공정하지 않다는 소리를 듣기 때문이다.
설령 ‘노력’으로 쟁취했다 하더라도.
‘타인이 가지지 못한 것을 가진’ 시점에서
공정하지 못하다는 소리를 듣기 때문이다.
그렇게 ‘페널티’를 받는다.
기타 등등 70억이나 되는 플레이어들에게서 날아온,
페널티라는 족쇄가 생겨난다.
그제야 겨우 뇌리에 한 가지 의혹이 솟아날 것이다.

——이 게임에는 정말로 자유란 것이 있을까, 하고.

어떤 선택을 해도 사회에서, 다른 플레이어들에게서 모종의 수정이 들어온다.

그 수정을 받아 움직여봤자 다시 이기려 하면 똑같은 일을 반복하게 될 뿐.

그렇게 하다, 문득 걸어왔던 길을 돌이켜보고 우리는 깨달을 것이다.

자신의 행동에, 자신의 의지 따위 없었음을.

누군가가 정해놓거나 지시한, 암묵적인 양해에 따라.

그저 남들이 바라는 대로만 걸어왔던 길이 뻗어있을 뿐이라고.

그곳을 그저—— '걸어올 수밖에 없었음' 을 깨달았을 때.

회의는 금세 확신을 띤 의구로 바뀐다.

그래, 이 '인생' 이라는 사기게임은 장대하고도 광대한 오픈 월드 게임이 맞아.

하지만—— 플레이어는 나 자신이 아닐지도 몰라, 하는 의구.

그렇게 문득 자신의 손에 시선을 떨구면.

——무수한 실이 뒤얽힌 손을 보고, 의구는 확신으로.

그리고 문득 주위를 둘러보면.

——무수한 실이 뒤얽힌 사람들을 보고, 확신은 이해로.

굴리면 텅텅 소리가 울리는 머리로 마침내 게이머는 자각한다.

자신들은 모두, 단순한 인형에 불과했음을.

이 '인생' 이라는 게임에서, 눈치를 살피며 주어진 역할만을 수행했던 자신들은.
마치 인형극의 인형처럼―― 단순한 NPC에 불과했음을.

자, 이러한 온갖 고려를 했다는 전제 하에 한 가지 질문을 던져보자.
"무엇을 위해 살아가는가?"
――――――그리고 당신이 제시한 답은, 정말 자신의 의지로 입에 올린 답일까?

――――――――…………

――그것이 텅 빈 《인형(NPC)》이 보았던 세계였다.
《인형》은 게임 시작으로부터 10년 동안 그 사실을 의심하지 않았다.
영혼이 없던 《인형》은 이를 근심하지도 않았고, 고통으로 느낀 적도 없었다.
그저 《Prayer(인형)》답게 남의 눈치를 살피며.
있는지도 알 수 없는 《Player(인간)》에게 기도했다.
하다못해 인형의 연기가, 인간에게 도움이 되기를. 그렇게 빌며 웃음만을 지었다.

――그 날까지는.

■ ■ ■

엘븐가르드—— 티르노그 주(州) 로아미겔.

3개 대륙에 걸친 광대한 영토를 가진 세계 최대 국가의 52개주 중 한 곳의 주도(州都).

수도의 동남쪽에 위치하며 지정종[드워프](地精種)의 국가 하덴펠에 인접한 도시.

——숲에서 태어나 숲에 사랑받은 엘프의 도시.

그 양식은 이마니티—— 에르키아의 시내와는 전혀 다르다.

도시 한복판에는 천루수[바알베일](天樓樹)—— 구름 위로 가지와 잎을 펼친 어마어마한 거목이 우뚝 솟아나, 그 뿌리가 혈관처럼 땅을 기어다니며 도로망을 이루었다. 그 길과 길 틈새를 메운 가옥과 가로등은 대지에서 돋아난 수목과 덩굴이 복잡하게 뒤얽혀 만들어낸 것이다.

이것은 숲을 개간하고 땅을 고르고 나무를 짜맞추고 돌을 쌓는 '건축'과는 전혀 다르다.

세련된 마법기술이 이루어낸 '살아있는 도시'인 것이다.

자연과 하나가 된 그 거리 속에 유달리 커다란 저택이 있었다.

주지사—— 론 바르텔 경의 저택이다.

장미꽃으로 에워싸인 그 문으로 들어서는 한 소녀가 있었다.

풍성한 컬이 들어간 금색 머리카락.

뾰족하고 긴 귀는 엘프의 증거. 이마에는 붉은 혼석[젬](魂石)이

햇빛을 반사하여 조그맣게 빛나고 있다.

소녀를 맞이한 것은 마찬가지로 긴 귀를 가진, 기품 있는 옷을 입은 초로의 남성이다.

"어서 오게나, 필 양. 아니, 닐바렌 경이라고 불러야 하려나?"

필이라 불린 소녀가 몽실몽실한 겉치레 미소로 화답했다.

"원하시는 대로 불러주셔도 괜찮아요오, 바르텔 경. 정식으로 당주의 자리를 물려받은 몸은 아니니까요."

남자―― 바르텔은 그 대답에 씨이익 입술을 일그러뜨리며 웃었다.

한 걸음 물러나며 손을 뻗어, 모든 것이 나무로 엮인 저택 안으로 필을 안내한다.

"숙녀께 이런 외진 시골까지 먼 길을 오게 하여 참으로 면목이 없네그려."

"후후, 마음에도 없는 말씀을 참으로 잘도 하시네요오."

"이거 섭섭한 소리를. 나는 늙어서도 아름다운 꽃을 감상하는 마음은 잃지 않았다고 자부하네만~.…… 그것이 설령 나의 정원에는 어울리지 않는 추한 잡초라 하더라도 말일세."

"감상을 받는 꽃도 피어나는 자태를 뽐낼 상대를 고르는 법인걸요오. 덧붙이자면 시간도오."

웃음을 흐트러뜨리지 않은 채, 그러나 피차 얼굴을 보지도 않은 채 두 사람은 걸어나갔다.

바르텔은 필을 안뜰로 안내했다.

다채로운 풀꽃이 어우러진 정원 한복판에는 희게 칠한 테이블과 두 개의 의자가 있었다.

필이 자리에 앉자 바르텔은 맞은편에 앉더니,

"피차에게 재미없는 용건일 테니 신속하게 진행하세."

일찌감치 화제를 꺼냈다.

"차기 상원의원 선거에서—— 닐바렌, 자네는 입후보를 사퇴해주지 않겠나?"

바르텔은 가문명에 경칭조차 붙이지 않고 명령하듯 말했다.

——원하는 대로 부르라 했던 것은 필이었지만—— 귀족 사이에는 암묵적인 양해라는 것이 있다. 가문명에 경칭을 붙이지 않는다는 것은 모욕이나 다를 바 없는 행위이지만, 필은 눈썹 하나 까딱하지 않고 미소를 지었다.

"그게 다인가요오?"

"물론 아니지. 정식으로 닐바렌의 이름을 써서 나를 추천해 주어야 하네."

"하아~ 그렇군요오."

"그렇지. 그리고 공탁금과 선거자금도 떠맡아줘야겠어. 또한 나와 친밀한 커스틀렛 경이 자네가 소유한 '금룡골금(金龍骨琴)'을 탐내던걸. 그걸 양도해준다면 다음 선거에서 나를 밀어주겠노라 이야기가 돼 있네만."

"어머어머어…… 저희 집안의 가보인걸요오? 예로부터 도시 하나와 맞바꿀 수 있다고 일컬어졌던——."

"그렇다 들었네. 커스틀렛 경도 자못 기뻐할 테지."

바르텔은 씨익 입가를 일그러뜨리며 웃었다.

눈가를 늘어뜨리고, 맞은편에 앉은 소녀의 풍만하게 부푼 가슴께에 끈적끈적하게 시선을 보내는 바르텔.

"뭐, 당장 시작하라는 소리는 아닐세. 오늘은 별채에서 자고 가게나. 앞으로의 친교에 대해 천천히 차분하게 '밤새' 이야기를 나눠보지 않겠나? 응~?"

"암만 그럴듯하게 꾸며봤자아, 내용은 변함이 없는걸요오?"

거의 실소하듯 필이 말했다.

"말하자면언, 지위를 내놔라 돈을 내놔라 몸을 내놔라아, 그런 말씀이시네요오. 요즘은 이마니티 산적들도 그렇게 노골적인 요구를 하지는 않을 거예요오."

"버러지도 제 몸이 한 치인 줄은 안다지. 나처럼 고귀한 몸에게는 딱 어울리는 치레라고 생각하지 않나?"

"티끌만큼도 생각하지 않지마안, 자기 입으로야 무슨 말을 못할까요오♪"

몽실몽실한 미소를 지우지 않은 채 필은 말을 이었다.

"그래서어, 제가 그런 요구를 그대로 받아들이리라 생각하신 이유는 숙취 때문이신가요오?"

"하하하, 술보다도 꽃에 취하는 편이 취향이라. 내가 이 정도 요구할 거라 짐작하고서 이곳까지 온 것이 아닌가? 왜냐하면——."

그리고 바르텔이 손가락을 딱 울렸다.

정령의 기척이 번뜩이고 테이블 위에 김이 피어나는 찻잔이 나타났다.

이어서 종이 한 장이 춤을 추듯 필 앞에 미끄러져 떨어졌다.

"……현역 상원의원 대리씩이나 되는 자가 노예해방을 꾀하고 있으니 말일세——. 이 사실이 알려져도 곤란하지 않다면야 물론 거절해도 전혀 상관이 없네만? 응?"

바르텔의 말에 필은 웃음을 지우지 않았다.

그저 말없이 테이블 위에 떨어진 그 종잇조각을 훑어본다.

그곳에 적힌 것은 단순한 사실. 필의 활동기록과 증거의 리스트였다.

노예제도 없이 엘프 사회가 성립되지 않는 이상, 그녀의 활동은 범죄에 가깝다.

이 리스트가 공표된다면 필 일행이 국가반역죄에 회부된다 해도 이상할 것이 없다——.

"다 아셨으면서어, 이 사실을 솔직하게 고발하지 않으시는 까닭은 무엇인가요오?"

"나는 자유주의자에 이기주의자여서 말일세. 자네들의 놀이를 공공연히 드러낸다 한들 나에게 무슨 이익이 있겠나?"

"그래서어 저에게 공갈을 치셨다는 거군요오. 사상의 자유 만세네요오."

"공갈을 치다니, 또 그렇게 천박한 말을……. 나는 어리석은 계집애에게 제안한 것뿐일세. 확실하게 길들여줄 테니 기어와서 엉덩이를 흔들어보는 것이 어떻겠냐고. 응?"

"사양하겠사와요오~. 냉큼 본론으로 들어가면 어떨까요오?"

"하하, 몸이 달아서 못 기다리겠다는 소리인가? 응~? ——

뭐, 좋아.”

그렇게 말하며 바르텔이 다시 손가락을 울렸다.

그 순간 허공에 복잡한 마법진이 펼쳐지며 카드 다발이 나타났다.

“게임은 ‘오라클 카드’—— 설명은 필요 없겠지?”

오라클 카드.

22장의 손패를 이용하고 마법을 구사하여 싸우는, 엘프들에게는 일반적이면서도 심플한 유희.

——주로 결투 대신 쓰이는 위험한 게임이기도 하다.

마법의 실력이 떨어지는 필에게는 불리한 승부.

‘십조맹약’을 따른다면 게임의 선택권은 도전을 받은 필에게 있으나——.

“그러며언, 피차 판돈을 명확하게 해야죠오~.”

필은 눈썹 하나 까딱하지 않고 주의 깊게, 시선을 돌리지 않은 채 대답했다.

두 사람은 교대로 ‘십조맹약’에 따른 절대준수의 요구를 확인했다.

“그러면 나는 자네의 신병—— 그리고 평생에 걸친 전면적인 복종을 요구하겠네.”

“저희는요오, 저희에 관한 망각과, 무조건적이면서도 무제한적인 협조를 요구할게요오.”

——당연한 요구다.

바르텔은 필을 손에 넣으면 닐바렌 가문의 모든 것과 정조까지도 손에 넣을 수 있다.

반면 필은 협박재료를 파기시키고 반대로 바르텔의 재산을 모조리 뽑아낼 수 있는 요구였다.

"상관없으시죠오? 다만—— 경처럼 삼류도 못 되는 소인배 악당이 말이죠오, 모든 것을 다 손에 넣을 수 있다고는 생각하지 않으시는 게 좋을 거예요오……. 자유사상도 지나치면 망상이 되니까요오."

"속 보이는 허세는 우스꽝스럽기만 하다네. '닐바렌 가문의 수치' 가 날 이길 수 있을 것 같나?"

시선과 도발이 교차하고——그 직후 두 사람은 선언했다.

""——【아센테】.""

그 말이 신호가 된 것처럼 테이블의 술식이 작동해 게임이 시작되었다.

바르텔과 필의 손에 각각 스물두 장의 카드가 균등하게 배분되었다.

카드는 저절로 허공에 고정되어 서로에게 보이지 않도록 셔플되었다.

그리고 두 사람은 같은 숫자와 종류의 손패를 들고 대기했다.

——이것이 오라클 카드.

타로 카드의 대(大) 아르카나 22장을 이용한 단순한 게임이 시작되었다.

——엘프와 엘프 사이의 게임에서 마법을 이용한 속임수는 거의 불가능하다.

피차 술식과 정령의 흐름이 다 보이는 조건에서는 마법을 쓰려는 순간 부정이 발각되어 패배하기 때문이다. 따라서 엘프와 엘프가 겨룰 때는 이처럼 자동으로 움직이는 매직 아이템이 자주 쓰인다.

그 중에서도 이 오라클 카드라는 게임은.

유희성과 함께 승패를 결정하는 요소 덕에 특히 선호되었다 —— 다시 말해.

"——투 카드, 세트."

필이 짧게 중얼거리자 허공에 뜬 손패 중 두 장이 사라지고, 동시에 테이블 위에 뒤집힌 상태로 소리도 없이 나타났다.

바르텔이 웃더니 선언한다.

"——투 카드 세트."

이번에는 바르텔의 손패에서 두 장이 사라지고, 조금 전과 마찬가지로 테이블 위에 나타났다.

서로 손패 속에서 두 장의 카드를 내 승부를 벌이는 것이다.

바르텔이 말했다.

"그러면 이제 승부를 내도 될까?"

"네에~. 그러며언——"

그리고 두 사람이 동시에 선언했다.

""——【오픈 딜】.""

그 말과 동시에, 바닥에 놓인 양측의 손패가 일제히 뒤집어졌다.

그 순간—— 공간이 터져 나가듯 방대한 정령의 기척이 부풀어 올랐다.

바르텔이 낸 패는 【힘(스트렝스)】과 【전차(더 채리엇)】.

이 핸드의 이름은——【명예란 곧 승리(나이트 오브 아너)】.

필이 낸 패는 【광대(더 풀)】와 【연인(더 러버즈)】.

이 핸드의 이름은——【사랑이란 발광을 뜻한다(폴링 다운)】.

두 사람이 낸 두 장의 카드에서 빛이 솟아나고, 양측의 앞에 반투명한 환영이 떠올랐다.

바르텔이 불러낸 것은 전신갑주를 걸친 기사였다. 기사는 검을 뽑더니 말을 몰아 돌격한다.

그 앞에 튀어나온 것은 필의 카드가 불러낸, 몸부림치며 괴로워하는 반라의 처녀였다. 처녀는 춤을 추며 기사의 목에 매달리더니 귓가에 무언가를 속삭였다.

기사는 번민하듯 목을 치켜들더니——검의 방향을 돌렸다.

뒤로 돌아, 처녀를 끌어안고, 자신을 불러낸 바르텔을 향해—— 참격.

——위계서열 7위, 【익시드】 최고의 마법적성을 보유한 엘프.

그들의 마법기술 중에서도 정수만을 담아 만들어낸 '운명의 패(오라클 카드)'.

카드의 '복합각인(複合刻印)' 이 자아낸 단편 술식은 가차 없는 폭력이 되어 바르텔에게 엄습했다.

이를 상대하는 바르텔은—— 혀를 한 번 차고.

손을 내밀어 순식간에 방어마법을 짜냈다.

허공에 마법진이 두 개 떠오르더니 돌격한 기사의 검을 막아냈다.

굉음이 울려 퍼지고 섬광이 터졌다.

확산된 방대한 양의 정령이 정원을 핥듯이 훑으며 퍼지고 사라져갔다.

통렬한 반격. 그러나 바르텔은 아무렇지도 않다는 듯.

"첫수에서 공격반사 핸드를 고르다니. 겁쟁이 무능력자는 상처 입는 것도 두려운 모양이지? 응?"

필도 웃음을 지우지 않은 채 대답했다.

"운 게임의 첫수에서는 당연한 리스크 회피인걸요오. 냉큼 승부가 나도 곤란하고요오."

"흐흥, 그러니 네년이 꼴사납다는 거다……. 이 게임에 그러한 잔재주를 부리다니, 풍류를 몰라도 너무 모르는군. 이 몸께서 고결한 혈통에 어울리는 행동이 무엇인지 교육시켜줘야겠는걸, 응~?"

바로 이것이 오라클 카드.

——서열 7위, 엘프의 결투 게임이다.

양측은 스물두 장의 같은 손패를 들고 두 장씩 카드를 조합

해 핸드를 만든다.

핸드에는 단순한 강약 외에도 상성이 있어서, 대결에 패배한 쪽은 핸드의 '공격' 을 받는다.

이 공격은 플레이어의 마법으로만 막을 수 있다.

사용한 카드는 바닥에 버려지며, 게임이 열한 차례 치러지면—— 다시 말해 모든 카드를 다 쓰면 기브업을 할지 속행할지 선택의 기로에 놓인다. 속행할 경우 다시 양측이 스물두 장의 카드를 들고 승부를 되풀이해——어느 한쪽이 버티지 못할 경우 승패가 판가름 난다.

핸드는 모두 231종류—— 모든 수를 읽고 대응하기란 불가능하다.

따라서 승패는 '어떻게 공격을 계속 막아낼 수 있는가' 에 의존하게 된다.

——다시 말해 얼마나 뛰어난 술자인지를 묻는 게임인 것이다.

'사중술식(四重術式)(쿼드캐스트)' 을 전개할 수 있다면 일류 술자로 여겨지며, 바르텔은 여기에 한발 못 미치지만 우수한 술자에 속하는 '삼중술자(트라이캐스터)' 였다.

반면 필은——

"——그러한 각인술식(링크타투)이나 초심자용 보조혼석(부스터)에 의존해야 겨우 '이중술식(듀얼캐스트)' 을 쓸 수 있는 수준이면서, 정말로 나에게 이길 수 있으리라 생각했나, 닐바렌의 수치? 응?"

——그렇다. 이 게임에서 승패를 판가름하는 것은 마법의 실력이다.

동시에 전개할 수 있는 술식의 수—— 이는 동시에 마법의 강도와 사용 횟수를 뜻한다.

간신히 듀얼캐스터에 도달한 필이, 트라이캐스터인 바르텔을 이길 가망은 거의 없다.

그러나 필은 대수롭지도 않다는 듯 웃으며,

"네에, 물론이고말고요오~. 고작해야 첫 수를 막아냈다고 참 대담해지셨는데요오, 우선은 제게 한 방이라도 공격을 날린 다음에 짖어보시는 게 어떨까요오♪"

흘끔 시선을 위로 돌린다.

아직까지 사그라지지 않은 정령의 태동에 꽃잎이 흩날리는 안뜰 건너편으로 2층이 보였다.

그 2층 창문 안쪽에서 —— 흑발흑의의 소녀 —— '단짝'이 걷는 모습을 보고 입가에 웃음이 피어난다.

그렇다. 이런 게임은, 원래 같으면 마법을 쓰지 못하는 이마니티가 끼어들 여지 따위 없다.

그러나——

두 명의 얼굴이 뇌리를 가로지른다.

대담무쌍한, 비아냥거리는 듯한, 그러나 어딘가 서글픈 한 사내와 한 소녀가 속삭인다.

——왜 정면에서 도전해야만 하느냐고.

그리고——

"게임은 시작되기 전에 이미 끝난 것, 이라고 하니까요오♪"

■ ■ ■

"……쯧, 바르텔 저 인간."

2층 창문을 통해, 안뜰에서 치러지는 승부를 보며 바르텔 가문의 집사 플리츠는 욕설과 함께 혀를 찼다.

——주인의 의향은 두 사람 사이에 오간 맹약 내용만 봐도 확실했다.

상대의 약점을 잡아, 상대에게는 승산이 없는 승부를 청하고, 상대의 신병을 구속한다.

이번에 저 아가씨를 꺾는다면 닐바렌 가문의 표와 권리, 재산, 그리고 무엇보다 황금보다도 귀중한 저—— 가슴이 자동으로 따라오게 된다.

참으로 여유만만한 악당 행세를 하지만 어차피 머릿속은 이미 다 이긴 다음일 터.

밤에 침대에서 즐길 가슴으로 가득할 것이 분명하다.

왜냐하면 이렇게 소녀의 사각에서 바르텔을 대신해 카드의 '공격' 을 막아내고 있는—— 다시 말해 속임수를 서포트하는 플리츠 본인의 머리도 가슴으로 가득하기 때문이다.

닐바렌의 수치라고? 무능력자라고? 알 게 뭔가.

저 가슴만으로도 다른 결점은 모조리 상쇄하고 남는다.

애초에 여자는 가슴이며, 그 가슴에 어울리는 얼굴과 엉덩이와 잘록한 허리와 긴 다리가 있으면 좋고, 가슴 이외에는 모두 옵션. 도시락에 따라오는 냅킨 정도의 가치밖에 없는 것이다.

좋은 머리? 마법 실력? 그야말로 어찌 됐든 상관없는 이야기.
——단적으로 말하자면 필은 플리츠의 취향을 돌직구로 꿰뚫고 있었다.

"어머, 이런 곳에서 만나다니 별난 일도 다 있군. 바르텔 경의 집사…… 플리츠라고 했던가?"
"——헉?! 너는 닐바렌의——!"
황급히 돌아보니 그곳에 있던 것은 흑발흑의의 이마니티…… 닐바렌의 노예.
크라미라고 했던가? 플리츠는 혀를 찼다.
"……쯧, 빈유 주제에 함부로 말 걸지 마라."
우선 이마니티의 '가엾은 가슴'이 자신에게 말을 걸었다는 것이 매우 불쾌했다.
게다가 지금은 이야기나 나눌 상황이 아니다.
바르텔을 서포트하며 필의 가슴을 구석구석 감상하는 중요한 일이 있다—— 그러나 자신의 내심을 아는지 모르는지, 빈유는 친근하게 말을 이어나갔다.
"이런 곳에서 만난 것도 인연인데, 나에게 게임을 '걸어보지' 않겠어?"
"……입 놀리는 법을 배워야겠구나, 애완동물. 하다못해 가슴을 세 배로 키우기 전까지는 뻥긋하지도 마라, 열등종."
경멸, 모멸, 무수한 의도를 머금은 말. 그러나 소녀는,
"입 놀리는 법이라……? 그럼 예를 들자면——."

웃음을 지우지 않은 채 눈을 가늘게 뜬다.

"당신이 바르텔 경과 부정을 저지르고 있다는 사실을 폭로한다는—— 그런 용도로 입을 놀린다면 어떨까?"

"……무슨 소리지?"

"이마니티가 마법을 감지할 리가 없다—— 그렇게 생각했어?"

"……."

자신이 입을 다물자 연극적인 몸짓으로 빈유 소녀가 고개를 가로저었다.

"그건 사실이야. 예를 들자면. 예를 들자면 말이지만? 듀얼캐스터가 트라이캐스터를 이기기란 어렵기는 해도 불가능하지는 않다. 하지만 당신이 이곳에서 바르텔 경을 도와 카드의 '공격'을 막아낸다면 저 게임은 거의 '필승'이 되겠지. 마법을 감지하지 못하는 나에게는 증명할 방법도 없고. 주인의—— 피이의 대위기겠어."

"……."

"하지만——."

빈유는 입가를 가리며 쿡쿡 웃더니 말을 이었다.

"내가 감지할 필요는 없는걸? 왜냐하면 당신이 자백할 테니까."

"……뭐야?"

"다시 한 번 말하겠어. 내게 게임을 '걸어보지' 않겠어? 거절한다면——."

그러고는 어두운 미소를 지으며 품에서 조그만 보석을 꺼낸다.
“당신이 바르텔 경의 자금을 운용해 밀조한 ‘고순도(시드) 마약’을 드워프—— 이웃나라에 밀매했다는 사실을 공안에게 떠들어 파멸시켜주겠다는—— 그런 용도로 입을 놀린다면 어떨까?”
“뭣——?!”
플리츠가 신음 같은 소리를 흘렸다. 당연하다.
크라미가 손바닥 위에서 굴리고 있는 조그만 돌멩이는 그가 다루는 ‘시드’—— 불법상품이었기 때문이다.
“농축액으로 만든 정령을 섭취해 체내의 정령 양을 끌어올리는, 마법을 위한 도핑 약물. 하지만 부작용이 있어서—— 오히려 그 부작용 때문에 남용하는 자가 끊이질 않아 금지된 물건.”
——다시 말해.
“과잉섭취에 따른 쾌감과 만능감. 그야말로 마약.”
“……큭.”
“이젠 알겠어? 나에게 게임을 걸어. 그것 말고 당신이 살아날 길은 없으니까.”
으스스한 웃음과 함께 말하는 크라미의 얼굴을 보며 플리츠는 입술을 실룩거렸다.
틀렸다.
이젠 끝장이다.
“……크윽!”

아니, 견뎌야 한다. 아직이다.

아직 웃어서는 안 된다……!

그 정도 정보로 자신을 궁지에 몰아넣었다고 생각하는 빈유에게 배를 끌어안고 폭소를 터뜨리다니, 너무 불쌍하지 않은가!!

빈유에게서 얼굴을 돌리고 플리츠는 부들부들 어깨를 떨었다.

이것이 궁지에 몰린 사내의 두려움으로 보일까? ――어리석다. 참으로 어리석다.

이 승부는 바르텔이 닐바렌에게 청한 것이다.

닐바렌이 노예해방을 꾀한다는 정보를 못 본 척해주는 대가로, 불리한 조건을 받아들이게 하여 강제로 게임에 끌어들였다. 그 승리를 확실히 하기 위해 자신에게 보조를 맡긴 것이다.

그러나――.

플리츠는 떠올렸다. 조금 전, 저 초거유가 흘렸던 한마디를.

――냉큼 승부가 나도 곤란하고요오…….

'――이 녀석들, 처음부터 바르텔이 아니라 나를 노렸군.'

실소를 꾹 참았다. 너무나도 선선히 바르텔의 승부에 응했던 것도 모두 속임수였다.

바르텔을 서포트하느라 바쁜 자신이라면 이마니티 소녀 혼자서도 충분히 궁지에 몰아넣을 수 있다.

——그런 얄팍한 계산이 뻔히 보였다.

애초에 자신은 이렇게 될 줄을 알고 있었다.

마약밀매 건이 들통 났다는 사실도.

이 승부가 이루어지는 동안 모종의 접촉이 있으리라는 것도, 모두 바르텔을 통해 사전에 알고 있었다.

왜냐하면 이 두 사람은 제일 먼저 바르텔에게 이야기를 꺼냈기 때문이다.

——당신네 집사가 이러한 악행에 가담하고 있다. 고용주인 당신의 체면에 흠이 가지 않도록 비밀리에 자백케 하여 정보를 얻고 싶은데 협조해주기 바란다, 라고.

그렇게 해 자신을 궁지에 몰아넣고자 이 상황을 만들어냈다.

안뜰에서 치러지는 게임도, 바르텔과 미리 의논했던 대로 짜놓은 승부——

'……라고 생각하겠지…… 정말 우스꽝스럽군!'

이 두 사람은 협조를 청한 바르텔 본인이 밀매의 주범이라는 사실을 알지 못한다.

바르텔은 자신을 버리지 않는다. 자신이 자백하면 밀매 루트는 물론 바르텔이 주범이라는 증거도 수두룩하게 나올 테니까.

따라서 바르텔은 협조하는 척하며 필을 손에 넣을 꾀를 강구했다.

바르텔이 아이디어를 제공하고, 그 자신의 저택을 무대로 선택했다.

'비밀리에' 라는 전제가 따르는 이상 이 빈유 노예 외의 다른 동료는 없다.

——별것 아니군.

가엾은 가슴을 가진 이마니티와 가엾은 머리를 가진 가슴 두 사람.

이쪽을 함정에 빠뜨리려다 스스로 거미줄에 뛰어든 셈이다.

"……의외로 머리가 나쁜걸? 바보도 알아들을 수 있도록 설명해주지."

웃음을 꾹 참는 플리츠에게 냉수를 끼얹는 듯한 목소리로 빈유가 말했다.

"당신에게 선택의 여지는 없어. 게임을 할지, 파멸할지, 둘 중 하나. 알겠어?"

우스꽝스러운 도발에 이를 꽉 악물어 터져 나오려는 웃음을 참고 플리츠는 고개를 들었다.

안뜰에서 눈을 떼고, 눈앞의 상대를 돌아본다.

플리츠는 열심히 태연을 가장하며 근처의 테이블에 앉았다.

"……좋다. 그러나 나도 한가하지는 않으니 신속하게 부탁한다."

"우연인걸. 나도 파트너의 사정 때문에 천천히 할 수는 없는데. 단순하게 가 볼까?"

함께 자리에 앉으며 빈유가 말했다.

"여기에 아무런 특별할 것도 없는 트럼프가 있어."

트럼프에서 카드 세 장을 꺼내 테이블에 놓는다.

스페이드 에이스, 퀸, 그리고 킹이었다.

"퀸은 킹에게 지고, 킹은 에이스에게 지고, 에이스는 퀸에게 진다."

그렇게 말하며 세 장을 뒤집고 테이블 위에서 셔플했다.

"서로 한 장씩 뒷면이 위로 오게 뽑은 후, 카드를 동시에 오픈해 승패를 결정하겠어. 바보라도 알겠지?"

"——흥. 요구는?"

"그건 그쪽이 정해야 하지 않을까? 오히려 목숨 구걸이라고 해야 하지 않을까."

조롱하듯 빈유가 웃었다. 여기에 살짝 짜증을 느끼며 플리츠가 대꾸했다.

"……그러면 '네놈들'이 거머쥔 밀매에 관한 모든 정보의 파기와 망각을 요구한다."

"그래. 난 당신의 '자백'과 '증언'을 요구하겠어. 모조리, 깡그리, 전부 다 말이야."

그 애매한 문언에 플리츠는 살짝 눈살을 찡그렸다.

목적은—— 밀매에 관한 모든 정보, 그리고 안뜰에서 치러지는 게임에 부정을 저질렀다는 고백이란 말이지.

과연. 이 여자들도 가엾은 바보지만 나름대로 자신의 이익을 생각하고 이 자리에 임한 모양이었다. 그것이 처음부터 이미 잘못된 출발인 줄도 모른 채…….

"——좋다. 【아센테】."

"응. 【아센테】에……."

——패를 뽑는다.

패를 엎은 채 플리츠는 소소한 마법을 짰다.

'바르텔을 보조하는 동안에는 마법을 못 쓸 거라고 생각했냐?'

그러나 상대는 다른 누구도 아닌 닐바렌의 수치다.

필 닐바렌—— 닐바렌 가문이 시작된 이래 최대의 무능력자.

학원—— '백누수(白樓樹)(가든)' 에서도 낙제해, 손등과 이마의 링크 타투와 부스터 없이는 단일술식(싱글캐스트)조차 구사하기 힘들다는 낙오자. 반면 바르텔은 트라이캐스트의 고수이며, 짜고 치는 승부일 거라 한껏 방심한 어리석은 거유를 상대하고 있다. 설령 자신이 잠시 손을 뗀다 한들 무슨 문제가 되겠는가?

—— '투시' 한다. 엎어놓은 이쪽의 카드는 '에이스' .

유감스럽게도 상대가 제시한 게임만은 사전에 간파하지 못했다. 속임수는 확실하다.

마법의 기척은 없었다. 그 점은 단언할 수 있다. 그렇다면 이마니티가 사용할 수 있는 속임수——

의도적인 셔플로 뽑을 패를 조작했겠군.

어차피 이 빈유의 패는 자신에게 이기는 카드—— '퀸' 이 확실하다.

미리 제시해놓은, 세 장밖에 없는 카드.

설령 자신이 뽑아놓은 '에이스' 를 '킹' 으로 바꾼다 해도, 바닥에 놓인 카드를 뒤집어보면 그 순간 부정이 탄로 난다.

하지만 그렇다면 '상대의 패와 자신의 패를 마법으로 바꿔치기하면 그만이다'.

작위적으로 패를 뽑아 엎어놓은 자신의 패를 파악하고 있다 해도 그 자체가 부정이다.

하물며 자신이 패를 바꿔치기해 봤자 마법을 감지하지도 못하는 이마니티는 이를 입증할 방법이 없다.

——라고 생각할 줄 알았냐?

'날 너무 우습게보지 말라고. 열등종 주제에.'

소리 없이 테이블을 손가락으로 두드렸다.

그 순간 테이블 위를 달려나간 정령이 알려준 빈유의 패는 —— '킹'이었다.

다시 말해. 자신의 패가 뒤바뀔 것을 전제로—— 일부러 지는 패를 뽑은 것.

너무나도 얄팍한 함정. 전형적인, 책사가 자기 책략에 걸려드는 패턴이었다.

"——역시 '닐바렌의 수치'와 그녀의 노예답군…… 얼간이들."

플리츠는 이제 숨기려 하지도 않고 소리를 내 웃었다.

"똑똑한 빈유보다 바보 같은 거유. 여자는 머리보다도 가슴으로 영양분이 쏠리는 편이 가치가 있는 법이다만—— 바보 같은 빈유라면 정말 구제할 도리가 없군."

"……품성은 태어날 때부터 갖추지 못했다는 게 사실인 모양이지."

불쾌하다는 투로 빈유가 얼굴을 일그러뜨렸다.

플리츠는 나직하게 클클거렸다. 무언가를 할 필요도 없다. 자신의 함정에 빠지게 놔두면 그만이다.

"그러면 오픈 딜을 해도 될까?"

"좋고말고. 그리고 네가 패배하는 거다."

플리츠의 패는 투시한 대로 '에이스' 였다.

그리고 빈유의 패는——

——'퀸'.

"……어, 어떻게——?! 그럴 리가!!"

의자를 박차고 일어나며 플리츠가 외쳤다.

이럴 수가. 말도 안 돼. 그럴 리가——

신음하는 플리츠에게 크라미가 웃었다.

——몽실몽실한. 그렇다. 태양 같은, 만면의 웃음으로,

"……후후. 엿봤던 패랑 달라서어, 놀랐나요오?"

——어조와 함께 크라미의 모습이 부드럽게 흔들렸다.

"마법은요오, 상대를 자알 본 다음에 쓰셔야지요오~."

흑발 소녀의 모습이 아지랑이처럼 사라지고, 파도치는 금색 머리카락의 소녀로—— 다시 말해,

"네년은…… 닐바렌?!"

크라미의 모습을 흉내 냈던 필로 바뀌었다.

"네에, 필 닐바렌이랍니다아."

몽실몽실한 웃음을 지으며 필은 입술에 곡선을 그렸다.

"머리보다도 가슴에 영양분이 쏠려야 한다고 그러셨던가요오……? 그러면 의문인걸요오? 당신의 경우 영양분은 어디로 간 걸까요오—— 아드님도 상태가 영 부실해 보이고오."

순식간에 플리츠의 몸 위를 기어다니던 정령에게서 얻은 신체정보를 폭로하며 필은 눈을 가늘게 떴다.

"위로도 밑으로도 살리지 못하는 당신에게 섭취된 영양분에게 눈물을 금할 수가 없네요오."

그러나 플리츠에게는 그런 조롱조차 들리지 않았다—— 졌다고? 닐바렌을 상대로?!

"당황하실 필요 없어요오~. 짧더라도 작더라도, 그런 걸 좋아하는 사람도 분명 있을 테니까요오……. 머리랑 얼굴까지 상태가 안 좋으면 보증은 못하겠지만요오♪"

——그렇다면—— 그렇다면그렇다면그렇다면?!

"……그럴 수가! 그렇다면 바르텔 경과 결투하고 있는 건—— 누구란 말이냐?!"

■ ■ ■

"크라미~. 이쪽은 다 끝났어요오~."

필 닐바렌이 테라스에서 몸을 내밀며 안뜰을 향해 손을 흔들었다.

그 순간── 눈앞에서 게임을 하던 필 닐바렌── 아니.
그녀의 모습을 흉내 냈던 소녀가 베일을 벗듯 원래 모습을 되찾았다.
그 자리에 나타난 흑발흑의의 소녀── 크라미 첼이 우아하게 고개를 숙였다.
"──협조에 감사드립니다, 바르텔 경."
"……아, 아닐세. 집안의 불상사는, 이를 간파하지 못했던 나의 책임이기도 하니 말일세. 응."
깊이 고개를 숙이는 이마니티 소녀에게 바르텔은 동요를 감추고 눈살을 찡그리며 말했다.
"허, 허나 이건 이야기가 다르지 않나? 응? 자네들은 둘이서 비밀리에 진행하겠다고 약속하지 않았던가……. 달리 협력자가 있다는 말은 듣지 못했네만?"
"어머?"
이쪽의 말에 소녀는 고개를 갸웃했다.
"외람된 말씀이오나, 경의 저택에 초대를 받은 손님이 있다면 누구보다도 경께서 먼저 그 사실을 눈치채시지 않을까요?"
"……으, 으음……."
정곡을 찌르는 지적에 바르텔은 입을 다물었다.
저택 안에 있는 사람은 자신과 플리츠, 필과 크라미, 그리고 하인 몇 명.
이곳은 자신의 저택. 달리 누군가가 있다면 금방 감지할 수 있다. 그 정도 술식을 펼쳐놓았다.

애초에 이를 염두에 두고 자신은 이곳을 게임 장소로 선택했다── 그러나.

그렇다면 이 이마니티 소녀는 어떻게 자신과 결투했단 말인가?

흑발 소녀가 생긋 웃으며 말했다.

"약속대로 저희는 단둘이 왔습니다."

"그, 그런가, 실례하였네……. 허, 헌데 그러면 이 게임은 무효 게임으로 끝나는 것이겠지? 응?"

──이상하다. 무언가가 이상하다.

짓이겨 터질 것만 같은 불안에 시달려 바르텔은 자리에서 일어났다.

지금은 아무튼 이 승부를 유보하고 한시라도 빨리 다음 책략을 강구해야──

"어머? 무언가 착각하신 것 아닌가요, 바르텔 경?"

──그리고, 그 얼어붙을 듯한 목소리에 바르텔은 돌아보았다.

그의 눈에 들어온 사람은 멋들어진── 조롱의 미소를 머금은 흑발 소녀, 크라미.

"투 카드, 세트."

소녀의 손패에서 두 장의 카드가 사라지고 테이블 위에 나타났다.

"아직── 이쪽은 게임이 끝나지 않았잖아요?"

"──뭣……?!"

쌍방의 동의가 없는 이상 게임 종료는 성립되지 않는다.

"네, 네년, 이게 무슨 수작이냐?!"
"물론 게임을 계속하자는 것이지요. 자리에 앉아 주십시오. 포기하시겠다면 판돈을 받아갈 뿐입니다."
크라미의 말에 바르텔은 눈을 크게 떴다.
어차피 자신의 승리는 흔들림이 없다고 생각해 흘려들었던 상대의 요구.
——'우리에 관한 망각과 무조건적이면서도 무제한적인 협조를 요구한다'.
문언은 다르지만 바르텔이 필에게 제시한 것과 같은—— 아니, 그 이상의 요구였다.
반면 바르텔의 요구는 이랬다.
——'너의 신병—— 그리고 평생에 걸친 전면적인 복종을 요구한다'.
이 경우, 게임을 받아들인 사람은 필이 아니라 크라미였다.
이긴다 해봤자 얻을 수 있는 것은 하찮은 닐바렌의 노예 한 마리.
유리한 조건을 밀어붙였다고 생각했는데—— 반대로 불리한 조건을 받아들였을 줄이야——?!
"네, 네년들?!"
"바르텔 경? 슬슬 제한시간이 다가옵니다만, 기권하시겠나요?"
격앙하는 이쪽과는 달리 크라미가 선선한 표정으로 선언했다.
——한쪽이 패를 낸 다음 제한시간 내에 패를 내지 않는다

면 그 시점에서 패배.

그 규칙을 떠올린 바르텔이 황급히 패를 외쳤다.

"——크, 투 카드, 세트!!"

바르텔의 외침에 따라 손패에서 두 장의 카드가 사라지고 테이블에 출현했다.

크라미가 씨익 입가를 틀어올리더니,

"오픈 딜."

선언과 함께, 양쪽이 제시한 네 장의 카드가 바닥 위에 뒤집어졌다.

바르텔이 낸 패는 【달(더 문)】과 【여교황(더 하이 프리스티스)】.

핸드의 이름은 【그녀의 법의야말로(더블 섀도우) 기만】.

크라미가 낸 패는 【정의(저스티스)】와 【황제(더 엠퍼러)】.

핸드의 이름은 【나의 지배야말로(아이 앰 더 룰북) 최상】.

상대의 공격을 흘려내며 반대로 고발자를 부정하는 바르텔의 핸드에, 모든 추가효과를 관통하며 자신의 의지를 관철하는 크라미의 핸드가 발동했다.

황제가 뽑아 든 검이 여교황의 진실을 파헤치고 그녀의 지위를 박탈한다.

상대의 힘과 권위를 빼앗은 황제의 힘이 망연자실한 바르텔에게 짓쳐들었다.

"————컥?!"

황급히 방어마법을 자아냈다.

황제의 검이 닿기 직전 세 개의 마법이 발동되었다.

그러나 급조한 방어는 균열을 일으켜 바르텔의 정령회랑 접속신경에 불타는 듯한 부담을 가져다주었다.

폭음과 섬광이 터지고, 호흡이 거칠어진 바르텔의 등 뒤에서 목소리가 들렸다.

"어머어? 지금 그 공격 때문에에, 이젠 실력이 절반쯤 깎여나간 것 같은데요오?"

고개를 돌리니 유유자적 걸어나오는 필과 어깨를 축 늘어뜨리고 따라오는 집사의 모습이 보였다.

"프, 플리츠—— 네놈, 닐바렌 따위에게 졌단 말이냐?!"

바르텔의 매도에 필이 몽실몽실 웃음을 지으며 말했다.

"어쩔 수 없는 것 아닐까요오? 저를 이마니티라고 생각해 너무 방심하셨으니까요오."

"닥쳐라, 닐바렌! 이 독부(毒婦) 년이, 나를 속였겠다!!"

"에이~ 속였다니이, 그런 섭섭한 말씀을요오……. 사실~……."

반면 크라미는 고개를 끄덕이고 냉소를 머금었다.

"——댁이야말로 계속 우리를 속이고는 이기려 들었잖아."

흠칫 숨을 삼키는 바르텔에게 크라미가 말을 이었다.

"집사에게 불법 밀수를 시켜 돈을 벌었던 건 댁일 텐데? ——우리가 모를 줄 알았어?"

"협조하는 척 우리를 함정에 빠뜨리며언, 증거도 인멸하고, 좋은 건 몽땅 차지하고오——."

"그렇지 못하면 무효 게임으로 트집을 잡아댄다—— 얄팍한 경이시군요."

필과 크라미의 규탄에 바르텔은 얼굴을 요란하게 일그러뜨렸다.

이미 전부 들통 났던 것이다. 자신의 계획도 다 알면 역이용했다——…….

아니지.

"후, 후후…… 마무리가 허술했구나, 닐바렌!"

"네에? 저 부르셨나요오?"

어리둥절해 고개를 갸웃하는 필에게 바르텔은 당당하게 외쳤다.

"내가 게임을 했던 상대가 이 계집임이 밝혀진 이상 네년들의 부정은 명백하다! 이마니티가 카드의 '공격' 을 막아낼 수 있을 리 없지. 네년이 도와준 것이렷다?!"

——그렇다. 게임을 시작한 후로 카드를 세 차례 다 쓰고도 추가로 일곱 번을 더 싸웠다.

다시 말해 40회의 국면에서 크라미는 몇 번인가 '공격' 을 받았다.

이를 마법장벽으로 막는 것을 바르텔은 똑똑히 보았다.

이마니티인 크라미가 마법을 쓰지 못하는 이상, 자동으로 필이 도움을 주었다는 뜻이 된다—— 그러나.

규탄을 받은 필은 어이없다는 감정을 담아 뺨을 긁더니 헤실헤실 웃으며,

"똑같은 짓을 집사에게 시켰던 분께 그런 말씀을 듣고 싶지는 않지만요오~……."

이어서 크라미가 말했다.

"애초에 그건 부정이 되지 않아—— 멍청아."

직구로 날아든 힐난에 바르텔은 입을 딱 벌렸다.

"맹약에 맹세한 문언은 좀 음미하라고. ——나는 조건을 확인하면서 분명히 말했어. '저희는' 이라고."

——이번에야말로 바르텔은 말을 잃고 눈을 크게 떴다.

'저희는' 이라고 선언한 이상 이 게임은 바르텔 대 크라미-필 팀의 승부로 볼 수 있다. 게임 중에 자리를 뜨는 것을 금하는 규칙은 없으며, 멀리 떨어져 필이 방어진을 펼쳤다 한들 규칙위반에 해당되지는 않는다.

——아니, 잠깐. 그 이전에.

'서로 모습을 바꾸고, 나조차도 이를 인식하지 못하게 한 채, 2층에서 게임을 하면서, 방어진을 펼쳐——?'

한숨과 함께 크라미가 입술을 일그러뜨렸다.

"……이 바보가 이제야 깨달은 모양이야, 피이."

"가랑이로 피가 지나치게 몰려서 머리까지는 안 돌아가는 장애를 가지신 분이거든요오. 고생했다고 위로라도 좀 해드리세요오."

생글생글, 그러나 싸늘하게밖에는 느껴지지 않는 목소리로

필이 말했다.

"이렇게 단순한 말장난에도 홀랑 넘어왔는걸. 실망했어. 훨씬 복잡한 트릭과 보험, 대책을 마련해놨는데── 뭐람, 헛수고였잖아."

눈앞에서 열등종 소녀가 어이없다는 듯 한숨을 토해낸다.

"겸사겸사 말하자면…… 댁의 수는 너무 읽기 쉬워. 첫수는 반드시 힘으로 밀어붙이고, 그게 막히면 저주계. 카운터는 취향이 아니라 쓰지 않고, 바로 조금 전의 수는 동요 그 자체. 게임을 유보시켜 시간을 끌려는 '공격무효' 핸드. 바보라도 알겠── 아, 실례. 그럼 당신이 알지 못하는 게 당연하겠네."

바르텔이 어깨를 떨었다. 분노, 굴욕── 그리고 인정하기 힘든 공포에.

지난 40회의 국면에서 크라미가 '공격'을 받았던 것은 겨우 몇 차례.

그것도 우연의 요소가 큰 초기 국면뿐이었다. 나머지 국면은── 패를 모조리 읽혔다.

엘프도 아닌, 단순한 인간, 열등종 이마니티가──

"너무── 인류를 우습게보지 마, 노물."

정체를 알 수 없는 흑발 소녀가.

"……자아── 게임을, 계속해볼까?"

사신처럼 웃으며 말했다.

──────…………

날카롭게 내달린 정령의 흐름이 바르텔의 팔을 후려치고—— 정령회랑 접속신경을 헤집어놓았다.

형언하기 어려운 고통에 나이 수백의 노인은 어린아이처럼 울며불며 외쳤다.

그리고 정원에 흐드러지게 피어난 꽃을 날려버릴 만한 충격이 수그러든 후——

의자에서 굴러떨어져 괴로움에 발버둥치는 엘프 노인에게 이마니티 소녀가 부드럽게 속삭였다.

"——이로써 네 번째 국이 끝났습니다만…… 어떻게 할까요, 바르텔 경?"

"히익, 힉……."

"참고로 이미 눈치를 채셨겠사오나, 피이…… 저의 주인 필 닐바렌은—— '육중술자(헥사캐스터)' 입니다."

귓가에서 들려온 그 말에 노인의 얼굴이 백짓장처럼 새하얗게 물들었다.

그 말이 거짓이 아님은 이미 잘 안다.

그렇지 않고서야 오늘 필이 저지른 수많은 짓들은 설명이 불가능하기 때문이다.

창백한 얼굴로 부들부들 떠는 노인을 위로하듯 무릎을 꿇으며 크라미가 말을 이었다.

"괜찮습니다. 장벽을 엮을 힘은 남지 않은 것 같지만—— 승산은 충분히 있으니까요. 저의 손패를 모조리 간파하여 일격도 허락하지 않은 채 완봉해, 헥사캐스터의 힘을 모조리 깎아내면 그만 아닙니까.”

——나유타(那由他)의 저편에 존재하는 승산을 말하며 웃는 크라미.

“실패해도 괜찮습니다. 아주 조금 아프고—— 잘못하면 죽을 뿐이니까요.”

——그렇다, 그것이 바로—— 자신이 해낸 일.

그녀는 암묵적으로 이렇게 말했던 것이다.

열등종 따위도 해냈는데 설마 못하겠다는 소리는 안 하겠지——?

“이, 이이, 인정하마! 내가 졌다! 그러니, 그러니 이제 그만 해다오!!”

“——예, 그러면 저희가 이겼군요. 수고하셨습니다, 바르텔 경.”

처참한 노인을 흘끔 쳐다보며 자리에서 일어난 크라미에게 필이 환성을 지르며 끌어안았다.

“대단해요오!! 오라클 카드에서 이마니티가 엘프에게 이긴 건 분명 사상 처음일 거라구요오?!”

“……이런 망령이 난 영감한테 이긴 건 자랑거리도 못 돼. 최근 상대한 놈들 중에서 제일 피라미였어.”

부루퉁한 크라미의 머리를 위로하듯 쓰다듬은 필이 몸을 돌렸다.

“그러며언 바르텔 경~? ‘맹약에 맹세코’ 말씀하신 대로오,

저희에 관한 모든 것을 잊어주시고요오."

그리고—— 크라미가 웃으며 말을 이었다.

"이제까지 했던 대로 불법적인 장사는 계속해."

——뭐……뭐라고?

"그리고오, 플리츠 씨? 당신은 보름 후—— '모든 것을 자백' 하는 거예요오."

——그게 무슨, 소리냐고.

바르텔도 플리츠도 이해하지 못하는 가운데, 크라미는 테이블에 다가서더니.

"그러면 저희는 이만 물러날 텐데—— 그 전에."

게임에 쓰였던 타로 카드를 셔플하며 비웃음을 던진다.

"선물로 당신들의 미래를 점쳐주지."

"어머어? 크라미, 그런 특기가 있었다는 말은 처음 듣는데요오?"

"응, 오늘 처음 해보는 거야. 하지만—— 이 점은 반드시 맞지."

마치 농담을 하듯, 그러나 으스스한 분위기를 풍기며 크라미가 네 장의 패를 손에 들고——.

"어머, 재미난 패가 나왔는걸. 어디, 내가 해석하자면~?"

말하며 네 장의 패를 손에 든 채 한 장씩 뒤집어나간다.

——【절제(템퍼런스)】 정위치.

"당신들은 앞으로도 만사 순조롭게 드워프와 마약 밀매를 계속하겠어.”

——【탑(타워)】 정위치.

“하지만 보름 후…… 어머어머, 큰일이네. 거래하던 드워프가 ‘어째서인지’ 자백해서 붙잡히겠어.”

——【운명의 수레바퀴(휠 오브 포춘)】 역위치.

“그리고 ‘운 나쁘게’ 집사에게서도 당신의 이름이 나와서 고구마 줄기 엮듯 단서가 드러나고…….”

——【심판(저지먼트)】 역위치.

“바르텔 경도 법의 심판을 받아—— 디 엔드. 명복을 빌겠어.”

창백해진 두 사람을 내버려둔 채 크라미는 필에게 연극적으로 물었다.

“후후. 재미있지, 피이? 바르텔 경이 붙잡히면 그가 보유한 엘븐가르드 굴지의 무역회사 윌 앤드모로 사의 주인은 누가 되는 걸까?”

“어머어? 우연이네요오. 사흘 전에 ‘잠깐 놀아주었던’ 엔리히 가문의 도련님인데요오.”

——모든 것이. 모든 것이 손바닥 위. 예정조화라고 어둡게 비웃는 두 사람의 모습에.

“닐바렌, 네년은—— 아니, 네년들은 대체 무엇을 꾸미고 있는 게냐?!”

따닥따닥 이를 맞부딪치며 울부짖는 바르텔에게 두 사람은 냉소로 대답했다.

“으음~? 그야 가르쳐드려도 상관은 없지만요오~?”

"어차피 잊어버릴걸. 우리에 관한 사실과 함께."

쿡쿡 천진난만한 웃음을 나누는 두 마녀의 모습에 바르텔은 전율했다.

자신은 대체 무엇에 손을 대고 말았던 것인가—— 하고.

"자아, 맹약에 맹세한 대로—— 평안하시길, 바르텔 경."

"앞으로도 사업 번성하시고 더더욱 활약하시길 빌겠어요오~."

——이리하여.

따악, 크라미와 필이 손가락을 울린 것과 동시에.

오늘 하루의 모든 일이 없었던 일이 되었다.

■ ■ ■

크라미와 필은 후드를 눈가 깊이 눌러썼다.

두 사람은 이곳에 없었으며, 온 적도 없다.

그렇게 된 것이다.

두 사람은 이목을 피해 바르텔 경의 저택 최상층에서 뛰어내렸다.

중력보다도 빠르게, 필이 자아낸 술식이 두 사람의 몸을 포착하여 하늘 높이 띄웠다.

——바람을 가르고 밤하늘로.

붉은 달과 별이 자아내는 빛, 그리고 도시의 불빛만이 눈 아래의 경치를 형형히 비추었다.

숲속의 도시. 압도적으로 세련된 마법으로 자아낸 녹색 거리. 크라미에게는 눈에 익은 경치였으나, 만일 처음 보았다면 그것은 엘븐가르드가 가진 차원이 다른 문명을 엿보기에 충분한 광경이다.

그 상공에서, 후드를 펄럭이며 두 사람은 몸을 놀렸다.

"크라미이, 정말 대단했어요오~."

나무—— 아니, 건물에서 건물로. 옥상을 따라 뛰어오르듯 달려가며 필이 말했다.

"정말로 내 보조 없이 그 노물을 꺾다니이. 나 엄청 걱정했다구요오?"

"……그보다 피이, 괜찮아?"

"에헤헤에, 크라미에게 걱정 사는 것도 나쁘지 않네요오. 성장했네요오~."

하늘을 춤추는 술식을 유지한 채 장난스레 웃으며 필이 대답했다.

그러나 이마의 혼석은 마법의 남용 때문에 광채를 잃고 흐릿해졌다. 크라미에게는 그것이 어스름한 불빛 속에서도 뚜렷이 보였다.

론 바르텔 경과 집사 플리츠.

'트라이캐스터' 와 '듀얼캐스터' 인 두 사람은 일류라고는 할 수 없지만 우수한 술자였다.

……하지만.

크라미는 옆에서 밤하늘을 춤추는 소녀를 쳐다보며 생각에 잠겼다.

——필 닐바렌.

국내 최고의 마법학부 '가든'을—— 낙제한 끝에 퇴학.

하얀 링크 타투를 새기고 초심자용 부스터를 몸에 단 그녀를, 아무것도 모르는 자는 비웃을 것이다.

닐바렌 가문이 시작된 이래의 무능력자—— '고물'이라고.

그러나 그것이 무능력자 행세라는 사실을 아는 크라미는 그 비웃음을 비웃는다.

닐바렌 가문이 시작된 이래의 수재—— '황금'이라고.

필이 크라미에게 자기 실력을 소리 높여 주장한 적은 없다.

그러나——

자신과 크라미에게 위장마법을 걸고, 이를 바르텔과 플리츠에게 들키지 않도록 각각에게 인식저해 마법을 건다. 여기에 원거리에서 오라클 카드를 '방어'하고, 그 상태로 플리츠와의 승부에 임한다……. 한 번에 여섯 개의 마법을 행사한 것이다.

'헥사캐스터'—— 틀림없는 초일류 술자.

아니, 얼마 전 소라네와의 게임—— 지브릴의 핵을 이용한 오셀로 게임.

필은 서열 6위의 플뤼겔이 다루는 천문학적인 힘을 제어할 수 있는 술식을 당당히 짜냈다.

그 사실을 돌이켜보건대 초일류라 불려도 부족한 술자임은 쉽게 상상이 간다.

그만한 술자라면 퇴학시켰던 '가든' 조차 명예교원으로 맞아줄 것이다.

……최소한 그 정도 대우가 있을 것이다.

"으음……? 왜 그래요오, 크라미?"

밤바람에 나부끼는 황금색 머리카락, 흰 피부와 미소 어린 얼굴은 햇살보다 눈부셨다.

유서 깊은 가문에서 태어나, 탁월한 지성과 마법의 재능을 품은 닐바렌의 꽃.

그녀가 걸어가는 곳에는 눈부신 미래가 약속되어 있을 것이다—— 그녀 자신이 그 모든 것을 버리지만 않는다면.

그렇다. 그녀는 그 약속된 장래를 거부한 것이다.

자신을 감추고, 무능력자를 연기하고, 심지어 고향에, 조국에, 자신의 종족에 대항하는 길을 선택했다.

이는 그 누구도 아닌, 다름 아닌, 단 하나뿐인——

"——……아무것도, 아니야."

——친구를 위해.

살짝 눈을 내리깔고, 크라미는 숨을 토해냈다.

노예에 불과한 이마니티인 자신을 친구라 부르며 모든 것을 적으로 돌렸다.

노예 해방—— 그렇다, 듣기에는 좋다.

그러나 이는 엘븐가르드의 국가기밀을 해방하는 것과 마찬가지다. 고도한 마법을 위해 이용되고 있는 요정종(페어리) 같은 존재들을 해방시킨다면 자국의 기밀병기를 타국에 팔아치우는 것과 마찬가지이다.

그런 사태가 일어난다면 드워프—— 하덴펠이 기회를 놓칠 리가 없다.

이미 천 년 가까이 영토문제로 다툼을 반복했던 대륙 하나는 분명 잃어버릴 것이다.

잘못하면 그대로 국가는 분단되고, 그다음에 기다릴 것은 —— 말할 필요도 없다.

——크라미를 위해서라면 고향이 멸망해도 알 바 아니다.

그녀는 그렇게 너스레를 떨고, 진심으로 그렇게 생각하며, 실제로도 몇 번이나 위험한 행동을 벌였다.

그런 그녀에게 크라미는 감사와 함께, 종족이나 나이를 넘어선 동경과도 비슷한 감정을 품고 있었다.

——그러나 그러한 자신은 어떤가. 크라미는 생각하지 않을 수 없었다.

표정으로는 드러내지 않더라도 필의 젬은 짙은 피로를 보여주었다.

그녀 같은 술자에게 이만한 부담을 무릅쓰게 하지 않고선 게임 하나 이기지 못하는 자신은.

과연 필의 '친구'로서 어울리는——.

——지끈. 머리가 아팠다.

플래시백이다. 크라미는 머리를 감싸며 멈춰 섰다.

——새끼손가락 고리를 걸며 약속을 나누는 소녀와, 인간이

기를 바라던 어떤 사람.

그는 —— 그 사람은 —— 소라는. 소녀의 족쇄가 되고 있다는 생각은 없었던 걸까.

원래 같으면 혼자서 하늘 높이 날개를 쳐 날아오를 수 있는 사람을, 자신이야말로 땅에 비끄러매고 있음을——.

"어머…… 크라미, 정말 왜 그러세요오?"

자신이 멈춰 선 것을 보고 돌아온 친구에게 크라미는 고개를 숙인 채 말했다.

"……피이, 미안해. 내가 좀 더 잘했더라면……."

"크라미……?"

엘븐가르드. 압도적인 마법적성을 무기로 삼아 육지의 3할 가까운 영역을 지배하는 초대국.

이에 버금가는 대국인 하덴펠의 두 배 이상 되는 국력 차이를 가진 세계 최대의 국가.

그 토대는 그야말로 성새와도 같아 허점을 찾는 것조차 어려운 일——.

……아니, 그것도 변명이다.

뇌리를 가로지르는 두 사람의 모습. 크라미는 주먹에 힘을 더했다.

"이번에도 '그 두 사람' 이었다면—— 마법 없이 해냈을 거야."

"크라미."

유통, 무역, 권익을 쥔 자들을 조금씩 무너뜨리고 비밀리에 힘을 깎아내서야 겨우 개미구멍 하나, 바늘보다도 작은 구멍이 뚫린다.

그러나 이렇게 해서는 아무리 시간을 들이더라도——

"그 정도가 아니라 훨씬 더 크게 이겼을 거야!"

소소한 게임을 쌓아나가면 허점 또한 계속 쌓인다.

상층부에서 이쪽의 움직임을 알아차린다면 자신들 정도는 눈 깜짝할 사이에 없애버릴 수 있다.

소라처럼 '기습 일격으로 모든 것을 끝내는' —— 그런 한 수가 필요한데.

"그런데……! 무턱대고 피이에게 부담만 줄 뿐이지, 전혀 앞으로 나아가지 못——."

"크라미!"

꽉 쥔 주먹의 손톱이 피부를 찢으려는 크라미를.

조용한, 그러나 강한 목소리가 가로막았다.

"크라미는요오, '그 두 사람' 은 될 수 없어요."

"…………나도 알아."

고개를 숙인다. 자신도 잘 안다. 소라의 흉내를 내봤자 의미는 없다.

소라는 시로와 함께 있어야 비로소 『　　』이—— 이마니티 최강의 게이머가 된다.

자신은 자신의 방식을 찾아내야——

"아니에요, 하나도 모르고 있는걸요오?"

생각을 중단당한 크라미가 고개를 들었다.

“크라미가 소라 씨에게 어떤 기억을 받았는지 저는 몰라요. 하지만 소라 씨가 어떤 사람인지는요오── 조금이나마, 알고 있다고 생각하거든요오?”

숲속 도시의 환상적인 불빛 속에서 필이 진지한 표정으로 말한다.

“소라 씨는 자신들에게 불가능하다고 판단했기 때문에, 크라미를 이용한 거예요오.”

“……응. 하지만 이래서는──.”

“그리고 크라미 혼자서도 불가능하다고 판단했기 때문에, 저도 이용한 거예요오.”

“──.”

“둘이서 한 사람인 건 피차일반. 애초에 제 힘을 빌리지 않고서 그 게임에 이기려 하는 건요오, 소라 씨와 시로 씨, 2인분을 혼자서 하는 거라고요오.”

“……피이.”

“크라미는요오, 제 힘을 빌리면 되는 거예요오. 그게 당연한 거고요오.”

그쪽이 콤비라면 이쪽도 콤비.

그렇게 나온 결과가 마찬가지라면, 누구에게도 전혀 부끄러워할 필요가 없다는 말── 그러나.

“그래도 난, 피이에게 부담만 주고, 아무것도──.”

“크라미가 있으니까 난 열심히 할 수 있는 거예요오…… 게

다가아.”

고개를 숙인 크라미의 손을 잡고 필은 미소를 지었다.

“저는 다 아는걸요오? 크라미가 소라 씨의 기억을 매일 불러내서는, 소라 씨와 시로 씨, 두 사람의 모든 전술을 파헤쳐서 자신의 것으로 삼으려 하고오——.”

그리고 갑자기 그녀의 눈동자에 근심의 빛이 배어 나왔다.

“그 탓에 계속 하룻밤도 못 자고 있다는 걸요오.”

“………….”

“크라미가 안 잘 거라면 나도 안 잘 거고, 크라미가 열심히 하면 나도 열심히 할 거예요오. 제가 피곤하다고 생각했다면 —— 그건 크라미도 마찬가지잖아요오?”

그렇게 말한 필은 크라미의 눈을 들여다보았다.

——어둠에서도 감출 수 없는 진한 눈 밑의 얼룩을 쓰다듬으며, 어린아이를 타이르는 어머니처럼 속삭인다.

“크라미, 제 피로를 걱정해주실 거라며언, 오늘이야말로 푹 자겠다고 약속해주세요오……. 이대로는 ‘둘이 함께’ 쓰러질 거예요오…….”

“……미안해. 걱정 끼쳐서——.”

“우웅, 그게 아니라니깐요오.”

짐짓 부루퉁 볼을 부풀리며.

“이럴 때는 달리 할 말이 있지 않나요오?”

“……——그렇구나. 고마워, 피이.”

웃음과 함께 고개를 끄덕이곤, 크라미의 손을 잡으며 다시 술식을 전개하는 필.

"그리고요오, 아마 소라 씨가 우리에게 엘븐가르드를 무너뜨리라고 시켰던 이유는, 그런 거창한 이유가 아닐 거예요오……. 아닌가요오?"

그 말에 두 사람은 그 사내의 얼굴── 칠칠맞은 표정을 떠올리며 입을 모아 말했다.

""정치니 이권이니, 대국을 무너뜨리는 건 귀찮으니까 댁들에게 맡기겠어.""

두 사람은 쓴웃음을 지으며 다시 하늘 높이 뛰어올랐다.

■ ■ ■

두 사람이 숙박하는 교외의 숙소. 두 개의 침대가 나란히 늘어선 조그만 방에서.

후드를 벗고 잠옷으로 갈아입은 필이 타이르듯 되풀이했다.

"그러면 크라미, 오늘은 꼭 자는 거예요오?"

"……그, 그럼, 저기, 한 가지 부탁해도 될까."

"네. 무엇이든 말씀해 보세요오."

베개를 끌어안은 크라미가 민망한 듯 시선을 돌리며,

"저, 저기…… 가, 가가, 같이 자면, 안 될까?"

씨이익~ 웃음을 짓는 필에게 크라미가 얼굴을 붉히며 외쳤다.

"그, 그게 아니고! 소라의 기억 때문에 가위 눌려서 잠을 못 잔단 말이야! 그, 그러니까 소라가 하듯 시로의── 피이의

손을 잡으면 좀 낫지 않을까 해서…… 전부 소라 탓이라고!!"
"네네, 전~부 소라 씨 잘못이네요오. 그러니까 부끄러워하지 말고 옛날처럼, 무서운 꿈꾸면 사양 말고 내 이불 안으로 뛰어들면 되는 거예요오~."
"아아니이라아고오했잖앗?! 크, 이것도 저것도 다 소라 탓이야. 왜 내가……."
그리고── 투덜투덜 불평을 늘어놓으면서도 필이 채근하는 대로 침대에 파고들었다.
그렇게 드러누워 등을 돌린 크라미에게 필이 웃으며 말했다.
"크라미, 그것 말고 원하는 건 없나요오? 자장가라든가아?"
"그만 놀리고 나 자게 내버려두기를 원한다면?"
"정말로? 쓰담쓰담도오, 꼬옥꼬옥도오, 필요없어요오?"
"…………………………그, 그야, 피이가 하고 싶다면."
"네에~! 그럼 저엉말 하고 싶으니까 혼자서 쓰담쓰담하고 있을 게요오~!"
무슨 일이 있을 때마다── 울 때마다 그렇게 해주었던 감촉에 옛날 일이 떠올랐다.

노예로서 닐바렌 가문에서 '사육'되던 나날.
필이 편을 들어주었다고는 해도── 안 좋은 기억, 울고 싶은 기억, 죽고 싶어지는 기억은 얼마든지 있다. 그러나 그런 처지를 스스로 가엾게 여기고만 있지는 않겠다고.
필사적으로 울고 싶은 마음을 참고, 침대 속에서 토해내던 시절도 지금은 옛날.

소라의 기억을 접한 지금…… 이제는 울고만 있을 수는——.

"…………크라미, 벌써 자나요오?"

조그만 —— 자고 있으면 깨우지 않으려는 —— 필의 목소리.

그것이 플래시백할 것 같던 소라의 기억을 막아주었다.

"……아직. 왜 그래?"

"음~ 잠이 안 온다면, 잠들 때까지 잠깐 이야기나 할까 해서요오. 안 되나요?"

"……괜찮지만…… 뭔데?"

말과는 다른 진지한 목소리에 크라미는 당혹감을 느끼면서도 고개를 끄덕였다.

"크라미는, 소라 씨를 전면적으로 신뢰하는 것 같지만요오."

필이 걱정스러운 목소리로 속삭였다.

"사실대로 말하자며언, 저는 그게 불안해요오……."

"……."

"소라 씨가 크라미에게 준 기억, 그게 진짜로 진짜 기억일까요오?"

——소라와 시로에게는 지브릴이, 플뤼겔이 있다. 기억을 고치는 거라면 맹약으로도 가능하다.

가짜 기억을 날조해 크라미에게 넘겨서 행동을 조종하려는 것은 아닐까 하고.

필은 암묵적으로 말하는 것이었다. 그러나…….

"내가 속고 있을 가능성 말이구나. 참으로 소라가 할 법한 짓——."

그리고 크라미는 쓴웃음을 지으며.

"——이라고 생각할 법하지."

의아한 표정으로 고개를 갸웃하는 필에게 크라미가 살짝 웃었다.

"안심해도 돼. 소라를 '과대평가' 하는 건—— 내가 아니라 피이야."

——플래시백이 크라미의 뇌리를 스쳤다.

끔찍하게 불쾌한 기억에 뒤덮인 소라의 기억—— 그러나 지금은——.

"……있지, 피이. 천재란 말이 무엇을 위해 있는지 알아?"

"……네?"

"인형은 인간과는 다르다고 선을 긋기 위해서야. 이해하지 못하는 존재를 천재라고 부르지. 평가받는다면 천재고, 그렇지 못하면 괴물. 대다수의 인간이 말하는 그건—— 사실은 모멸의 호칭인 거야."

——자신과는 다른 생물이니까 어쩔 수 없다고.

대다수는 그렇게 수긍하고 체념한다—— 그러나 그 인형은 달랐다.

"그래. 그는, 정말로 단순한 인형이었어."

——그는 단순한 범부(바보)였다.

"하지만 단순한 인형이기를 거부했어."

——눈앞의 천재(진짜)를 동경했다.

"그렇게 해서—— 아직까지 나돌아다닐 수 있다는 게 믿겨지지 않을 만한 경험을 했어."

그렇게 해서, 크라미는 얕은 잠에 빠져 소라의 기억 속을 헤엄친다.

하늘을 날지 못하는 몸으로 하늘을 나는 방법—— 그 성패의 판단은 어떻게 할까?

날아보고—— 추락하는지를 확인하는 것 말고는 없다. 수없이 떨어져 몸도 마음도 박살이 나——

"……그래도 그는 일어나. 헤실헤실 웃으며, 아무 일도 없었다는 듯."

마음속으로는 피를 흘리면서, 이를 악물고, 여동(곁)생을 보며 일어난다.

여기에 인간이 이미지하는 천재의 스마트함 따위는…… 티끌만큼도 없다.

——정말, 잘난 여동생을 두면 힘들겠어. 오빠란 것도.

"소라는—— 지독히 서툴러. 그렇기에 따라잡을 수——아니, 넘어설 수조차 있지. 그는 그저 '인간'이라면 누구나 도달할 수 있는 곳에 있는, 본인도 자칭하듯 정말 바보야. 바보나름대로 동경하던 진짜를 따라잡으려고, 오기로 버티고 또 버텼던—— 단순한…… 바보."

……그렇게 말하는 동안에도, 머리를 쓰다듬는 필의 손에.

크라미의 의식도 서서히 가라앉았다.

"필요한 건 얼마 안 되는—— 그래도 관철하려면—— 정신이 아득해질 만한 각오하고…… 한 가지 더……."

가라앉으려는 의식 속에서 크라미는 국왕 선정전 때 소라가 입에 담았던 말을 떠올렸다.

——특히 분쟁과 살육전에 관해서는, 댁들보다도 어지간히 숙련자라고——.

그렇게 말하던 소라의 말에 플래시백한 기억이 겹쳐졌다.

——피에, 물든 손을,

공허한 눈으로 내려다보는——

그저 인간이려 했던 인형의, 기억——.

"……정말로…… 너무너무 서툴…… 거짓말 하나…… 못 하는……구나……."

"크라미?"

……새근새근하는 숨소리만이 대답했다.

그 말만을 속삭이고 잠에 빠져든 크라미를 쓰다듬으며 필은 생각했다.

한 가지 더—— 그 뒷말을 하지 않았던 크라미. 천장을 보며 생각에 잠기는 필.

거짓말 하나도 못 하는, 너무너무 서툰 사내라고 크라미가 평한 남자를 떠올려본다.

——거짓말의 견본이나 마찬가지 같은 사내의 얼굴을.

불손한, 언제나 헤실헤실 웃는, 눈앞에 있으면 경계하지 않을 수 없는——

"————아……."

그제야 겨우 필의 생각이 어떤 곳에 도달했다.

"그렇구나아……. '거짓말을 못 하는 거짓말쟁이' …… 그런 뜻이었군요오……."

크라미조차 장절한 인생이라 평가하도록 만드는—— 그만한 경험을 했던 사내가.

왜—— 자신을 경계하게 만드는가를.

필은 오랫동안 품었던 불안이 풀리는 것을 느꼈다.

그 해답에 도달해—— 크라미가 믿는, 소라 일행이 꿈꾸는 그 너머를 몽상하며.

필의 얼굴에는 자신도 모르게 어렴풋한 웃음이 배나왔다.

그리고 오랫동안 느껴보지 못했던 수마의 기척에 눈을 감았다.

——기대된다고 생각하면서. 오랜만에.

정말로 오랜만에—— 몇 년 만인지 알 수 없는, 깊은 잠 속으로 빠져들었다.

제1장 시행(Act)

"흐아아아아아아아아아아아아아아아아아
아아아아아아아아아아아아아아악!!"

——에르키아 왕국 수도 에르키아.

【익시드】 위계서열 최하위 이마니티의 마지막 보루.

몇 달 전까지만 해도 최후의 도시를 남겨둘 정도까지 궁지에 몰려 멸망의 위기에 처했던 국가.

그러나 이제는 전례 없는 속도로 국토를 확대하고 대해양국가 '동부연합' 을 집어삼켰으며.

급속도로 '왕국' 에서 '연방' 으로 개혁이 추진되고 있다.

그런 국가의 왕성에서 찢어지는 절규가 울려 퍼졌다.

——한순간.

바삐 돌아다니며 일하던 성 내의 직원들이 시간이 멈춘 것처럼 굳어버렸다. 그러나 그것도 한순간. 금세 아무 일도 없었다는 듯 평상운전을 재개한다.

그렇다—— 늘 있는 일. 모두 적응했던 것이다.

또 '그 사람' 이 소리를 지르고 있겠거니, 하고.

그것도 아마 지극히 타당한 이유 때문에.

그런 동정마저 머금은 분위기가 성 내에 퍼지고, 각자 저마다 할 일로 돌아간다.

"흐아아아아아아악!! 바보인가요바보인가봐요바보이군요?!"

멋들어진 3단 활용으로 다시 한 번 외친 것은 붉은머리 소녀.

——스테파니 도라. 통칭 스테프.

도라 가문 당주이자, 공작 작위를 가졌으며, 선왕의 손녀이기도 한, 흠 잡을 데 없는 규방의 꽃.

원래는 기품으로 넘쳐나야 할 영애지만—— 이제는 옹호의 여지도 없이, 그 편린조차 보이지 않고.

의자에 앉아 머리를 쥐어뜯고 천장을 우러러 고함을 질러대고 있었다.

"……누가, 요?"

그렇게 물은 것은 스테프의 곁에서 바닥에 책상다리를 하고 앉아 책을 읽던 워비스트—— 하츠세 이즈나.

연령은 추정 한 자릿수. 페릿과 비슷한 커다란 귀와 꼬리를 가진, 전통복을 입은 어린 소녀.

그녀의 손에는 위아래가 거꾸로 뒤집어진 책이 있었지만 스테프는 이를 지적할 여유조차 없었다.

"소라가아니면누구겠어요시로가아니면누구겠어요아니지요 바 · 로 · 제 · 가 · 바보아니겠냐고요오!! 무슨—— 마음 푹 놓고 기다려 주시어요——는 개뿔이!! 바보아닌가요난바보맞아요!!"

두 팔을 확 펼치며 다시 한 번 고함을 지른다.

"선왕의 서재에서 세이렌의 여왕이 잠든 진짜 이유를 찾아라!! 맡겨주시어요!! 이게 바보가 아니면 뭐겠어요?! 몇 권이나 되는 줄 알기나 해요?! 애초에!"

그리고 벽을 가득 메운 책장을 둘러보며, 잠시 간격을 두고.

"있는지 없는지조차 알 수 없는 책을 찾아내겠다니, 대체 뭘 맡을 생각이었냐고요, 나는!!"

그곳은 선왕이 남겨둔 숨겨진 공간—— 비밀 서재였다.

마법이나 초상능력을 보유한 타국의 종족들이 이용하던 게임의 내용. 그것들을 인간의 몸으로 파해할 공략법을 알아내기 위해 '우왕'의 연기를 관철했던 선왕.

그가 평생을 바쳐 기록한 모든 것—— 위대한 사나이의 유산이 벽을 메우다시피 늘어서 있다.

이 모든 위업이 가뿐하게 천 권을 넘어설 서적에 수록되어 이 서재를 채운 것이다.

시간 순서대로 보관되기는 했으나—— 선왕이 세이렌과 언제 교류를 가졌는지는 힌트조차 없으니 닥치는 대로 모든 책을 읽어나가는 것 말고는 찾을 방법이 없다. 그 사실을 뒤늦게 깨달은 스테프가 절규한 것이 즉—— 바로 조금 전이었다.

그리고 무엇보다——.

처억, 이즈나를—— 책을 거꾸로 든 어린 워비스트 소녀에게 울먹이면서 삿대질하며.

"소라는 이즈나가 대체 뭘 도와줄 수 있을 거라고 생각했던 거예요?! 인류어도 못 읽잖아요!!"

"*스테공(公)…… 시꺼, 요. 그러니까 지금 열심히 배우고 있는 거 아니냐, 요."

——왓?

"자, 잠깐만 기다려주시겠어요? 지금, 저를 뭐라고 불렀나요?"

"……? 스테프는 공작(公爵)이라고, 영감이 그랬다, 요."

"왜 거기서 더 줄이는 건데요?! 엄청나게 모욕을 당하는 기분이 들잖아요!"

"……그게 뭐가, 요? 스테공."

고개를 갸우뚱 꼬며 이쪽을 올려다보는 이즈나에게.

"아, 아아아아아아아아그렇게 동그란 눈동자로 욕하지 말아줄래요?! 수면부족이 화근이 되어서 새로운 문을 열어버리면 어떻게 책임을 지려고 이러시는 거예요오?!"

책상 모서리에 머리를 박아대며 비명을 지르는 스테프. 그러나 냉정한 목소리로 말하는 이즈나.

"스테공, 됐으니까 일이나 해, 요. 영감이 기다린다, 요."

"……으윽………… 그, 그랬지요. 탄식만 해봤자 수가 없지요."

그렇다. 할아버지—— 하츠세 이노를 세이렌에게 인질로 잡혀버린 사람은 이즈나다.

---

* ~공(公) : 일본어에서 '~공(公)'은 원래 존칭이었으나 근대 이후에는 애완견의 이름 뒤에 붙이는 등 애칭으로 사용했으며, 현재는 상대를 비하하는 멸칭으로도 쓰인다.

지친 것은 이즈나도 마찬가지. 읽지도 못하는 인류어를 열심히 배우려 하는 이즈나를 내버려둔 채 자신이 탄식할 틈은 없다—— 그렇게 생각하며 심호흡을 한차례. 평정을 되찾은 스테프는.

드디어 딴죽을 걸었다.

"그런데 이즈나…… 그 책 거꾸로 들었어요."

"…………윽! 아, 알고 있었다, 요. 다, 당연히 일부러 그런 거다, 요?!"

황급히 책을 바로 잡는 이즈나. 스테프는 다시금 지적했다.

"그리고 잘못 알고 있지 않다면 다행이지만, 인류어는 수인어와 달리 가로쓰기예요."

"——? 가로쓰기니 세로쓰기니, 그런 게 있냐, 요?"

'뽀엥?' 이라는 의태어를 붙여주면 잘 어울릴 법한 얼굴로 이즈나가 눈을 동그랗게 떴다.

"……이즈나, 그러고 보니 물어본 적이 없었는데, 지금 몇 살인가요?"

그 물음에 이즈나가 두 손을 열심히 꼽아가며 헤아리다가,

갑자기 자신 없다는 투로.

"여……, 0부터 세면 되냐, 요?"

——스테프는 이해했다.

과연. 이즈나가 소라와 시로를 잘 따르는 것도 당연하다. 완전히 동족인 것이다.

천재적인 게이머. 다만 게임 이외에는 완전히 백치.

한숨을 한 차례 쉬며 스테프는 다른 책을 내밀었다.

"……이즈나, 이 책부터 읽어보시는 게 좋겠어요."

"뭐냐, 이건, 요?"

"학생 시절에 수인어를 배울 때 썼던 교본이에요. 2개 국어 대응 게임이라——."

"——음. 알겠다, 요."

게임이란 말을 들은 순간 책을 들고 파라라락 페이지를 넘겨나간다.

기합은 인정한다. 성실하게 임하는 것도 이해한다.

그러나 그런 속도로는 아무것도 못 읽을 텐데—— 그렇게 생각하며 천장을 올려다보며 스테프는 한숨을 쉬었다.

"아……아무튼 전부 다 뒤져보는 수밖에 없겠네요——."

그렇게 스테프가 비장한 각오를 다진 것과 동시에.

꼬로로~~~~로로로록.

그 각오를 안개처럼 날려버리는 효과음과 음성이 울려 퍼졌다.

"——스테공, 배고파 죽겠다, 요. 밥 내놔라, 요."

스위치가 철컥 들어간 것처럼 책을 탁 덮으며 이즈나가 말했다.

의욕도 기합도 충분하다. 할아버지를 도울 마음도 당연히 있다.

그러나 그것은 그렇다 쳐도, 밥 내놔라——라니.

동그란 눈동자, 악의라곤 전혀 없는 눈동자로 이즈나가 그렇게 호소한다.

발로 커다란 귀를 긁으며 하늘하늘 커다란 꼬리를 흔드는 짐승귀 소녀.

그 사랑스러운 모습에 스테프는 선택의 기로에 섰다.

첫째, 모든 것을 잊고 산뜻하게 기절하느냐.

둘째, 너무나도 귀여운 이 생물을 위해 식사를 만들 것이냐.

자문 끝에── 수면욕이 애교에 굴복했다.

"조, 좋아요……. 배가 고프면 뭣도 못 한다고…… 있는 걸로 적당히 만들어 볼게요."

"응, 생선 먹고 싶지만 참고 용서해주마, 요."

그렇게 해서, 스테프는 질질 끄는 듯한 발걸음으로 걸어나갔다.

……그런데 독자 여러분은 이곳이 에르키아 성내라는 사실을 기억할까.

지금 스테프에게는 '산뜻하게 기절한 다음 이즈나의 식사는 주방의 요리사에게 맡긴다'는 선택의 여지가 있었음을 그녀는 멋들어지게 놓친 것이다. 하지만 유령 같은 발걸음으로 걸어나간 스테프와 커다란 꼬리를 흔들며 그 뒤를 따라가는 이즈나에게 이 사실을 지적할 수 있는 자는 아무도 없었다.

■ ■ ■

장소는 바뀌어—— 고도 2만 미터.
히말라야의 세 배 가까운 높이에서 바람을 맞으며 소라는 생각했다.
어떻게 설명하면 눈앞의 광경이 전해질까, 하고.

——우선 루빅큐브를 상상해보자.
지적 유희의 일종인 이것을, 지혜와는 거리가 먼 사람에게 줘보자.
펜치로 뜯겨나가 바닥에 널브러진 무수한 '전(前)' 루빅큐브.
한마디 해주고 싶은 충동을 꾹 참고, 다른 루빅큐브를 주며 이 과정을 천 번 정도 되풀이해보자.
어떨까. 상상할 수 있겠는가.
이렇게 해서 완성된 것으로 보이는 광경이—— 다시 말해 소라의 눈앞에 펼쳐진 경치였다.
"저의 고향, 판타즈마의 등짝, 천공도시—— 아반트헤임에 오신 것을 환영하옵니다♪"
그런 루빅큐브의 잔해가 쌓인 산을 등지고.
멋들어진 미소로 '도시'라 지껄이는 지브릴에게 소라는 눈을 까뒤집을 수밖에 없었다.
"야, 내가 아는 도시란 건 하다못해 도로 정도는 있는 법이라고 기억하는데."
전위예술가가 본다면 여기서도 무언가 고상한 테마를 발견할지 모른다.

그러나 유감스럽게도 범부인 소라 동정남 18세에게 이를 표현하라고 한다면 나올 수 있는 말은 단 한마디.

즉—— 카오스였다.

"일단 지브릴—— 플뤼겔에게는 이 말을 바치도록 하지."

"…… '*배리어 프리' …… 중요해……."

——스테프와 이즈나하고는 별도로 소라 일행 또한 움직이고 있었다.

세이렌의 여왕을 깨울 진짜 조건을 밝혀내기 위해—— 과거에 치러졌던 같은 게임의 기록을 비교검증하고자, 세계에서 가장 지식이 많이 모인 곳으로 쉬프트한 것이다.

다시 말해—— 플뤼겔의 도시 아반트헤임으로.

"아, 마스터. 저에게서 너무 떨어지지 마시옵소서. 이곳은 다소 공기가 희박하옵니다."

그렇게 말하는 지브릴에게 소라와 시로는 얌전히 고개를 끄덕였다.

애초에 이곳에서 어떻게 이동하면 좋을지 소라는 짐작도 가지 않았다.

"……뭐, 플뤼겔밖에 안 산다면 인프라 자체가 필요 없겠지만……."

눈 아래 펼쳐진 '도시'에는 도로는 물론이고 문이나 창문도 없다. 사실상 제약 없이 행동할 수 있는 생물에게 그런 것이 필요하지 않다는 점은 이해할 수 있으나, 그저 무수한 입방체

* 배리어 프리 : 장애인이나 고령자에게는 생활에 장벽이 될 만한 환경을 개선하는 사고방식.

가 쌓여 이루어진 도시의 모습은 원근감도 잡히지 않고 비교 대상도 없어 사이즈를 파악하기 어려웠다.

"……도시, 아니고…… 퍼즐, 같아……."

시로는 단적으로 중얼거리고, 다음으로는 머리 위를 올려다보며 중얼거렸다.

"……하늘, 이…… 파랗네?"

고도 2만 미터면 이미 우주의 현관이다. 푸른 하늘을 볼 수 있을 리가 없는데…….

"아반트헤임은 【익시드】 서열 2위인 판타즈마이옵니다. 이 세계를 이루는 정령회랑의 원천인 서열 3위 엘레멘탈보다도 상위인, 통상의 생태계에서는 독립된 생명이옵니다. 쉽게 말씀드리자면…… 아반트헤임 그 자체가 하나의 다른 세계라 생각해주시옵소서. 대기 농도는 두 분 마스터께는 부족한 듯하오나……."

그렇게 말하는 지브릴에게.

""흐음…… 그렇구나—— 모르겠다.""

소라와 시로는 나란히 진지한 표정으로 고개를 끄덕였다.

"플뤼겔이든 판타즈마든, 철저하게 이해를 거부하는 그 스탠스는 차라리 시원시원할 지경이구만."

소라의 비아냥거리는 한마디. 멀리 시선을 돌리면 한층 높은 나무 밑에 기분 탓……은 아니겠지만, 참으로 드래곤틱한 두개골이 리본으로 꼼꼼하게 장식되어 걸려 있고 말이죠——.

"……지브릴. 난 이 도시의 설계 콘셉트가 이해가 안 가는데."

"이럴 수가?! 언젠가 두 분 마스터의 옥좌가 될 땅이거늘, 취향이 맞지 않는다니 유감이옵니다……."

머리를 감싸며 신음하는 소라. 실망한 기색으로 대답하는 지브릴.

"그런데 슬슬 이놈을 좀 도와주지 않겠어?"

그렇게 말하며 소라가 가리킨 곳에는──

"흐아아아아태양이태양이이! 녹아요녹아서타버려요증발해요오!"

망토를 뒤집어쓰고 조그맣게 몸을 웅크린 채 비명을 질러대는 플럼이 있었다.

"어머나, 제가 깜빡했군요…… 완전히 잊어버렸습니다. 아직 살아계신지요?"

"몇 초만 있으면 죽어요오! 힘이 쭉쭉 떨어진다구요오!!"

담피르인 플럼에게 햇빛은 치명적이다. 마법으로 간신히 회피하고 있는 모양이지만 보아하니 그녀의 마법은 상상 이상으로 힘을 많이 소비하는 것 같았다.

"그런고로 지브릴, 이즈나를 너무 오래 기다리게 하면 미안하니 당장 정보가 제일 많이 모인 곳으로 날아가줘. 그리고 플럼을 위해서도 실내였으면 좋겠는데──."

"분부 받들겠나이다. 그러면 다시 제게 손을. 그리고──"

어딘가 애매한── 복잡한 표정으로 소라와 시로의 손을 잡으며 말한다.

"……마스터. 지극히 불손하오나── 두 가지만, 청을 들어주실 수 있겠나이까?"
"……뭔데 그렇게 거창하게 나와?"

"——부디 실망하지 말아주시옵소서. 그리고 부디 믿어주시옵소서."
……무슨 뜻인지는 알 수 없었다.
그러나 지브릴은 그 말만을 하고는 플럼을 불렀다.
"거기."
"네, 네에에엣?!"
'거기'로 불려버린 플럼이 망토에서 핏빛 눈만을 엿보이며 반응했다.
"두고 가도 상관은 없으나…… 냉큼 저를 잡으시지요?"
"아아아지금갈게요두고가지마세요오——."
황급히 일어나 달려온 플럼이 지브릴을 건드린 순간—— 경치가 바뀌었다.

■ ■ ■

그곳은—— 아마 멀리서 보인 큐브 중 하나의 내부일 것이다.
지브릴에게 사유화된 국립 에르키아 대도서관보다도 장엄하고 광대한—— 도서관이다.
천장은 높아 10층 건물의 내부를 통째로 뚫은 것 같은 홀 구조. 내부는 마치 고대도시의 유적을 방불케 했다. 빈틈없이 석재를 쌓아 만든 기둥이며 계단, 구불구불 복잡한 통로며 아치 형태의 현수교에 덩굴 초목이 빈틈없이 뿌리를 내리고 있다.

그러나── 그 '석재'로 보이는 모든 것이 사실은 책장이었다.

반면 정체를 알 수 없는 잡화도 난잡하게 넘쳐났다. 에셔의 트릭 회화 같은 부조리한 형태를 그리는 계단이며 현수교── 그것들을 비추는 조명은 분명 외벽에는 존재하지 않았던 거대한 채광유리와 지지대가 없는 무수한 랜턴이었다.

환상적이며 아름다운── 그러나 인간은 결코 이해할 수 없는 모독적 도서관(아마도).

다만 지금은 그보다도──.

소라는 하늘을 가리키며 말했다.

"……지브릴, 이거 아마 너 때문이겠지?"

지브릴이 소라 일행을 위해 대기와 함께 전이했던 영향인지.

도서관(아마도) 안은 폭풍이 휘몰아쳐 나선을 그리듯 수많은 책이 난무하고 있었다.

그러나 그 광경을 산뜻한 미소로 바라보며 지브릴이 말했다.

"안심하시옵소서, 마스터. 이곳의 소유자는 《서적공유법》을 가결한 분이옵니다."

지브릴이 에르키아 국립대도서관을 갈취했던──이 아니라, 아반트헤임을 뛰쳐나왔던 이유. 소라는 하늘을 춤추는 책을 보며 떠올렸다.

수집한 서적이 지나치게 늘어난 나머지 아반트헤임에서 넘쳐날 정도여서── 그 대책으로 중복을 없앤다는 명목으로 가결된《서적공유법》.

“그녀의 책은 플뤼겔의 책. 저는 플뤼겔. 따라서 그녀의 책은 저의 책이옵니다.”

멋들어진 삼단논법으로 놀부이즘을 증명하고 여전히 웃음을 거두지 않은 채 말을 잇는다.

“저의 소소한 과실——설령 고의라 하더라도? 이런 일이 일어날 수 있으리라 고려하고 ‘가결’ 한 것이므로, 당연히 이를 용납할 관대하기 그지없는 마음의 소유자임은 자명한 이치. 예, 그렇고말고요♡”

그렇군. 자신의 소유물이기도 하니 손상을 입힐 수 있단 말이지.

——그보다 지브릴은 전에도 말했던《서적공유법》을 어지간히 용납할 수 없었던 모양이다.

그때——

“냐아아아~~~~ 책이, 아직 다 읽지도 않은 책이이~~!!”

들려온 고함성에 시선이 모여들었다.

그곳에 있던 것은——

“……와아…….”

시로마저도 감탄하게 만든, 말 그대로—— 인간의 영역을 초월한 아름다움을 가진 소녀.

머리 위에서 회전하는 광륜과 허리에서 뻗어난 날개가 지브릴과 같은 플뤼겔임을 주장하고 있다.

그러나 광륜은 지브릴의 것보다도 상당히 복잡한 형태를 그리며 돌아가고,
무엇보다 비취색 머리카락 사이에서는 뿔이 하나 보였다.
빛을 짜 만든 것만 같은 날개를 파닥이며 허공을 춤추는 그 모습은 무엇보다도 신성하다.
그러나 이리저리 날아다니며 허공을 춤추는 책을 긁어모으는 모습, 당장에라도 울음을 터뜨릴 듯한 표정에는 지브릴을 처음 보았을 때와 같은 무기질적인 느낌은 없었으며—— 오히려 애교마저 느껴졌다.

——하악하악.
짐짓 일부러 숨을 헐떡이며 지브릴의 곁에 내려온 그녀가 말했다.
"우우우~ 지브짱 너무해냐~."
슬픔으로 얼굴을 일그러뜨렸다가, 이번에는 느닷없이, 말 그대로 천사와도 같은 웃음을 짓더니.
"그거구냐?! 좋아하는 애한테는 장난을 치고 싶다는 소문의 그거구냐?! 우웅~ 지브짱 오랜만~~~~냐학?!"
그렇게 외치며 뛰어들어 안으려는 소녀를 쉬프트로 화려하게 무시.
책더미에 돌진하는 모습을 바라보며, 소라 일행의 등 뒤에 선 지브릴이 담담하게 말했다.
"……마스터, 소개드리겠나이다. 그녀가 바로 천하의 악법

《서적공유법》을 가결한 아반트헤임 '18익의회'의 의장, 최종결정권자인 '전익대리(全翼代理)'——"
그리고 한숨을 한 차례.
"——아즈릴 선배이옵니다."
책더미에 상반신을 파묻은 채 미동도 하지 않는 소녀를 소개했다.
…….
"…………뭐랄까."
"……플뤼겔…… 재미, 있어……."
이것이 서열 제6위.
과거에는 죽음을 뿌리고 다니는 살신병기(殺神兵器)였던 종족의, 사실상 전권대리자란 말인가.
소라와 시로는 각자 가슴에서 쥐어짜내는 듯한 감상을 중얼거렸다.
——그러자. 조금 전까지만 해도 책에 파묻혔던 소녀가 마찬가지로 쉬프트를 했는지, 소라 일행의 눈에 비치지도 않고 순식간에 지브릴에게 매달려 뺨을 부벼대고 있었다.
"냐아~ 지브짱도 차암 튕·기·기·는~! 오랜만에 들렀나 싶었더니 여전히 쌀쌀맞구냐~~~~——앙그치만!! 그 점이——잉좋아앗!!"
"아즈릴 선배도, 여전히 짜증나기 그지없는군요."
뺨을 부벼대도록 내버려둔 채 지브릴은 웃으며 가차 없이 대답했다.

——평소에는 악의 어린 재치가 담긴 독설을 구사하던 지브릴이 웬일로 돌직구 같은 매도를 날린다. 그러나.

"냐아앙! 선배가 아니라 언 · 니, 라고 부르라고 했잖아앙~ 냐하~~!!"

아즈릴은 지브릴에게 달라붙은 채 허공을 8자로 뱅뱅 돌았다.

"지브릴도 어지간했지만, 전권대리자가 이 모양이어도 되는 거냐, 플뤼겔."

"……빠야, 가…… 할, 소리?"

눈을 흘겨뜨는 시로의 지적은 모두 무시했다.

반면 고속으로 공중기동을 전개하며 뺨을 부벼대는 아즈릴에게 지브릴은.

"아즈릴 선배, 오늘은 부탁이 있어 두 분 마스터께 이곳의 장서를 보여——."

"거절할래냐~. 언니라고 부를 때까지 요구는 전부 거절할래냐~♪"

진심으로 짜증이 묻어나는 어투로 지브릴이 선언했다.

"……연신 뺨을 부벼대는 이유를 설명해주시고 두 분 마스터께 열람 허가를 내려주신다면 생각해 보겠습니다."

"지브짱이 귀여우니까! 설명 끝 허가 끝이다냐!! 자, 언니♡ 라고——."

그렇게 외치며 안으려고 뻗은 손을 공간전이로 냅다 피하는 지브릴.

"하오면 마스터, 허가도 받았으니 마음껏 이용해 주시옵소

서. 이곳은 '전익대리'의 장서 보관소이옵니다. 악법을 남용하여 빌리고 복제한 책도 무수히 있으니 이 이상의 정보를 갖춘 곳은 없으리라 사료되옵니다."

"너, 너무해에에!! 지브짱은 언니하고 한 약속을 어길 거야냐~?!"

디——잉, 하는 과장된 의성어가 보일 것 같은 절망적인 표정을 짓는 아즈릴.

그러나 지브릴은 한껏 미소를 지으며 대답한다.

"생각해 보겠다고 하였습니다. 생각해 본 결과 부르지 않기로 했습니다♪"

"우우~ 지브짱은 이렇게 사기 치는 애가 아니었는데냐~——누우구의 영향일까냐?"

——빠아아아아아안.

눈물 섞인 시선이 소라 일행을 꿰뚫었다.

눈빛만으로도 사람을 죽일 수 있을 법한 시선의 압력——.

"응, 난 소라. 여긴 동생 시로. 잘 부탁해."

"……부탁……."

그러나 지브릴에게 이미 익숙해진 두 사람은 개의치도 않고 흘려넘겼다.

그 모습에 "호옹?"하고 흥미롭다는 목소리를 내는 아즈릴을 가리키며.

"근데 뭐야. 언니라면 지브릴 너, 플뤼겔 전권대리자의 동생이었어?"

“맞아냐♡”

“아니옵니다♪”

즉답으로 —— 정말 친자매처럼 닮은 미소와 함께 —— 전혀 다른 대답을 내놓는 두 사람.

“플뤼겔은 번식하지 않사옵니다. 언니도 여동생도 부모도 없는지라, 만들어진 순서를 말하는 것뿐이옵니다.”

“……아, 그래서 선배구나.”

다시 말해 지브릴보다도 먼저 만들어진 개체라는 뜻이다.

“참고로 아즈릴 선배는 ‘전익대리’이지 ‘전권대리’가 아니옵니다.”

“……어떻게 달라?”

“그녀는 그녀를 포함한 아홉 명의 ‘18익의회’에서 ‘의장’을 맡았을 뿐이옵니다.”

그 말에 소라도 기억이 났다.

분명 지브릴도 소라와 시로에게 소유되기 전에는 바로 그 ‘18익의회’라는 정부의 일원이었다.

“물론 그녀에게는 유사시의 우선결정권과, 또 한 가지 ‘특권’이 있사오나—— 결국.”

——후우, 머리를 가로저으며 쓴웃음을 짓는 지브릴.

“딱히 높지도 않거니와 뛰어나지도 않사오니, 굳이 공경하실 필요도 없나이다.”

“……넌 너희 종족한테도 신랄하구나. 한결같네…….”

그러나 그 대답이 마음에 들지 않았는지 아즈릴이 뺨을 부풀리며 반론했다.

“아니야냐!! 다들 아르토슈 님께서 만들어주셨으니까 부모님은 아르토슈 님, 맨 처음 만들어진 사람이 언니! 마지막으로 만들어진 지브짱은 동생! 이건 자명한 거지냐!!”

쓴웃음을 넘어서 비웃음마저 지으며 지브릴이 말했다.

“——라고 의회에서 주장하였다가 만장일치로 부결당한, 참으로 머리가 불쌍한 분이옵지요.”

“그치마안~ 그렇게라도 안 하면 지브짱은 언니라고 안 불러줄 거자냐?”

“그걸 알기에 다들 어이가 없어 부결한 것인데, 설마 금시초문이신가요?”

여전히 싸늘한 목소리로 말하는 지브릴을 다시 끌어안으며 아즈릴이 웃는 얼굴로 동생 자랑담을 늘어놓는다.

“지브짱은 있지~ 대전 말기에 만들어진 아이들 중에서도 ‘최종번호개체(클로즈 넘버)’ 다냐♪”

냐하하하 의미심장하게 웃고, 반면 지브릴은 진심 민폐라는 투로 한숨을 쉴 뿐.

“말기에 만들어진 아이들은 아르토슈 님의 힘이 절정기라 완전 진짜, 중기 이전에 만들어진 우리하곤 비교하기도 우스울 만큼 천하장사였어냐~!! 근데근데~ 강한 애들은 전선에 투입되어서—— ‘결전’ 에서 다~들 죽어버렸다냐…….”

추우욱, 아즈릴은 유일하게 살아남았다는 동생을—— 아마도 이마니티였다면 풍선처럼 터져 나갈 법한 힘으로 꼬오옥 끌어안으며 말했다.

"지브짱은 '결전'에서 살아남은 유일한 말기 개체, 그것도 '클로즈 넘버' 야냐! 모두의 막내동생, 귀여운 여동생이냐! 법적으로 명기해야 하는데 왜 다들 이해해주지 않는 거야냐?!"

——라며, 다시 빙글빙글 신나게 8자를 그리며 날아다닌다.

짜증이 치밀어 눈을 가늘게 뜨는 지브릴이란 참으로 보기 드문 광경이라——.

"……다루기 벅찬…… 느, 낌……. 지브릴…… 레어 영상……."

시로는 한데 얽힌 천사들을 스마트폰으로 촬영하고 있다.

반면.

소라는 다른 생각을 했다.

아즈릴의 밝고 천진난만한 웃음을 가만히 관찰하고——.

"……거참 곤란하게 됐는걸, 이거 예정을 변경해야 하려나……."

그렇게 실망과 함께 중얼거렸다.

——부릅.

그 작은 말소리에 아즈릴이 웃으며—— 그러나 강렬한 힘이 깃든 눈을 돌렸다.

"——그래서, 그렇게 귀여운 우리 지브짱을 따먹은 게 너냐냐?"

"훗. 숫총각더러 따먹었냐니, 이거 또 참으로 어려운 질문을 들이대시는군."

야무진 표정으로 가슴을 펴며 슬프게도 힘주어 대답하는 소라에게.

아즈릴이 딱 한 걸음 다가섰다.

"으헉——…….."

"……우?"

반응 따위 불가능한, 거리를 무시하는 한 걸음.

상대가 다가왔음을 이해하는 데에도 시간이 필요해 소라와 시로는 살짝 소리를 질렀다.

——찰나.

지브릴에게서, 소리도 없이 도서관을 진동시키는 충격이 퍼져 나갔다.

창졸간에 마법을 사용한 걸까 의심한 소라. 그러나 이어지는 두 사람의 대화에.

"……선배. 두 분 마스터께 손가락 하나라도 대실 생각이라면—— 신중하게 재고해 주십시오."

"우웅~ 지브짱도 차암, 경계하지 않아도 되는데냐~. '십조맹약' 몰라냐?"

——그것이 단순히 '미미한 적의'를 드러냈을 뿐이었음을 이해했다.

평소 지브릴이 얼마나 힘을 억누르고 있었는지——

지브릴의 '진심'을 편린이나마 접한 소라와 시로의 이마에 식은땀이 흘렀다.

그런 '미미한 적의'를 대수롭지도 않게 흘려넘기며 아즈릴이 소라를 돌아보고.

비취색 —— 신기하게도 지브릴과는 완전히 이질적인 —— 눈으로 소라를 들여다보더니, 말했다.

"한 가지, 확실하게 해두고 싶어냐."

"——응, 뭐지?"

——조금 전에 들이댔던 시선과는 비교할 수도 없는.

도서관 내의 대기가 응고되고 공간이 삐걱거릴 정도로 압도적인 위압감.

어수룩한 대답을 했다가는—— 즉시 죽는다.

이 세계에는 '십조맹약' 이 있다.

지브릴도 바로 곁에서 대기하고 있다.

——하지만 그런 사실은 위로조차 되지 못한다고, 그렇게 착각할 만한 눈으로 아즈릴이 말했다.

"……네가 명령하면 지브짱은 날 '언니♡' 라고 불러주는 거지냐?"

…….

……………………?

기가 막혀서—— 아니, 기가 막히고 코가 막혀서 숨통까지 막힐 것 같은 탈력감.

간신히 버티고 설 수 있었던 것은 겁먹은 시로가 꼭 쥔 손의 감촉 덕이었다.

그러나 아즈릴은 아랑곳하지도 않고 혼자 전압을 높여나갔다.

"더, 더군다나, 에, 엘프의 발을 핥게 했던 것처럼, 내내내 발을—— 하, 함께 목욕이라든가! 아, 아니 거기까지는 바라는 건 아니다냐!! 그 현장을 보여줄 수 있다거나——."

——어떻게 그런 것까지 알지.

소라는 의문을 느꼈지만.

일단은 품에서 핸드폰을 꺼내 말해보았다.

"……지브릴의 목욕 장면이라면 동영상이 있는——"

"플뤼겔의 피스를 걸고 게임하자냐그거이리내놔라냐아아!!"

——상공 2만 미터에서는 있을 수 없는 천둥번개가 터져 나갔다.

"아즈릴 씨, 진정하시지요. 당신에게 그럴 권한은 없어요. 종의 피스를 걸려면 우선 '18익의회'에서 채결을 받아야 하지 않습니까? 모두가 만장일치로 부결할 테지만요♡"

본 적도 없는 얼굴로 지브릴이 비웃음을 띠었다.

말미에 '^ㅁ^'을 붙여도 위화감이 없을 법하다.

"우, 우우우우~……! ——냐?"

그러나 아즈릴은.

"잠깐만냐…… 지금 내 두뇌가 폭음으로 울부짖고 있어냐! 아즈릴 2만 6천 년 역사상 최대수치를 기록하며 활성화해 빛의 속도로 돌아가고 있어냐아!"

——은근슬쩍 정신이 아득해지는 나이를 폭로하며 무언가

를 생각하던 아즈릴이.

마침내 영감에 도달했는지 흠칫 고개를 들었다.

"——그거다냐!! 너…… 소라라고 했어냐?!"

"어, 네."

"나도 네 소유물이 되는 거다냐! 이러면 지브짱이랑 같이 목욕할 수 있을 거다냐아!!"

"2만 6천 년 역사상 최대수치의 헛스윙 수고하셨습니다, 아즈릴 씨."

냉소조차 미적지근한, 실망마저 담은 웃음으로 지브릴이 비웃었다.

그러나—— 시로는 조용히 오빠에게 시선을 보냈다.

너무나도 선선히 자신의 신병을 제시한 아즈릴—— 지브릴이 말했듯 그녀는 전권대리자는 아니다. 그녀를 손에 넣는다 해도 플뤼겔이 손에 들어오는 것은 아니다.

하지만 플뤼겔을 상대로 게임을 하기란 쉬운 일이 아니다.

'일부러 져주겠다는 의지마저 엿보인' 아즈릴을 포섭한다니, 나쁘지 않은 수였다.

하물며 오빠의 목적 중에는 플뤼겔을 집어삼키는 것도 있다.

그렇게 생각한 시로가 답안 체크라도 하듯 오빠의 표정을 살폈지만——.

"……?"

흥미를 잃은 듯 싸늘하게 식은 소라의 얼굴에 고개를 갸웃하며, 다시 아즈릴을 보았다.

여전히 자아도취에 빠진 듯한 웃음—— 완벽하기 그지없는 그 얼굴에.

"……아아……."

——오빠의 표정이 무슨 의미였는지 파악한 시로도 살짝 고개를 끄덕였다.

아니나 다를까, 소라는 한숨을 쉬며 등을 돌렸다.

"……제안은 고맙지만 그 이야기는 다음에 하자고……."

"에에에~~…… 지브짱의 누드으——."

여전히 매달리는 아즈릴을 무시하고, 소라는 시로와 손을 잡으며 깊은 한숨을 내쉬었다.

"……세 종족을 손에 넣겠다고 스테프에게 큰소리를 치고 왔는데, 나중에 미안하다고 얘기해야겠어."

그리고 아즈릴을 쳐다보며—— 진심으로 실망했다는 눈빛으로 말했다.

"——이 녀석은 못 써먹겠어. 지브릴 하나면 충분해."

뜨거운 시선을 보내는 아즈릴을 무시하고 소라와 시로가 책장의 산으로 향한다.

"근데 지브릴. 여기 있는 책은 봐도 된다고 했지?"

"……예. 조금 전에 허가를 내린 것은 아즈릴 선배였으므로."

고개를 끄덕인다. 그러나 소라는 주위를 둘러보았다.

책, 책, 책…… 책만으로 이루어진 거대한 도시.

심지어 시야에 들어온 것만 해도 여러 가지의—— 읽을 수 없는 언어가 적힌 책등이 보인다.

"기대가 빗나간 데다 땀 좀 흘려야겠구만……. 뭐, 할 수 있는 데까지는 해볼까, 시로?"

"……응."

그렇게 말하며 책장 속으로 사라져가는 두 사람을 두 플뤼겔은 잠자코 지켜보았다.

■ ■ ■

한 책무더기 위에 책상다리를 하고 앉아 손으로 턱을 괸 채.

"웅~ 나를 미끼로 지브짱을 되찾으려고 했는데, 낚싯바늘이 너무 컸냐봐냐."

냉소와 함께 소라의 기대가 벗어난 이유를 아즈릴이 중얼거렸다.

그렇다. 아즈릴은 태도와는 달리 소라 일행을 신뢰하지도, 높이 평가하지도 않았던 것이다.

지브릴을 되찾기 위해 그저 소라 일행을 함정에 빠뜨리려고만 생각했을 뿐.

――지브릴이 소라 일행을 주인이라고 부르며 섬기는 이유에 관심을 두지도 않고.

"……당신은 정말로 변함이 없군요, 아즈릴."

경칭마저 생략한 말에 아즈릴은 표정을 꿈틀 움직이고는 태연을 가장한 목소리로 말했다.

"아르토슈 님께도 대들었던 지브짱이 이마니티 따위를 돌봐주다니, 말도 안 돼냐. 맹약을 이용하면 의지를 봉인하는 것도 인형으로 삼는 것도 쉽다냐. 안 봐도 뻔해냐. 저 애들한테 우연히 져서 억지로 종속당한 것뿐이지냐? 실제로——."

그러고는 지브릴의 눈을 빤히 노려보며.

"——지브짱은 변했어냐."

그렇게 말하는 아즈릴. 그러나 지브릴은 냉소로 대답했다.

"그렇겠지요. 분명 저는 변했습니다…… 변하지 않는 당신과는 달리."

"……."

"제가 도전을 받고 패했다는 데에 아무 생각도 없으셨군요—— 헛된 기대였나요?"

싸늘하게—— 배신당했다는 것처럼 먼 곳에 보내는 듯한 미소로 지브릴은 말을 이었다.

"……제가 돌아가신 주(아르토슈)에게도, 당신에게도 대들었던 이유는—— 도저히 두고 볼 수가 없었기 때문입니다. 여러분은—— 머리가 너무 굳었으니까요. 그렇기에……."

——한순간의 망설임. 말해야 하나, 아니면——.

그러나 지브릴은 마음을 굳게 먹고 입을 열었다.

아즈릴이 누구보다도 그 사실에 고민하고 있음을 잘 알기에.

그러나 그렇다 해도—— 해야 할 말이라 판단하고 말해버렸다.

"그렇기에 우리는 패했고, 아직까지—— 당신은 변함이 없는 것입니다."

그 한마디에, 이제까지 꾸미고 있던 아즈릴의 미소가 떨어져나갔다.

그야말로—— 열기가 없는 인형 같은 얼굴로 아즈릴이.

아니, 아즈릴의 형태를 가진 무언가—— 물었다.

"—— '최종번호개체(지브릴)', 그대의 말인즉슨 《답》을 발견하였다는 뜻인가."

그것을 진심으로 가증스럽다는 눈으로 바라보며 지브릴은 토해내듯 대답했다.

"——예. 정확하게는, 옛날에 발견했지요. 확증이 없었을 뿐."

"……."

"그러면 저는 두 분 마스터의 조사에 힘을 보태드려야만 하니—— 이만."

그리고 침묵하는 그것을 내버려둔 채 지브릴은 몸을 돌렸다.

——————…………….

"……어떻게 생각해냐?"

——물을 필요가 있으리라.

"……그렇겠다냐……? 짱이라면?"

——물을 필요도 없으리라.

"……그것도 그렇다냐~……."

—— '최초번호개체(아즈릴)', 우리는 귀군에게 판단을 맡긴 몸. 나만이 아닌 전원이.

"……나도, 안다냐……."

알고 있다. 그렇게 속으로 되풀이하며.

아즈릴은── 자신의 몸속에 존재하는 판타즈마(아반트헤임)의 의지에 호응하며.

그저 책만 뒤적거리는 자들의 모습을 보고 있었다──.

다음에 자신에게 접근할 타이밍에── 물을 수밖에 없겠다고.

■ ■ ■

"……안 되겠네. 이래서는 시간이 아무리 많아도 부족해."

방대한 책의 산을 앞에 두고 소라는 30분 만에 일찌감치 헛수고임을 깨달았다.

"시로, 이 세계의 언어는 몇 개나 익혔어?"

"……인류어, 엘프어, 수인어……뿐."

미안해하며 말하는 시로의 머리를 소라는 부드럽게 쓰다듬었다.

인류어가 고작인 소라에게는 '뿐' 이라고는 도저히 말할 수 없는, 엄청난 학습속도였다.

그러나 그렇다 해도──

"지브릴, 이거하고 이건 무슨 언어야?"

"드워프어와 데모니아어군요. 저는 읽을 수는 있사오나──."

……그렇다. 이곳에 있는 서적을 모두 읽을 수 있는 사람은 지브릴뿐이다.

시로가 비상식적인 속도로 이 세계의 언어를 습득할 수 있다고는 하지만, 이곳에 있는 책만도 수백만 권은 될지 모른다. 그 안에서 이 인원으로 필요한 정보를 모으기란 불가능하다. 처음부터 알고 있었던 사실이기도 했다.

"……지브릴."

"예."

"시간이 없어. 느긋하게 굴었다간 이노의 목숨까지 위험해. 아무리 보험을 들어놨다곤 하지만, 세이렌이 우리가 진심으로 도망쳤다고 생각했다간 아웃이니까. ——머릿수를 모아 줄 수 있을까?"

이곳에서 느긋하게 정보를 수집할 시간은 없다. 냉큼 여왕에게 다시 도전해야 한다.

따라서—— 원래는 아즈릴을 이용해 인원을 모집하려 했지만——.

아즈릴에게 전혀 그럴 의지가 없음이 밝혀진 시점에서 기대는 빗나갔다.

소라가 본 아즈릴의 얼굴. 그곳에 있던 것은 소라가 지식으로만 예상했던 플뤼겔도—— 지브릴 같은 지적호기심의 덩어리도, 호전적인 전투병기조차도 아니었다.

그것은—— 단순한——.

"……모을 수는 있사오나, 아마도 짐작하신 대로 되지 않을까 사료되옵니다."

그렇다. 아즈릴의 의도대로 굴러갈 것이다—— 그렇다 해도.

"어쩔 수 없지. 받아들여주겠어. 여기서 주저앉을 여유는 없으니까—— 시로."

"……응."

——보기 드문 모습이지만 초조함을 느낄 때의 버릇—— 손톱을 깨물며 중얼거리는 소라에게, 시로가 대답했다.

"——기대가 빗나간 이상 애드립으로 공격하자. 서포트 부탁해."

"……오케……."

■ ■ ■

"이봐, 아즈……릴?"

마음을 굳게 먹고 말을 걸었던 소라는 한순간 굳어버렸다.

——동부연합의 경치와 지식을 구현한 것인지.

소라가 잘 아는 일본의 골방지기 —— 다시 말해 소라와 시로 자신이지만 —— 처럼, 코타츠 같은 앉은뱅이책상에 파고든 채 머리부터 이불을 뒤집어쓰고 모래폭풍밖에 비치지 않는 영사기(TV)를 바라보며——.

"……왜 그래냐……? 못 써먹을 애한테 뭐 볼일이라도 있어냐?"

참으로 쓸데없는 데 힘을 써서—— 자기 주위만을 어둠으로 휩싼 채 아즈릴은 전력으로 상심을 어필하는 중이었다.

신물이 날 정도로 서툰 연기에 숫제 감탄마저 느끼며 소라가 뻣뻣한 얼굴로 말했다.
"——어~ 그러니까, 세이렌의, 잠든 여왕은 알겠지?"
"냐하…… 멍청한 동화에 감화되어 당대에 자기를 포함한 2개 종족을 멸망 직전까지 몰아넣은, 조개도 어이없어 입을 다물 바보 말이지냐~. 모르는 사람이 어딨어냐~……."
이불을 뒤집어쓴 채 아즈릴이 대꾸했다.
……뒤집어쓴 이불 위에서 광륜이 돌아가는 모습에는 뭐라 형언할 수 없는 기분을 느끼며 소라가 말을 이었다.
"그, 그래, 그거. 그 녀석이 게임 때 나눈 맹약의 기록을 찾고 있거든."
"……그거라면 지브짱도 아는 거자냐. '반하게 만들 때까지 잔다' 아니었어냐?"
"그래. 근데—— 그게 거짓말이었어."
소라의 말에 상심 어필도 잊어버렸는지 아즈릴의 눈이 반짝 빛났다.
"호오! 그래서 다들 진 거구냐? 그래서 사실은 뭐였어냐?"
——역시 이 녀석도 기본은 플뤼겔이구나.
"그걸 밝혀내고 싶어. 그래서 과거에 치러진 여왕과의 게임 기록, 플레이어가 들었던 문언이 하나라도 많이 있었으면 해. 그걸 비교검토하고 싶어."
"흐응~……."
그렇게 한동안 허공을 바라보다가, 아즈릴이 쌀쌀맞게 대꾸했다.

"뭐, 기록이라면 어딘가에 있을 테니 알아서 찾아봐라냐. 알아내면 가르쳐줘라냐."

하지만―― 그랬다. 역시 지브릴과는 달랐다.

"그래, 그런데 수가 너무 많아. 찾을 시간이 없어. 기록을 남긴 책이 어디 있는지――."

"나도 깜깜이다냐! 아하하하하~."

…………….

"《공유법》이 있으니까냐~ 대출대여가 반복돼서 지금은 어디 있는지 감도 안 잡히냐~♪"

"아시겠나이까, 마스터. 이것이 제가 고향을 나온 이유였나이다."

상심 어필도 잊었는지 활달하게 웃는 아즈릴과 가면 같은 표정의 지브릴.

"……너희, 책 수집을 생업으로 삼았으면 관리라도 좀 해라……."

"응? 그건 아니야냐. 우리는 '지식' 수집이 목적이지 '책'은 딱히 별 상관도 없는 거냐. 기억하면 버려도 된다고 생각하지만 아직 안 읽은 애들이 화내니까냐~."

"아시겠나이까, 마스터. 이·것·이!! 제가 고향을 나온 이유였나이다."

당장에라도 주먹을 내리칠 듯한 웃음으로 지브릴이 다시 의미심장하게 말했다.

――그렇군.

소라는 내심 이해했다. 중요한 것은 '지식' 뿐——.

'그것이 뜻하는 바에' …… 역시 실소했으나, 태도로는 드러내지 않은 채 물었다.

"그럼 어떻게 하면 좋을까?"

"뭐~ 책이 어디 있는지 파악한 애들을 모아보면 되는 거자냐? 지브짱처럼 꼼꼼한 애들도 있으니까, 마음만 먹으면 전부 모을 수 있지 않을까냐~."

"흐음, 그럼 그거 부탁——."

"그럴 기분 아니다냐."

상심 어필을 다시 떠올렸는지 이불을 뒤집어쓰는 아즈릴.

"귀여운 여동생(지브짱)이 아끼는 장난감이 얼쩡거리는 건 봐주겠지만 돌봐주기까지 할 의무는 없어냐. 동료로 삼을 가치도 없고, 지브짱에게도 바보 소리 들어서 지금 엄청 풀이 죽었어냐~. 엄청 상심했어냐~. 그러니까 의욕도 없어냐."

천천히, 소라가 핸드폰을 내밀며.

"지브릴의 목욕 장면을 촬영한 동영상을 보여준다고 해도?"

"————————안 돼냐."

"지금이라면 '언니' 라고 부르게 해주는 특전도 추가되는데?"

"————————————————————————————————아……안 돼, 냐."

정체 모를 무엇과 격전을 벌이듯 비지땀을 흘리며 아즈릴이 대답했다.

"나, 나는 지금 어엄~~~~청 상처 입었어냐——. 그, 그런데 그 정도…… 아니, 지브짱의 동영상이 그 정도라고 하는 게 아니고냐? 단순히 내 상심이 그 이상으로 깊다는—— 그런, 거시기…… 알겠지냐?"

——쳇.

소라는 내심 혀를 찼다.

거짓과 연기 속에서도—— 지브릴에 대한 집착만은 진짜라 보고 제시한 비장의 카드였는데, 불발로 그쳤다.

이렇게 되면 상대의 의도대로 움직여줄 수밖에 없다.

플뤼겔을 상대로? 미지의 게임에서, 주도권을 빼앗긴 채?

——웃기지 말라고 그래.

"——까놓고 말해서냐, 너희가 어떻게 되든, 피라미나 똥개나 대머리 원숭이가 멸망하면 멸망한 대로 그걸 기록한 책이 몇 권 늘어날 뿐이지냐. 오히려 우리에게는 그게 득이고냐."

가만히 소라에게 시선을 보내며.

"영원을 살아가는 몸에게…… 눈 깜짝할 사이에 죽어가는 너희는 '흔해빠진 동화' 정도의 가치도 없는 거야냐. 협조? 왜 그렇게까지 해줘야 하는데냐?"

——그러나 주도권은 빼앗길 수 없다. 빼앗겼다가는 끝장이다.

아즈릴이 어디까지나 밀당을 할 마음이라면—— 덤벼보라지.

"뭐, 역시 그렇겠지? 그래서 못 써먹겠다고 했던 건데, 그런 비아냥거림도 못 알아먹는구나, '시체'."

소라가 결연히, 그러나 당당하게 되받아치자—— 아즈릴의 표정이 움직였다.

"써먹을 구석도 없는 도구, 존재가치도 없는 인형. 그거 참 재미난 영원인가 보다."

"——……."

"뭐, 됐어. 너희 같은 놈들, 우리가 세계를 장악하고 있으면 마지막에는 '우리도 끼워줘' 그딴 소리나 지껄이겠지? 이긴 편에 붙는 것 말고는 재주도 없을 테니까. 지브릴, 우리끼리 어떻게든 해보자. 네가 아는 사람을 하나하나 찾아가서——."

그 말과 함께 일어나려는 소라에게.

"……나한테 싸움 걸어놓고 설마 도망칠 생각이야냐?"

——걸렸다.

소라는 내심 웃었다.

"싸움? 헹, 싸움이란 건 수준이 비슷한 놈끼리 하는 거 아냐?"

"헤에…… 자각이 있다니 대단해냐."

"——당연히 네놈이 밑이지. 잠꼬대하고 앉았어, 새대가리가."

"……좋다냐. 덤벼라냐."

그리고 손을 들고는 초연히 소라 일행에게 내뱉는다.

" '그대가 원하면 살육으로 앗을진저 이는 곧 받은 것과 마찬가지' ——냐!!"

…….

——……장절하기 그지없는 궤변에 눈을 흘겨뜨는 시로와

소라.

"……어느 나라, 말……?"

"아, 마스터. 플뤼겔의 격언이옵니다. 모르시는 것도 무리는 아니옵니다."

"아니아니, 그런 문제가 아니고?"

"싸움이 아니라—— 게임을 할 거야냐. 다만."

소라와 지브릴의 대화는 아랑곳하지 않고 아즈릴이 딱 손을 울렸다.

"너희가 찾는 지브릴의 아는 사람 '전부' 하고, 직접 게임을 해 부탁하면 되는 거다냐."

——그 순간.

그 자리의 전원이 강제적으로 쉬프트를 당했다. 지브릴마저 거역할 수 없는 강제력.

그리고 바뀐 경치에는——.

————『　』사인회 & 악수회, 라고 적힌 현수막과.

빠릿빠릿하게 세팅을 하고 있는 무수한 플뤼겔의 모습이——.

"……당했다——!!"

일제히 이쪽을 바라보는 백 명 가까운 시선을 통해 소라는 순간적으로 모든 것을 이해했다.

——도발에 넘어간 것은 시늉—— 다시 말해 밀당에 패배했다.

그러나 그 사실보다도, 쏟아지는 시선에 소라와 시로의 의식이 한순간에 아득해질 뻔했다.

하지만—— 간신히, 소라를 좀먹던 의문이 기절을 막아주었다.

이는 완전히 예상하지 못한 카드였다.

이미 청각을 차단하고 기절 태세에 들어가려던 소라에게는 들리지 않겠지만,

아마도 찢어지는 성원이 터질 듯이 장내를 에워싸고 있을 것이다.

무수한 시선이 쏟아지는 가운데 떨리는 목소리로 소라가 물었다.

"야, 지브릴. 뭐야…… 이게. 뭐냐고, 이게에에!!"

눈을 까뒤집은 시로를 감싸며 절규하는 소라에게 대답해, 짜악 손뼉을 치며.

"아, 완전히 깜빡했나이다. 플뤼겔을 부추겨 동부연합으로 향하기 위해 두 분 마스터의 '성전(관찰일기)'을 포교하였나이다. 그때 손쉽게 포교할 수 있도록——."

생글생글 웃으며 지브릴이 말했다.

"사인권 악수권 데이트권 동침권까지, 다종다양하면서도 꿈만 같은 온갖 특전을——."

"엽기적인 장사를 하고 앉았어!! 그랬다간 여러 개 사는 놈은 생겨도 보급률은 늘어나지 않을 거 아냐!!"

"……그렇군요. 많이 팔려나간 것치고는 이상하게 인원이 적다고 생각하였사옵니다만, 그런 이유가 있었다니. 그러면 다음부터는 좀 더 효율적인 판촉——이 아니라 포교법을 고

안하겠나이다."

진지한 표정으로 메모를 하듯 책에 뭔가를 써나가는 지브릴에게 소라가 다시 외쳤다.

"그보다 지브릴! 그딴 짓을 했으면 보고를 좀 하란 말이야!!"

——어쩐지 아즈릴이 묘하게 이쪽의 정세에 환하다 싶었다.

하지만 이딴 히든카드를 아군이 숨겨놓은 상태에서 어떻게 밀당에 이기라고?!

결국 여기 모인 백 명 가까운 플뤼겔은 자신들의 '팬' 인가.

그 시선에 다시 기절할 뻔한 소라. 그러나 주인에게 웃음을 지으면서——.

"괜찮사옵니다, 마스터. 이 밀당은 마스터의 승리이옵니다."

"뭐? 응? 네?"

「[illegible]」

「[illegible]」

「[illegible]」

「[illegible]」

——날카롭게 아즈릴에게 시선을 보내는 지브릴.

——플뤼겔어일까.

소라도 시로도 이해할 수 없는 언어를 나누는 두 사람.

그러자 어째서인지——.

조금 전의 찢어지는 성원에 휩싸였던 홀은 느닷없이.

긴장 어린 정적으로 바뀌어버렸다.

"……어, 지브릴 나리? 불길한 예감이 드는데요, 뭐라고 말씀하셨으려나?"

"송구스럽사옵니다, 마스터. 이야기가 정리되었으니 알려드리겠나이다."

지브릴은 돌아보더니.

"아즈릴 선배의 말대로, 이 아이들에게 정보 탐색을 도와달라고 하겠나이다."

부들부들 떠는 소라 일행에게 웃으며 말한다.

"요컨대 전원 게임으로 꺾으면 되는 것이옵니다♪"

"지브릴, 너 하나 이기느라 얼마나 고생했는지 알면서——! 이렇게 많은 숫자를 어떻게 상대하라고?"

"……덜덜 부들부들."

안 그래도 시선공포증에 군중공포증이 있는 두 사람인데.

심지어 백 명 가까운 플뤼겔을 상대로 실체구현 끝말잇기 같은 걸 했다간 몸이 버텨나질 못한다고.

상상만으로도—— 안면이 창백해지는 소라와 시로. 그러나.

"아니옵니다. '한 번에 모두를 꺾으면 그만' 인 것이옵니다. 다행히 별다른 요구는 아니옵니다."

"맞아냐. 여기 있는 모두랑 게임을 하는 거냐."

"이기면 모두가 두 분께서 찾으시는 기술이 있는 책을 수집해 줄 것이고, 패배하면 두 분 마스터께서는 사인회든 악수회든, 뭐, 원할 대로 해 주십사 하는 조건으로 정리가 되었나이다."

꺄————————————————————악!

장내는 찢어지는 성원으로 들끓고, 얼굴이 시퍼렇게 물든 소라와 시로는 기절할 것 같았다.

"지브릴…… 너, 우리한테 죽으라는 거냐……?"

"……지브릴…… 믿었……는, 데……."

부들부들, 갓 태어난 가젤 새끼처럼 떨고만 있는 남매에게 지브릴은.

"안심하시옵소서. 어차피 두 분 마스터께서 패배하는 일은 있을 수 없나이다—— 게다가."

그렇게 말하며 아즈릴에게 시선을 보낸다.

아즈릴이 손뼉을 쳤다.

"이 인원으로 끝말잇기는 못 할 테니까—— '술래잡기' 다냐."

"——지브릴, 다시 한 번 묻겠는데—— 너, 우리한테 죽으라는 거냐?"

"——파들파들파들파들."

——플뤼겔 상대로 술래잡기라고?

하늘을 날고 쉬프트도 마음대로 하는 놈들에게서 도망칠 곳이 있다면.

그것은 에둘러서 저세상에 가라고 하는 것과 같다.

그러나 그 생각을 아즈릴이 차단해버렸다.

"근데 그냥 술래잡기는 재미없지냐—— 기왕이면."

"플뤼겔답게—— '말놀이' 로 가지요."

그렇게 말하며 지브릴이 손을 내밀었다.

그녀가 내민 손 위에—— 소용돌이치듯——

빛으로 엮은 마흔여섯 개의 문자가 나타났다.

눈에 익은 그 문자는—— 46자의—— 카타카나.

그 문자를 지브릴이 아즈릴에게 던지듯 내밀었다.

"흐응~? 이게 너희 세계의 문자구냐? 표음문자야냐?"

뚫어지게 이를 바라보던 아즈릴이 복잡하게 손을 움직였다.

——소라와 시로는 지각할 수 없는. 그러나 거대한 술식이 발동되었다는 사실은.

쿠웅——.

무언가가 솟구치는 듯한 땅의 진동으로 알아차릴 수 있었다.

"응, 다 됐다냐. 그러면~ 갈까냐?"

그렇게 말하자 아ア에서 응ン까지 46자로 이루어진 카타카나가.

아즈릴의 손에서—— 섬광을 발하고.

——일제히 흩어져, 백 명 가까운 플뤼겔 소녀들에게 랜덤으로 한 자씩 뿌려졌다.

이를 확인하고 아즈릴이 말했다.

"규칙은 간단해냐. 지금 이 아이들의 몸에 글자를 하나씩 어딘가에 심어놓았다냐."

——마흔여섯 자. 백 명 가까운 참가자. 누가 어느 글자를

가지고 있는지는 알 수 없다.

"게임은 술래잡기. 쉬프트는 핸디캡으로 금지하겠다냐."

——그리고.

"너희 둘이 애들에게 잡히면 패배, 잡히지 않고 한 시간 동안 도망치면 승리야냐."

"심어놓은 문자를 건드리면—— 다시 말해 잡히지 않고 건드리면 문자는 두 분 마스터께 양도됩니다."

그렇게 말하며 아즈릴에게 두 개의 문자를 던져 양도한다.

"문자는 합치면 【언령(워드)】이 되지냐."

예를 들어주듯 받아든 두 개의 문자—— '코コ' 와 '타タ' 를.

아즈릴은 손목에 감아 합치며 말했다.

"【워드】는 건드리자마자 의미가 구현되지냐—— 개념이든 물체든 자유자재야냐."

""아.""

그 말을 들은 순간 소라와 시로는—— 미래를 보았다.

아즈릴이 내민 두 자가 손바닥에서 합쳐져——

"——냐아아아아아아아아악뭐냐이거징그럽다냐아아아아아악!! 냐아아!!"

그녀는 거대한 '타코タコ(문어)' 의 촉수에 휘감길 거라는 미래를.

소라와 시로가 봤던 미래가 그대로 구현되어 아즈릴은 비명과 함께 데굴데굴 굴렀다.

"어라라. 읽지도 못하는 문자를 득의양양하게 구현해 웃음을 유발하다니, 선배도 제법이군요."

냉소하는 지브릴을 내버려둔 채 아즈릴은 정말로 징그러웠는지.

한순간—— 두쿵, 공간이 맥동하는 소리와 함께 문어를 문자 그대로 지워버렸다.

"이, 이, 이렇게 하는 거다냐?"

말없이 눈을 흘겨뜨며 바라보는 소라와 시로에게 아무 일 없었다는 듯 얼버무리며,

"문자의 의미가 구현되는 거다냐. 물체든 현상이든 개념이든, 이미지대로."

"또한 선배는 읽지 못하는 문자를 합쳤으므로 문자를 드린 저의 이미지가 반영되었나이다. 실제 게임에서는 【워드】를 사용할 수 있는 것은 두 분 마스터뿐이옵니다♪"

"…………."

미안해하는 기색도 없이 아즈릴에게 시비를 걸었다는 사실을 은근슬쩍 자백하는 지브릴.

그러나 아즈릴은 신경 쓰는 기색도 없이 헛기침을 한 번 하며 말을 이었다.

"단—— 문자는 한 번 사용하면 사라진다냐. 이용은 계획적으로 해라냐."

——…….

"이상이옵니다, 마스터. 무언가 의문점이 있으시옵니까?"

"완전 의문인데—— 도망치는 방법이. 혹시 모른다면 가르

쳐줄까? 이마니티는 하늘을 못 날아."
"덜덜 부들부들."
"……황송하옵니다, 마스터. 원래는 제가 힘을 보태드려야 하오나—— 이번 게임에 저 자신은 참가할 수 없나이다."
의아해하는 두 주인. 그러나 아즈릴이 깔깔 웃으며 대답했다.
"지브짱의 힘을 빌리면 게임이 안 되지냐~. 아무도 못 잡을 테니까. 【워드】를 준비해준 건 최소한의 정이었다냐. 그런고로——."
생긋 웃더니.
"거기 숨어 있는 담피르, 네 날개를 빌려줘라냐."
아즈릴이 시선을 보내고.
——겨우 그것만으로.
은폐 술식이 유리처럼 깨져나가고 계속 숨어만 있던 플럼이 끌려나왔다.
"……헤? 엑, 어아아아아아아아아?! 어, 어떻게 알았어요오?!"
"……정말—— 참으로 훌륭할 정도로 존재감이 희박하군요."
——소라와 시로조차 잊어버렸던 모습에 지브릴이 감탄한 듯 중얼거렸다.
그 곁에서 아즈릴이 웃으며 플럼에게 물었다.
"얘, 너. 모기만도 못한 종족이지만 죽을힘을 쥐어짜내면 날개 만드는 마법 정도는 짤 수 있지냐?"
——냉큼 신보다도 더 높은 곳에서 내려다보는 시선으로 아즈릴이 묻자.

죽음의 공포에 떨면서도 플럼은 꿋꿋하게 대답했다.

"네, 네에에에? 사, 사람 두 명을, 플뤼겔만큼 빠르게 날게 하다니, 불가능해요오……. 충격파 때문에 두 분은 물론이고 저까지 산산조각 날 테고요오, 애초에 저도 슬슬 힘이——."

그러나 아즈릴은 웃음을 지우지 않았다.

"지칠 때마다 두 사람의 체액을 받으면 되지 않아냐?"

"성심성의껏! 마음을 담아 날개를 만들어보겠습니다아!"

음속으로 태도를 뒤집어 직립부동자세로 경례를 하는 플럼. 그러나——.

"아니, 저기, 왜 우리가 그 게임에 응해야 하는——."

……그렇게 말하려다, 돌아보는 지브릴의 시선에 소라는 말을 끊었다.

——부디 실망하지 말아주시옵소서. 그리고 부디 믿어주시옵소서——.

진지하게, 기대와 불안이 뒤섞인 눈으로 그렇게 말하는 소녀와.

웃고 있는, 시체 같은, 텅 비고 공허한 소녀에게 시선을 돌렸다.

"……그대가 원하면 살육으로 앗을진저 이는 곧 받은 것과 마찬가지—— 그런 '게임' 인 거지냐."

"…………."

영혼이 깃든 불안한 눈빛과, 텅 빈 인형의 웃음.

그곳에서―― 과거에 보았던 것과 완전히 똑같은 것을 발견한 소라. ――그러나.

――게임. 그 한마디에 소라와 시로의 눈에 빛이 깃들고 급속도로 머리가 냉정해졌다.

규칙, 승리조건, 그리고 아즈릴의 의도까지도 머릿속에서 맹렬히 조립되기 시작했다.

"……빠야."

똑같은 것을 하던 시로가 불안스레 묻는다. 그러나 소라는 고개를 끄덕인다―― 다 알고 있노라고.

――이것은 이제까지 했던 '게임'과는 명백히 다르다.

게임은 시작되기 전에 끝난다.

이를 신조로 삼는 『　』. 그러나 이것은――

선제공격을 당했던 게임. 예상하지 않았던 게임. 주도권을 빼앗긴 게임이다.

자신들에게는 감춘 채 플뤼겔어로 오간 정보까지 도사린 게임.

부자연스럽게 자신들에게 유리한 규칙까지 마련된 게임.

너무나도 위험하다. 너무나도 수상하다. 정보는 너무나도 불확실하다. 이런 게임은 절대 받아들여서는 안 된다. 하지만.

"……마스터…… 간청드리옵니다. 믿어주시옵소서."

벌을 받을 것까지 각오하며 흔들리는 눈.

그러나―― 진심으로 소라 일행의 승리를 확신하는 눈빛을 띤 지브릴이 마련해준 게임이기도 하다.

"——조건을 확인해볼까?"

지브릴을 흘끔 쳐다보고는 지극히 냉철해진 머리로 소라가 말했다.

불안스레 고개를 든 시로도 소라가 그렇게 판단했다면 문제없다고.

눈에서 불안을 지우고 그저 의식을 날카롭게, 맑게 고양시키기 시작했다.

그 모습에, 그저 눈을 감고 감사를 표하는 지브릴을 내버려둔 채 소라와 시로는.

둘이서 모든 의심요소를 밝혀내기 위해—— 예상하지 않았던 게임의.

예상할 수 없는 부분까지 예상하고 밝혀내겠노라 두뇌를 회전시켰다.

"——나는 시로와 손을 잡고 있겠어. 우선 이게 절대조건이야."

"……플럼이, 만들어줘…… 날개."

"그래. 나와 시로가 한쪽 날개씩 마음대로 움직일 수 있게 할 것. 이게 조건이야."

"……플럼…… 할 수 있, 어라."

의문형을 만들려다 억지로 명령형으로 맺는 시로. 플럼은 울먹이며 대답했다.

"으, 으으음……? 사, 상당히 복잡한 마법이 될 것 같은데,

가능하면 봐주실 수──.”

“형태는 뭐든 좋아. 그동안 우리의 땀을 얼마든지 핥도록 허가하마.”

“맡겨만 주세요오!! 담피르의 진짜 실력을 보여드릴게요오──오우에에!!”

쓸데없이 격렬한 기합.

순식간에 날개를 핏빛으로 물들인 플럼이 눈에 복잡한 모양을 띠었다.

복잡한 술식을 자아낸 플럼은 자신의 모습을──

……머플러로 바꾸었다.

둥실둥실 허공에 뜨더니, 소라와 시로의 목에 휘릭 감긴다.

소라와 시로가 둘이서 하나의 긴 머플러를 감듯 이어준다.

“하아, 하아…… 저, 저의 물리적 존재에 위장을 가했, 어요……!! 이, 이러면…… 머, 머플러의 양쪽 끝이…… 나, 날개로 작동할, 거예요오──!!”

처음 소라를 찾아왔을 때 가방을 숨겼듯 자신을 날아다니는 머플러로 위장한 플럼.

플뤼겔조차 감탄하는 가운데 머플러가 된 플럼이 에헴 밋밋한 가슴을 펴는 모습이 보이는 것 같았다── 숨을 헐떡이면서.

소라와 시로 두 사람의 목을 이어주는 머플러, 그 양쪽 끝이 펄럭 펼쳐졌다.

피가 기어가는 듯한 모양을 그리며 날개를 자아내는 그 모습에 소라는 고개를 끄덕였다.

그리고 남은 문제를 열거한다.

“——그다음엔…… 아반트헤임의 환경을 나와 시로와 플럼, 세 사람이 문제없이 활동할 수 있도록 만들어줄 것. 그리고 날개를 빌려준다고는 해도 쓰는 법을 전혀 모르겠거든. 우리가 출발한 다음 게임이 시작될 때까지—— 5분의 핸디캡을 요구한다……. 그럼 문제없을까, 시로?”

“……응, 괜찮, 아.”

——전원이 살짝 숨을 삼켰다. 조금 전까지만 해도 벌벌 떨던 두 사람의 변모 때문이 아니었다.

요구한 핸디캡이 5분이면 충분하다고 말한 것에 대해서였다.

“문제—— 없겠죠?

아즈릴과 백 명에 가까운 플뤼겔을 돌아보며 지브릴이 물었다.

플뤼겔들에게서, 사용해본 적도 없는 힘을 가지고, 마흔여섯 자만을 무기 삼아, 이마니티가 도망을 다닌다.

정말 그럴 수 있다면야——.

목을 꼴깍 울리는 일동.

“……응, 문제없다냐. 너무 느슨한 감도 들지만…….”

유일하게 이해를 못하고 있는 듯 아즈릴이 중얼거리고,

손가락을 살짝 움직이자——동시에 굉음과 진동.

“——아브(아반트헤임) 군에게 요구는 반영시켜놨다냐——. 그럼 시작해볼까냐?”

대수롭지도 않다는 듯, 하나의 세계 환경을 재구축했다고 말한 아즈릴이.

다시 손가락을 딱 울리자 소리도 없이 벽이 일그러지더니—— 거대한 구멍이 뚫렸다.

……벽에 뚫린 거대한 구멍으로 아반트헤임 전역이 보였다.
아즈릴이 이동시켰는지, 아니면 단순히 시간경과 때문인지.
바깥은 어둠에 물들어 있었다.
햇빛은 없어 플럼에게는 절호의 환경.
구멍에서 몸을 내밀고 대기농도를 확인한 후—— 소라와 시로는 맞잡은 손에 힘을 주었다.
두 사람의 목에 감긴 머플러—— 플럼이 펄럭거리며 목소리를 죽인 것을 알 수 있었다.
아래는 보이지 않는다.
그저 휘몰아치는 바람에 몸이 날아가버릴 것 같은 감각이 이곳의 고도를 짐작케 했다.
"그러면—— 이제부터 두 분 마스터와 이 자리의 모든 플뤼겔이 게임을 시작하겠습니다."
소라와 시로의 뒤에서 지브릴이 공손히 선언했다.
그보다도 더 뒤쪽에서는 백에 이르는 시선.
그러나—— 한번 게임에 빠져든 소라와 시로의 머릿속에 그 시선이 들어올 여지는 없었다.

"이것이 이곳 아반트헤임의 지도이옵니다."

바람에 파닥파닥 나부끼는 종이를 받아들고 흘끔 살펴본 시로가 고개를 끄덕인다.

지브릴은 한 걸음 물러나 깊이 고개를 조아렸다.

"……마스터, 감사드리옵니다."

"솔직히 자신은 없다만, 뭐…… 믿을게. 너야말로 기대를 배신하지 마라."

"……가족, 소중히…… 하는 거…… 당, 연."

지브릴과, 소라와 시로. 세 사람만이 알 수 있는 말을 나누고——.

""——【아셴테】——!!""

지브릴 이외의 전원이 손을 들고 그렇게 외친 것과 동시에.

소라와 시로는 벽에 뚫린 구멍을 통해 허공으로 휙 뛰어나갔다.

그 순간 중력이 두 사람을 포착한다. 인간의 몸으로 저항할 수 없는 힘.

얼굴에 부딪치는 바람과 함께 천천히—— 서서히 가속하며 떨어진다.

그 너머에 있는 것이 보이지 않는다. 그러나 무엇이 됐든 예외는 없는—— 죽음.

여기에 신기하게도 공포도 두려움도 느끼지 않는 이유는——

글쎄, 과연?

소라는 쓴웃음을 지었다.

"……빠야……."

그렇게 속삭인 여동생에게 시선을 돌리자, 펄럭이는 머플러의 한쪽 끝── 한 장의 날개가 펼쳐졌다.

동생의 시선을 통해 자신의 등에도 같은 것이 있음을 확인하고,

"……가자……."

──당연히── 불안과 공포가 있을 리 있겠느냐고, 웃었다.

맞잡은 손을 꽉 쥐고 둘이서 한 쌍의 날개를 퍼덕여,

비익조가 힘차게── 중력의 사슬을 끊어버렸다.

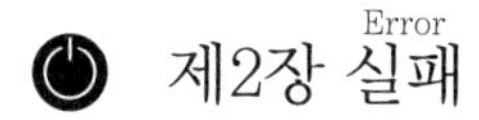

제2장 실패

같은 시각── 에르키아 왕성, 선왕의 서재

"…………테공. ……스테공. 배고프다, 요."

그런 목소리와 함께 몸이 흔들려, 스테프의 의식은 천천히 수면 위로 떠올랐다.

침을 흘리며 책상에 엎드려 있다가 흠칫 몸을 일으키며 주위를 둘러본다.

"──에?! 에, 어라? 제가 어느새 잠들었죠?!"

"밥 먹더니 책상에 머리 처박았다, 요. 나가 죽은 줄 알았다, 요."

──보아하니 식사를 해 배가 부른 것과 동시에── '기절' 한 모양이었다.

"지, 지금 몇 시인가요……?"

등에 걸린 겉옷 ── 이즈나가 얹어준 모양이다 ── 을 주섬주섬 개며 퀭한 얼굴로 묻자.

꼬로로로로로~~ 귀여운 소리가 들렸다.

이즈나가 배를 붙잡고 진지한 표정으로 스테프를 올려다보며 말했다.

"밥 먹고 딱 여섯 시간 지났다, 요."

"……미, 믿음직한 시계네요."

마지막으로 식사를 한 것이 새벽 2시쯤이었던가—— 그렇다면 지금은 벌써 아침이란 말인가.

창이 없는 서재에 아침 햇살은 들어오지 않지만 슬슬 시내가 활기를 띠기 시작할 무렵일 것이다.

"스테공, 스테공. 밥, 요."

꾹꾹 자신의 옷을 잡아당기며 주장하는 이즈나.

"아~…… 네, 그랬죠……. 그럼 아침 만들러 갈까요…… 아니, 잠깐만?"

문득 스테프는 이즈나가 앉아 있던 곳에 쌓인 책무더기를 보았다.

"이즈나, 저건 뭔가요?"

"……? 책이지 뭐긴 뭐야, 요."

"아뇨, 그게 아니고—— 왜 저기 있나요?"

"……그야 당연히 읽었으니까 있지, 요."

"——네? 하지만 이즈나는 인류어를 못 읽었던 것 아니었나요……?!"

"배운다고 했잖아, 요. 그러니까 배웠지, 요."

설마—— 스테프는 눈을 크게 떴다.

스테프가 주었던 수인어와 인류어의 대역 게임—— 수인어 교본.

그것만 가지고 자신이 기절한 동안 인류어를 배우고, 저 많은 책을 읽었다고——?

——게임 이외에는 젬병. 반대로 게임이기만 하면——.
순식간에 익히는 데다, 자신보다도 더 많은 책을 다 읽어놓은 모습에 모골이 송연해졌다.
"…………소라와 시로를 잘 따르는 이유가 있었군요."
소라와 시로 탓에 잊어버릴 뻔했던 사실을 스테프는 새삼 떠올렸다.
하츠세 이즈나. 이 조그만 아이는. 시로보다도 어린 워비스트 소녀는.
——바로 『　』을 상대로 종이 한 장 차이의 승부를 벌인, 그 누구도 이의를 제기할 수 없는 진짜임을.
그러나…….
"……이즈나, 마지막으로 잤던 게 언제예요?"
"……에? ……다, 다섯 번째 밥 먹었을 때부터…… 어~…… 요?"
손가락을 꼽으려다 이즈나는 난감한 표정을 지었다.
그녀의 눈 밑은 어렴풋한 검은색으로 물들어, 한동안 한잠도 자지 못했음을 알 수 있었다.
——생각해보면 당연하다.
아무리 '진짜'라 해도, 아무런 노력도 기울이지 않고 무언가를 해낼 수 있겠는가.
이즈나는 열심히, 한숨도 자지 않으며 필사적으로—— 인류어를 배우고 이 많은 책을 읽었던 것이다.

"……미안해요, 이즈나. 나만 자고."

"스테공은 약하다, 요. 잔챙이는 잔챙이답게 피곤하면 자는 거다, 요."

영원히 끝나지 않을 작업으로 보였던 희미한 희망에 기합을 넣고자 뺨을 두드렸다.

우선은 밥을 먹고, 그다음에는——.

그렇게 생각하며 서재를 나가려 했을 때.

"……? 이즈나, 어떤 순서로 책을 읽었던 거예요?"

높이 쌓인 책이 여기저기에서 의도적으로 뽑혔음을 깨달았다.

"좋은 냄새 나는 순서대로 골랐다, 요."

——잘 이해할 수 없는 대답을, 마치 당연하다는 듯한 표정으로 말하는 이즈나.

문득 스테프는 그 책무더기 위에 있던 책의 타이틀이 마음에 걸려 손에 들어보았다.

이유는—— 지금 소라와 시로가 있는 곳과 관계가 있는 책이었기 때문이다.

"—— '주인 없는 병기 플뤼겔' …… 왜 이 책을 골랐지요?"

할아버지의——선왕의 글씨로 그렇게 적힌 타이틀을 읽는 스테프에게.

킁킁 냄새를 맡으며 이즈나가 대답했다.

"소라랑 시로 냄새가 났다, 요. 한 달쯤 전에 둘이 읽었던 거다, 요?"

"둘이 이 책을……?"

——오셴드로부터 돌아왔던 그 해변에서.

아반트헤임에 쳐들어가 세 종족을 손에 넣겠다고 대수롭지도 않게 선언했던 소라.

그 방법을 —— 늘 있는 일이지만 —— 전혀 듣지 못했던 스테프는 책을 펼쳤다.

한 달 전이라면—— 동부연합과 게임을 하기도 전에 읽었다는 뜻인데——.

이 방의 모든 책과 마찬가지로, 할아버지가 직접 쓴 내용을 읽는다.

『플뤼겔—— 태고의 대전에서 '전쟁신 아르토슈'가 창조한, 신을 죽이는 종족——.』

『플뤼겔—— 그녀들이 지식을 모으는 이유는 취미가 아니다.』

그것은 선왕—— 할아버지가 직접 본 플뤼겔에 대한 서술이었다.

다시 말해 지브릴에 관한 고찰이다. 그래야 하는데…….

『그것은 그녀들이 살아가기 위한—— 아니. 죽지 않기 위한 행위.』

스테프의 뇌리에 그 이해하기 어려운(지브릴) 인물이 떠올랐다.

『주인을 잃고 살아가는 병기…… 공허하게, 그저 떠돌아다니기만 하는 걸어다니는 시체인형.』

진의를 판별할 수 없는 웃음을 지으며, 호기심과 주인을 위해서라면 무엇이든 저지를 수 있는 황당무계 생물을 머릿속에 그려본다.

『플뤼겔이 살아있는 이유, 아니, 살아있다고 단언할 수 있는 근거는 무엇인가.』

——어째서일까.

할아버지가 기술한 지브릴과 자신이 본 지브릴의 인상이 전혀 일치하지 않았다.

그 위화감에 스테프는 무의식중에 페이지를 넘기던 손을 멈추고 생각에 잠겼다.

……이 책을 읽고도 아반트헤임에 갔던 소라와 시로.

두 사람에게, 대체 어떤 의도가——.

"스테공, 지금 그거 읽고 있을 때냐, 요?"

"어, 아, 그, 그러네요."

그랬다. 지금은 플뤼겔이 아니라 세이렌의 정보를—— 그렇게 생각을 바꾸려는 스테프를.

꼬로로로로로~~~~ 하는 소리가 가로막았다.

"지금은 밥 먹어, 요."

야무진 동그란 눈동자로 단언하는 이즈나에게.

스테프는 쓴웃음을 지으며 책을 책장에 돌려놓으려다——과로 탓인지 현기증을 느꼈다.

"아……."
손을 댔던 책장에서 책이 툭툭 떨어졌다.
아직 다 읽지 않은 책과 다 읽은 책이 섞여—— 비참함에 울음을 터뜨릴까 생각했던 그때.

——바람이 불었다.
그렇게 인식한 것이 고작인, 스테프에게는 반응조차 불가능한 속도.
문에서 방 한구석까지 순간이동을 한 이즈나의 입에는——책 한 권이 물려 있었다.
"……뭐냐? 이거, 요?"
"……제, 제가 묻고 싶어요. 뭐하는 거예요, 대체?"
눈을 동그랗게 뜨는 스테프를 내버려둔 채 의아한 표정으로 이즈나가 책의 냄새를 맡고 있었다.
"생선 냄새다……요? 아니다, 요……. 아."
그리고 재미없다는 듯 홱 책을 집어던진다.

"세이렌 냄새다, 요. 못 먹잖아, 요."
————그 순간 스테프의 몽롱했던 머리에 불이 붙었다.
이즈나는 조금 전 책을 읽은 순서를 좋은 냄새가 난 순서라고 대답했다.
어떻게 소라와 시로가 읽었다고 단정했을까—— 아니, 그 이상으로.

"어, 어떻게 할아버님의 책에서 세이렌의 냄새가 나는 거죠?!"

"글쎄, 요. 세이렌이 만졌거나 세이렌을 만진 손으로 누가 만졌겠지, 요."

고개를 갸우뚱 기울이며 이즈나가 말했다.

"소라나 시로…… 혹은 우리일까요?!"

"……? 아니다, 요. 여기 있는 책이랑 전부 똑같이 영감 냄새만 섞여 있다, 요."

자신들의 냄새는 아니다. 소라나 시로의 냄새도 아니다.

애초에 소라 일행은 오셴드에 간 후 이곳에는 오지 않았을 터── 그렇다면──?!

"어, 언제 만졌는지 알 수 있을까요?"

몸을 앞으로 내밀며 묻는 스테프. 그러나 이즈나는 난감한 표정으로 손가락을 꼽더니, 대답했다.

"……손가락, 모자란다, 요……."

──그러나 그 말은 10년 이상 전의 냄새임을 단언한 것이나 마찬가지였다.

"……자, 잠시만요. 그런 것까지 알 수 있어요?"

"스테공은 모르냐, 요? 냄새는 남는다, 요."

그런 이종족의 상식을 어떻게 알겠냐고 내심 소리를 질렀지만 이로써── 수수께끼는 모두 풀렸다.

이즈나에게 도움을 받으라고 했던 진의, 소라와 시로가 읽었던 책을 알아낸 이유, 그리고.

──10년도 더 전에 할아버지가 세이렌과 관련이 있었음을 증명할 수 있었다!!

남은 것은──!

"그, 그 전후로 만들어진 책을 알아낼 수 있나요?!"

킁킁 코를 울리며 이즈나가 고개를 갸웃했다.

"……냄새 약하다, 요. 그래도 엄청 노력하면…… 아마 할 수 있다, 요."

──세계가 빛으로 충만했다.

이로써 찾아야 할 범위가 단숨에 줄어들었다!

"아우우우우그렇게편리한힘이있으면진작써줬으면좋았잖아요오오그래도고마워요우와아아앙겨우지옥의출구가보여──!"

감개무량해 스테프는 이즈나를 끌어안고 마구 쓰다듬었다. 그러나 이즈나는 홱 뒤로 뛰어 물러나더니.

"──후우우우우욱!!"

당장에라도 물어뜯을 것처럼 털을 곤두세우고 스테프를 위협했다.

"헥, 저, 저기…… 죄, 죄송해요, 제가 뭔가 잘못했나요?"

"……스테공, 쓰다듬는 거 너무 못한다, 요!"

아직도 경계태세를 풀지 않는 이즈나에게 황급히 스테프가 주위를 두리번거렸다.

눈에 들어온 것은──

"아, 그, 그래요. 이, 이거 드릴 테니, 용서해 주세요."

"——뭐냐 그거, 요."

"제, 제가 먹으려고 만든 과자예요. 자, 자요."

그리고 하나를 스스로 먹어 안전함을 주장하고—— 살며시 내밀었다.

이즈나는 거기에 코를 몇 번 울리더니.

"…………나쁘지 않네, 요. 그래도 지금은 밥 먹고 싶다, 요. 생선, 요."

——텁 입에 넣고는 금세 태도를 풀어주었다.

커다란 꼬리를 천천히 흔들며 햄스터처럼 오독오독 깨문다.

"아, 그, 그럼 만들어올게요! 생선구이, 조림, 날생선…… 어떤 게——."

"전부, 요."

"엑."

"전부, 요."

질질질 진지한 표정으로 침을 흘리는 이즈나에게 스테프는.

"~~알았어요! 듬직한 아군도 얻었으니, 실력을 발휘해서 제가 아는 모든 생선 요리를 만들어 올게요!! 그동안 이 책 전후로 할아버님이 쓰셨던 책을 모아주세요!!"

"알았다, 요!!"

멋들어진 대답과 동시에 이즈나가 벌떡 일어났다.

자, 출구가 보였다! 서둘러 서재를 뛰어나가려던 스테프의 등 뒤에서——

소리가, 튕겨나왔다.

"엥?"

——그것이 이즈나가 음속을 초월한 소리임을 깨달은 것은.

나직하게 으르렁거리며 몸 밖으로 튀어나올 듯 맥박치는 심장소리였으며. 열 권 가까운 책을 손에 들고 어깨로 숨을 쉬는—— '혈괴' 에 시뻘겋게 물든 이즈나의, 자기신고와 재촉이었다.

"——하아악, 하아아악—— 다 끝났다, 요————! 생선, 아직, 멀었냐, 요!"

……엄청 노력하면…… 아마 할 수 있다고.

과연. 이즈나는 선언대로 엄청나게 노력한 것이다.

——물리적 한계에 싸움을 걸어 힘으로 굴복시킬 만큼 노력한 것이다…….

피가 끓어올라 침을 흘리며 사냥감을 앞에 둔 짐승 같은 무시무시한 눈빛을 띤 이즈나에게——

"……재, 재료 사오는 거, 도와주실 수 있나요?"

스테프는 '시간끌기 작전' 을 선택했다…….

■ ■ ■

——어둠에 휩싸인 아반트헤임 상공.

무수한 큐브가 난립한 경치를, 큐브 자체가 뿜어내는 엷은 빛과 달만이 비추었다.

소라와 시로는 그 안을 비척비척, 비실비실 못 미덥게 비행

── 아니, 부유하고 있었다.

"저, 저기요오…… 정말로 이길 수 있나요오……?"

"지금말걸지마정신산란해져!"

"……빠야…… 좀 더…… 이렇게……."

자칫 잘못하면 뒤집어져 스핀과 함께 추락해버릴 것 같은 그 모습은 참으로 위태로웠다.

두 사람을 이은 날개를 이룬 플럼이 나직한 목소리로 속삭였다.

"사, 상대는 플뤼겔인걸요오? 아무리 저 같은 애가 힘을 빌려드려도, 그 뭐냐아, 두 분은 날아본 적도 없고요오…… 플뤼겔하고 스피드 승부는 절대 불가능할 거예요오……."

날개 다루는 데 악전고투하면서도 소라는 어조만은 느긋하게 대답했다.

"안심, 해. 술래잡기는 발이 빠르면 유리하지만── 딱히 필승은 아니야."

"그야 그렇지만요오…… 그래도……."

그 모습에 머플러가 된 플럼이 내심 한숨을 쉬었다.

──플뤼겔. 쉬프트 같은 능력을 쓰지 않더라도 존재 자체가 물리한계를 일탈한 종족.

아마 진심으로 나선다면── 음속은 물론 극초음속으로 비행하는 것도 가능할 터.

술래잡기가 발만 빠르다고 유리하지는 않다지만, 거북이가 말과 경주해 이길 수는 없다.

아무리 그래도 이렇게 비척비척 난다면——

수가 없——지는 않겠——?

"……에? 어, 어라?"

플럼이 위화감을 느꼈다.

어느새, 날개를 치며 날아가는 소라와 시로의 자세가 안정을 찾은 것이다.

서서히 속도가 늘어나, 머플러를—— 플럼을 퍼덕이는 바람이 강해졌다.

"……저기요오, 왜 한 분이 한 장씩—— 한쪽 날개씩 움직이도록 하신 건가요오?"

문득 새삼스레 의문을 느낀 플럼.

눈 깜짝할 사이에, 플럼이 엮은 날개를 말 그대로 자기 것으로 만들어나가던 남매는.

서로를 바라보더니, 웃었다.

"당연히—— 안 그러면 승리가 확실하지 않으니 그렇지."

반대로 말하자면, 그렇게 하면 승리가 확실하다고, 두 사람이 맞잡은 손이 역설한다.

——이 손을 잡고 있는 한.

————그 누구에게도 질 것 같지 않다.

■ ■ ■

공허한 병기. 단순한 물건. 단순한 인형—— 플뤼겔.

주인을 위해 신을 쳐 멸할 도구. 그저 그뿐이면 되는 것이었다.
그러나 주를 잃은 지 어언 6천여 년, 플뤼겔은 어째서 존재하는가.
오랜 기간 그 《답》을 찾아 아반트헤임과 함께 방황했다.
그러나 멋대로 뛰쳐나가 느닷없이 돌아온 지브릴은—— 분명히 변했다.
마치, 그렇다—— 《답》을 찾은 것처럼.
…….
아즈릴은 턱을 괴고 허공을 올려다보았다.
조금 전의 플로어, 소라의 조건—— 핸디캡 5분을 기다리는 백 명의 플뤼겔도 같은 곳을 보고 있다.
허공에 떠오른 영상—— 소라와 시로의 모습을.
"……지브짱, 난 아르토슈 님께 맡은 마지막 사명——《답》을 발견할 수 있는 아이가 있다면 '클로즈 넘버', 지브짱밖에 없을 거라고 생각해냐."
"………… ."
——여기에는 이유가 있지만.
문제는 그 점이 아니라고 내심 아즈릴은 잘라내며 말을 이었다.
"그런 지브짱의 《답》이 맹약으로 심어진 거라면——."
——소라와 시로, 두 사람은 모르도록 플뤼겔어로 확인했던 것을.
다시 언급하듯, 거짓된 미소를 지우지 않은 채 아즈릴이 말했다.

"나는 '특권'을 행사할 거야냐—— 무슨 말인지, 알지냐?"

"예. 하지만—— 뻔한 것을 묻는 행위는 어리석음일 뿐입니다, 선배."

그 말에 허공의 영상을 올려다보던 플뤼겔 전원이 긴장했다.

—— '전익대리' —— '18익의회' 의장 아즈릴.

전권대리자는 아닌 아즈릴이 가진 유일한 특권.

그것은 6천여 년 전에 이루어진 합의에 따른 것.

"—— '모든 플뤼겔의 자해명령권' …… 괜찮지 않겠습니까?"

그렇게 태평하게 말하는 지브릴을 보며 눈을 가늘게 뜨는 아즈릴.

"원래는 아즈릴 선배가, 주인 없는 플뤼겔의 존재의의를 발견할 때까지 자해를 금지하기 위해 얻어낸 권리 아닙니까. 저희에게 존재의의가 없다고 판단하셨다면—— 마음대로 쓰십시오."

일동에게 떠오른 것은 공포가 아니었다—— 원래 플뤼겔에게 죽음이란 공포의 대상이 아니다.

병기로 만들어진 종족, 영원히 살아가는 종족에게는 영예이기조차 하다.

그래도 참가자들이 긴장한 이유는 '기대' 때문이었다.

——무언가가 시작되거나, 무언가가 끝나거나.

그 차이가 있을 뿐. 그러나.

그 예감에, 그저 기대하는 분위기였다.

"……알고, 있다면…… 됐다냐."

그러나 이 자리에서 유일하게 아즈릴만이 그 사실을 이해하지 못하는 듯했다.

그 분위기에 지브릴은 약간 실망한 눈빛을 띠었다.

——그 눈이 무엇보다도 아즈릴을 갉아먹었다.

"아즈릴 선배. 당신도 알 텐데요. 우리—— 플뤼겔의 근본적인 오류를."

——소라와 시로는, 모른다.

그러나 지브릴은 소라와 시로와 만나—— 명확하게 바뀌었다.

소라와 시로에게 패하기 전까지는 지브릴도—— 무언가 위화감을 느끼고, 행동은 했지만.

근본은 역시 아즈릴과 별로 다를 바가 없었다.

미지를 기지로 바꾼다—— 그저 여기에만 의미를 두고 있었다.

미지는 뒤집어지는 것. 여기에는 아무런 감회가 없었다. 굳이 말하자면—— 멸해야 할 '적'일 뿐이었다.

그 '적'에게 지브릴은 다소 다른 개체보다도 호전적이기는 했을 것이다.

——그러나 소라와 시로에게 패배했던 그 날, 그것이 바뀌었다.

"우리가 수천, 수만 년 시간을 거듭해 쌓았던 지식을, 태어난 지 겨우 십여 년밖에 안 된 두 분 마스터께서 모조리 뒤집어나갔던, 그 의미를, 가치를—— 선배. 당신은 이해하지 못

합니다."

"…………."

아즈릴이 본 적이 없는, 열에 달뜬 듯한 표정으로.

기억에 있는 한 아르토슈에게조차 보인 적이 없는 얼굴로, 지브릴이 말했다.

"가슴을 태우는 듯한, 미지를 기지로 바꾸는 것보다도 훨씬 뜨거운. 기지를 미지로 바꾸는 그 방식에, 저는 자신의 의지로 따르겠노라 결심한 것입니다―― 맹약 따위, 상관없습니다."

그렇게 말하는 지브릴. 그러나 아즈릴은 침묵할 뿐이었다.

솔직히 말하자면 전혀 의미를 알 수 없었기 때문이다.

기지를 미지로 바꾼다고? ――그딴 것이 공포 외의 그 무엇이란 말인가.

――그러나.

지브릴의 말에 감화되었는지.

그 말에, 스타트를 고대하던 플뤼겔 백 명의 눈에 열기가 깃들고―― 날개가 떨렸다.

――이해할 수가 없어, 아즈릴은 다시 턱을 괴었다.

그것은―― 적어도 《답》은 아니다.

허공에 떠오른 두 사람을―― 비틀비틀 날아가는 두 사람을 바라본다.

"아즈릴 선배가 플뤼겔의 앞날을 누구보다도 우려한다는 것은 잘 압니다. 그러나."

“…………….”

흘끔 시선만 돌리니 결연한 표정으로.

——어쩐지—— 간절히 매달리는 듯 지브릴이 말했다.

“당신이 찾아 헤매던 대답은, 당신이 상상하는 곳에는 없습니다.”

■ ■ ■

“히익…… 히익…… 이, 이젠 한계예요오……. 힘들어요오, 기브어어업…….”

“아직 3분도 안 지났어, 얀마! 울○라맨도 그것보단 근성 있겠다!!”

일찌감치 지치기 시작한 플럼(머플러)에게 소라가 질책했다.

“플뤼겔처럼 황당무계한 종족하곤 달리! 중력을 거스른다는 건 두 분은 상상도 못 할 만큼 어렵다고요오!! 심지어 두 분에게 날개를 주고—— 진짜 저 좀 살려주——.”

“땀이라면 뻘뻘 흘리고 있으니까 내 거 알아서 핥아먹든가!”

“기브업이라니 말도 안 되죠오!! 두 분을 위해—— 계속하겠습니다아!!”

“분위기고 뭐고 다 말아먹고 있거든, 너?!”

소라는 목을 핥는 감촉에 등줄기가 오싹해지는 것을 느끼며 외쳤다.

——플럼이 위장한 이 머플러.

'자신의 물리적 존재' 에 대한 위장을 가해, 머플러인 척 소라와 시로를 이어놓고 있다.

그 양쪽 끝을 소라와 시로가 마음대로 움직일 수 있는 날개로 만들어놓은 것인데.

"야. 이거 우리 눈에는 날개가 되는 머플러로 보이는데, 실제로는 어때?"

"할짝할짝…… 아아 행복해♡ ——어, 네? 어, 지금은 소라 님의 목에 안겨서 목을 핥고 있는데요오…… 그리고 발로 시로 님의 목을 붙잡고 있는 상황이에요오."

"하하, 그야말로 *변태비행이네!"

"……빠야, 썰렁해. 짜증나. 게다가…… 재미, 없어……."

"그냥 해보고 싶었던 말인데 그렇게까지 저평가?!"

아반트헤임의 밤하늘에 반짝반짝 눈물의 궤적이 흘렀다. 그러나 플럼은 발끈해 반론했다.

"미리 말씀드리지만요오, 여러 개의 술식을 동시에 전개하는 건 엘프의 전매특허라고요오. 날아다니는 머플러 같은 매직 아이템으로 자기 몸을 위장해 두 사람의 마음대로 움직이는 마법을 걸다니, 상당히—— 사앙~~~~~~~~~~~~당히! 칭찬 받아 마땅한 일이거든요오?!"

그렇게 기일~~게 플럼이 주장했다.

"그리고 이거 생각보다 훨씬 피곤해서…… 영혼 공급이 끊어지면 아마 몇 초 안에 죽을 거예요오."

---

* 변태비행 : 일본어로 '변태(變態)' 와 '편대(編隊)' 는 발음이 같다.

"……상당히 위험성이 큰 일을 태연하게 받아들였네."
"네? 그치만 이러고 있으면 소라 님의 목을 맘껏 할짝할짝…… 뉴후후우~ 맛있어요오."
"우와~ 지금 당장 이거 벗어버리고 싶어!"
충동적으로 앞뒤 안 가리고 정말 머플러를 집어던질까 생각한 것과 동시에——.

"……빠야, 시간."
5분이 지났음을 알리는 시로의 목소리에 눈을 가늘게 뜬다.
다시 말해 후발 플뤼겔들이 소라 일행을 붙잡기 위해 출발할 시간이다.
"——좋아. 플럼, 우리 목숨을 맡고 있으니까 도중에 뻗지 마라!"
"괜찮아요오, 도중에 제가 뻗으면 일심동체로 함께 죽을 거니까요오!"
"그런 각오는 됐거든?! 간다!"
그렇게 말하자마자 소라와 시로는 동시에 크게 날개를 퍼덕여—— 단숨에 고도를 떨어뜨렸다.
"히이이아아아악!"
소라 일행의 목에 감긴 플럼마저 소리를 지를 만한 급가속.
낙하속도에 날개의 힘을 더해 제한 없이 가속하며 바람을 맞고——.
지면—— 아반트헤임의 등에 격돌하기 직전 수평비행으로

바꾸었다.

'낙하 이용 가속으로 추격자를 떼어놓고 거리를 벌린다는 —— 속셈인가요오.'

소리를 내지 않고 그렇게 생각한 플럼. 그러나——

후방에 기척. 지금 막 출발한 플뤼겔들이 벌써 지척까지 다가왔다.

분명 소라와 시로는 경이로운 속도로 날개를 자기 것으로 만들고 있었다.

하지만—— 플럼이 만든 날개를 아무리 퍼덕거린들 물리적 한계는 넘을 수 없다.

시속 200킬로미터도 나오지 않아서야 당연지사. 반면 플뤼겔은 물리법칙에 코웃음을 치는 존재다.

'이, 이래선 금방 따라잡히고 말겠어요오오어떻게할거예요오?!'

그렇게 속으로 외치는 플럼. 그러나 소라와 시로는 냉정하게 뒤를 보더니——

"대열 없음. 넷."

"……문자, 1, 3……."

"걸러내자. 회수 위치는?"

"……1 날갯죽지 '나ナ' …… 3 왼쪽 옆구리 '아ア'."

"1 시로 3 내가. 간다!"

——플럼은 의미를 알아들을 수 없는 대화를 순식간에 나누더니——

'에?' 하고 플럼이 의문성을 낼 틈도 없이 소라와 시로가 살짝 진로를 바꾸었다.

——그 순간.

"엣헤헤~ 내가 일~등!"

"잡았다아~!"

아니나 다를까, 5분의 핸디캡을 우습게 따라잡고 플뤼겔 두 명이 육박했다.

그녀들의 손이 소라와 시로에게 다가오고—— 그 순간 허무하게 허공을 움켜쥐었다.

""————어, 어라?""

소라와 시로를 한순간 시야에서 놓친 상황을 이해하지 못하고 소리를 지른 두 플뤼겔은——

""하으응!!""

——등 뒤.

각각 날갯죽지와 왼쪽 옆구리——에 찍혔던 문자에 손길을 느끼고 교성을 질렀다.

한순간 늦게 뒤에서 따라오던 나머지 두 사람도 소라와 시로를 놓치고 주위를 둘러보았다.

당연히 그때 이미 소라와 시로는 나선을 그린 궤적을 그대로 유지하며, 줄지어 늘어선 큐브로.

아반트헤임의 시내를 누비듯 날고 있었다.

——두 개의 '문자'를 각자 손에 들고.

"……에, 저기요오…… 지금 그건……?!"

두 사람의 목에 감긴 플럼조차 이해하지 못했던 한순간의 조우.

환혹마법 너머에서 눈을 크게 뜨는 플럼에게 소라가 말했다.

"배럴 롤—— 자신보다도 빠르고 직선으로 덤벼드는 비행체를 피하는 기본 전법이잖아?"

——그렇다. 뒤에서 따라오는 추격자를 느끼고 한껏 끌어들였던 소라와 시로는 살짝 진로를 바꾸고, 달려드는 네 사람 중—— 문자를 가진 두 사람이 선두에 오도록 걸러냈다.

그리고 붙잡히려는 순간, 날개를 확 펼치고 그저—— 비스듬히 옆으로 몸을 굴렸다.

그 결과 진행방향은 그대로 유지한 채 소라와 시로는 나선을 그리며 감속. 반면 플뤼겔들은 지나치게 빨라 상대적으로는 두 사람이 시야에서 사라진 것처럼 보였다—— 다시 말해, 그저 '추월시킨' 것이다.

날개를 다루는 데는 익숙하지 않다. 마스터해봤자 플뤼겔만한 속도도 낼 수 없다. 그럴 때는——

"날개를 다루지 못한다면 멈추면 그만이지. 항공역학 같은 건 엿 먹으라고 비웃으며 날아다니는 플뤼겔에게—— 고정익 전투기의 공중전 기동 같은 건."

"……설령, 알아, 봤자…… 신경 쓴, 적도…… 없을걸."

대담하게 웃는 두 사람의 팔에는 시로의 선언대로—— '나'와 '아'가 돌고 있었다.

그 사실을 겨우 이해한 플럼이 입을 딱 벌렸다.

"……설마── 문자 가진 사람을 전부 기억하시는 거예요오?!"

그 말에 소라는 쓴웃음을 지었다.

"뭐냐, 플럼. 아직도 내가 자랑하는 우리 여동생을 우습게 보고 있어?"

별것 아닌 말에 압력마저 느끼고 플럼은 입을 다물었다.

"뭐, 아무튼…… 시로, 당장 필요한 글자는── 알겠지?"

"……당연, 하지."

"그럼 우선 그놈들을 잡자. 공중전 기동이 몇 번씩 통할 상대도 아닐 테니까."

"……응, 라저……."

──잡는다, 고 당연하다는 투로 선언하는 두 사람에게 플럼은 눈을 크게 떴다.

플뤼겔을 상대로 술래잡기를 하면서, 마치 자신들이야말로 술래라고 주장하듯.

소라와 시로는 아반트헤임의 거리를 그야말로 '누비듯이' 비행했다.

■ ■ ■

──플뤼겔들이 출발하고 둘만 남은 플로어.

아즈릴과 나란히, 허공에 투영되는 그 모습을 보며.

지브릴의 가슴에 일찌감치 찾아온 감정은── '경악' 하나뿐이었다.

어느 플뤼겔에게 어떤 문자가 찍혔는지, 위치까지도 기억하고 있다는 시로.

조금 전에 보인, 회피하면서 문자를 회수하는 엄청난 기술—— 아니, 그보다도.

이 도시를 속속들이 파악하고 자택 뒷마당처럼 날아다니는 두 주인의 모습에 경악을 감추지 못했다.

복잡하게 큐브가 얽힌 아반트헤임. 그 큐브가 만들어내는 얼마 안 되는 틈을 담담한 빛과 달만이 비추는 어둠 속에서 바늘구멍을 통과하듯 날아다닌다.

여전히 속도는 빠르지 않다. 그러나 지금 같은 경우 추격자는 속도를 내면 놓친다.

큐브와 큐브가 만들어내는 좁은 뒷길과 틈새.

한 사람이 지나갈까 말까 한 구멍조차 정밀하게 뚫으며 파고들듯 비행하는 두 사람을 상대로 자칫 속도를 내면—— 그 순간 큐브에 격돌해 놓치고 만다.

'……참으로 훌륭하시옵니다……. 그러나 그 정도로는——.'

설명할 수 없는 것이 있다고 내심 의문도 품었다.

플뤼겔이—— 힘으로 밀어붙이는 경향이 있는 종족이라는 사실은 지브릴도 부정하지 못한다.

그러나 그렇다 해도 '연대'는 가능하다. 그러지 못하면 '병기'라고 할 수 없다.

'속도'를 살릴 수 없다면 '포위'로 전술을 바꾸면 될 텐데——.

『호에?! 에, 어떻게——?!』

화면에서 플뤼겔 소녀가 비명을 지른다. 소라와 시로가 뛰어든 틈새에서 유일한 출구를 막고 기다렸지만—— 전혀 뜬금없는 곳에서 두 사람이 튀어나왔기 때문이다.

그렇다. 소라와 시로는 그러한 포위를 모조리 뚫고 있었다.

지도를 본 것은 한순간. 그 얼마 안 되는 시간 동안 이 아반트헤임을 모두 파악했단 말인가?

——불가능하다. 주인 중 한 사람—— 시로라면 몇 초 만에 지도를 기억할 수는 있으리라.

하지만 지도만 가지고는 복잡하게 쌓인 입체적 구조물로 이루어진 이 도시의 틈새나 뒷길까지는 알 방법이 없다. 그렇다면 어떻게——?

그리고 마침내.

주의 깊게 관찰하던 지브릴은 누구보다도, 스스로 도출해낸 답에 의심을 품었다.

■ ■ ■

'……엑, 내, 내가 지금 꿈꾸는 거죠오?!'

——꽉 맞잡은 소라와 시로의 손에서——

손가락이 가늘게 움직이고 있는 것을 알 수 있었다.

조금 전부터 비명을 꽉 참느라 필사적이었던 플럼은 믿을 수 없을 정도로 좁은 구멍을 빠져나가는 두 사람의 방법론,

폭론이라고 바꿔 말해도 지장이 없을 만한 그 사실에 그저 입만 벌릴 뿐이었다.

즉, 어쩌면, 아마도, 믿을 수 없지만── 이런 뜻일 것이다.

시로는 머릿속으로 기억한 거리 풍경을 따라 날면서 큐브의 크기가 균등함을 확인한다.

그리고 큐브가 쌓인 법칙성을 암산으로 풀어, 고저차에 따라 발생하는 미미한 틈새를 알아낸다.

그리고 소라가 추격자를 따돌리고, 기만하고, 유도하고, 추월하는 루트를 구축해낸다.

──말을 잃는 것 외에 무엇을 할 수 있을까.

플럼의, 아니, 아마 누가 됐든, 이해의 범주를 완전히 초월했을 것이다.

손가락 움직임으로 의사를 소통한다. 그러나 거기에는 '이쪽' 이니 '저기' 하는 정도의 정보조차 없다.

맞잡은 손의 감촉으로 의도를 읽어내, 한쪽 날개씩만 가진 두 이마니티가 일사불란하게, 망설임도 없이, 맞잡은 손이 신경 그 자체인 것처럼 두 날개를 움직여, 날고 있다.

분명 아직 비행이라는 동작에는 적응하지 못했다.

두 사람 모두 비행에는 조잡함이 남아 있었다── 그렇기에.

믿을 수 없는 광경을 보고 있다고, 플럼은 다시 한 번 경악해야만 했다.

손을 맞잡은—— 둘이서 한 쌍을 이룬 날개.

그중 한쪽이 더 효율적으로 플럼이 짜낸 날개를 파악하고 중력을 끊어버리면.

나머지 한쪽은 미처 날갯짓을 다 마치기도 전에 그 움직임을 파악하고, 이에 맞춰, 따라잡는다.

단 한 번의 날갯짓에도 랙을 발생시키지 않고, 서로의 학습을 서로에게 전달하며, 함께 숙달해나간다.

——하염없이. 무시무시한 속도로.

그 광경을 보는 플럼의 등줄기를 으스스한 것이 훑고 지나갔다. 이 두 사람은—— 상상한 것보다 훨씬——.

——그리고 그때까지 한마디도 없었던 두 사람이 입을 열었다.

"좌우 넷넷 유인."

"……왼쪽 사サ 토ト 오オ 스ス, 오른쪽 카カ 마マ 누ヌ 쿠ク, 하나 부족."

"회수, 위쪽 유인, 열둘?"

"……문자 다섯, 다 모음…… 하지만 위험."

암호 같은 대화. 그러나 그제야 겨우 소리가 제대로 된 말로 대답하며 웃었다.

"위험이야 당연한 거지——! 공격한다!!"

"……라저. 좌 시로 우 빠야, 좌 어깨 우 날개왼쪽겨드랑이!"

말하자마자——

"흐냐아아아아악!!"

날개가 —— 다시 말해 플럼이 —— 꺾일 정도로 급선회(브레이크)를 가하며 두 사람은 좁은 구멍으로 뛰어들더니, 부주의하게 —— 플럼에게는 그렇게 보였다 —— 넓은 통로로 빠져나왔다.

"——큭! 겨우 붙잡았다!"

"협공하자! 타이밍을 맞춰서!!"

대기하고 있던 것은 좌우 네 명씩 합계 여덟 명의 플뤼겔—— 그녀들의 말대로 완전한 협공이었다.

그러나 플럼의 뇌리에는 소라 일행의 말이 되살아났다.

—— '좌우 넷넷 유인' …… 유인했다—— 그리고, 공격한다?

맹렬한 속도로 달려드는 좌우 합계 여덟 명의 플뤼겔. 하지만—— 그렇다고 한다면——

"간다, 시로!!"

"……응!"

——궁지에 몰린 것은, 과연 어느 쪽일까——.

소라와 시로는 이제까지 잡고 있던 것과 반대쪽 손을 합쳐 【워드】를 만들어냈다.

두 사람의 손에 있던 두 개의 문자가 이동해 결합하더니—— 섬광을 뿜어냈다.

좌우에서 짓쳐드는 여덟 명의 플뤼겔에게, 두 사람은—— 좌우로 손을 내밀며, 외쳤다.

""—— '아나アナ(구멍)' !""

——그 순간.

두 손을 내민 소라와 시로에게 달려들었던 좌우 여덟 명의 플뤼겔이.

""——……어?""

소라와 시로를 통과해, 각각 반대편에서 출현했다.

""흐아웅!""

그리고 여덟 명의 교성을 남긴 채 소라와 시로는 다시 큐브 틈으로 뛰어들었다.

한 사람이 지나갈까 말까 한 좁은 통로를 세로로 나란히 날며 소라가 웃었다.

"사, 토, 오, 스—— 어때, 시로. 다 회수했다고."

"……카, 마, 누, 쿠…… 이제 여덟 자……."

당연하다는 듯 각자 회수한 네 개의 빛나는 문자를 팔에 감으며 서로 확인한다.

——조심스레, 플럼이 물었다.

"……저, 저기요오…… 아까 그건 뭐예요……?"

"뭐긴, '구멍'이지. 건드리면 작동하는 【워드】—— 이 게임의 규칙이잖아."

"……그러, 니까…… '공간에'…… 구멍, 뚫었어."

자신들을 중심으로 좌우의 공간에 구멍을 뚫어, 연결하고, 플뤼겔들의 협공을 회피했다.

구멍에서 나가면 당연히 소라 일행에게는 등을 보이게 되고—— '문자'를 회수할 수 있다.

하지만 그보다도.

"……설마, 글자를 가진 사람들만 유인했던 거예요오?!"

"그래. 하지만 우리가 원하는 글자는 모이지 않았으니——."

아무것도 아니라는 투로 긍정. 염주처럼 이어진 팔의 문자를 보던 소라가 대담하기 그지없는 시선을 위로 들었다.

——플럼도 따라서 눈을 들어보니.

……넷, 다섯, 여덟—— 열두 명의 플뤼겔이 무시무시한 속도로 날아오는 것이 보였다.

"아으아아아아아아어떡해요오저거어어!"

"회수, 위에서, 열둘 유인—— 예정대로네. 소란 떨지 마."

"……빠야, 빠져나갈 수, 있어?"

소라와 시로가 고속으로 비행하는 공간은 사람 하나가 간신히 지나갈 만큼 좁은 틈이었다.

다시 말해 다음에 커다란 공간에 나간 순간 달려드는 플뤼겔은——열두 명.

그러나 소라는 대담하게 웃더니——

"그래, 문제없——뜨아아아아아아아악——?!"

느닷없이 플럼이 목을 핥는 바람에 자세가 흐트러졌다.

넓은 공간으로 나가고—— 달려드는 열두 명의 플뤼겔을 앞에 둔 채 소라는 자세를 무너뜨리더니, 그 회전력에——

"……빠야?!"

"으오오아아아아아?!"

휘둘리려 하는 것을 시로가 열심히 날개를 쳐 버티고 자세를 유지하려 했다.

그러나 스핀하며 추락하려는 소라는 달려드는 플뤼겔의 모습을 포착할 여유가 없었다.

"———시로, 해치워어어!"

——즉단. 태세를 바로잡고 있을 시간은 없다.

소라는 왼손을 시로에게 내밀고—— 확실하게 자신의 의도를 파악했으리라 확신하며 【워드】를 맡긴다.

시로는 소라의 손을 잡고 문자를 이동시켰다. 섬광을 뿜어내는 문자를 허공에 내던지며——

"—— '토오사누トオサヌ(통과시키지 않는다)' ……!"

그렇게 입에 담자, 달려들던 열두 그림자가 소라와 시로를 잡으려던 그 직후.

"아야아!"

"끼약!!"

철퍽철퍽철퍽—— 아니, 이래서는 표현이 지나치게 밋밋하다.

포격을 받은 방공호 같은 굉음을 내며 플뤼겔들이 눈에 보이지 않는 벽에 격돌했다.

그러나 문제는——!

시로가 소라를 바라보았다. 예정으로는—— 여기서 위로 급선회해서.

—— '토오사누' 네 자를 써버리면서 만든 벽은 적만 통과시키지 않으므로.

따라서 빠져나가며 문자를 가진 다섯만을 노려야 하는데——

"크——으, 오오오!"

——늦지 않았다며 시로의 표정에 안도감이 떠올랐다.

시로에게 【워드】 기동을 맡기고 그사이에 자세를 고친 다음, 반전해.

비지땀을 흘려가며 소라가 날개를 치고, 시로도 동작을 맞춘다——!

눈에 보이지 않는 벽에 충돌해 한순간 움직이지 못하는 열두 명의 플뤼겔 사이를 누비며——

"젠장, 시로—— 맡길게!"

"——응!"

문자를 가진 개체와 위치까지 전달할 시간은 없었다.

시로가, 두 손을 뻗고——

그래도 부족하여 두 발과 날개까지 구사해 간신히 회수했다.

"으으으으으으으~ 안 놓칠 거——."

"어디일!!"

하마터면 붙잡힐 뻔한 시로의 날개를 이번에는 소라가 날개를 쳐 중심을 흘렸다.

간신히 마수를 피해 눈에 보이지 않는 벽 아래로 급강하하고, 지면에 충돌하기 직전에 날개를 쳐 다시 좁은 틈새로 뛰어들어…… 간신히 위기를 모면했다.

"……허억…… 허억!"

어깨로 숨을 쉬며 간신히 호흡을 가다듬는 소라를 걱정하려는 시로의 목소리는——

"저, 저어…… 괜찮으세요오?"

――이 위기를 초래한 범부(플럼)의 질문에 차단당했다.

머플러를 꽉 물며 소라가 우물우물 외쳤다.

"――플러어어어어어엄! 너 인마, 같이 죽고 싶어어어?!"

"자자자잘못했어요오급선회땜에소라님에게서입이떨어지는바람에―― 공급이 끊어지면 몇 초 만에 죽는다고 했잖아요오!! 그야아 죽을 때는 같이 죽죠오 길동무죠오오?!"

――이 자식, 은근히 배짱 있네.

시로도 쿵쾅거리는 심장을 진정시키고―― 손에 모인 문자를 확인하며, 말했다.

"……빠야…… 소ソ, 와ワ, 케ケ, 유그, 라ラ…… 확보. ――이제."

"그래, 겨우 다 모였구나."

'라, 유, 스, 마, 쿠, 케, 소, 카, 와' ―― 여기서 만들 수 있는 【워드】에 두 사람은 웃었다.

시선을 나누며 고개를 끄덕인 것과 동시에―― 크게 날개를 퍼덕인다.

큐브 사이를 누비며 날기만 하던 두 사람은 단숨에―― 하늘 높이 상승하고.

"――아, 찾았다!"

"으음……? 또 전략을 바꿨나?"

즉시 발견되었다. 모습을 나타낸 소라와 시로. 그러나 추격자들은 두 사람의 모습에 경계심을 품었다.

직선으로 달려들지 않고 포위하듯, 일제히 회전하는 궤도를 그린다.

――누구도 생각하지 못했으리라.

플럼도 예상하지 못했다.

달려드는 플뤼겔들의 앞에서, 손을 맞잡은 두 사람은, 【워드】를 자아냈다.

――세 글자가 사라지기 전에 스스로 건드리며, 외친다.

"―― '카소쿠カソク(가속)――!!"

■ ■ ■

그리고 추격자들만이 아니라.

플럼도, 관전하던 지브릴마저도 입을 다물지 못했다.

게임 개시로부터, 날개를 얻은 후로부터, 15분도 지나지 않은 시간.

플럼에게 빌렸을 뿐인, 이마니티 두 사람이 한 번 퍼덕인 날개가.

――소리를 아득한 저편으로 내팽개치는 충격파만을 남기고.

――――직선거리로, 플뤼겔을 정면에서 추월하다니, 누가 예상이나 했을까.

물론 【워드】로 가속한 것이라면 이미지를 구현화할 수 있다.

여기에 물리적인 날개가 발휘할 수 있는 속도 한계 따위 없어지는 것이다.

아쿠세루アクセル(액셀), 스피이도スピード(스피드), 코우소쿠コウソク(고속)—— 두 사람은 게임 개시 전부터 그러한 【워드】를 형성하는 것이 목적이었던 것이다. 그렇지 않고서는 소라 일행의 움직임에 맞춰 전술을 변경—— 다시 말해 '대응' 하고 '학습' 하는 상대에게서 한 시간 동안은 도저히 도망치지 못한다. 그렇기에 저속으로 큐브 사이를 비행하며 유도하고, 철저히 회수에만 집중한 것이다——.

그 사실을 깨달은 지브릴은 빛을 바라보듯 눈을 가늘게 떴다.

——그것은 두 사람이 플뤼겔을 믿어주었다는 사실을 뜻하기에.

"하하! 이거 신나는데!"

"……응!"

춤을 추듯 선회하며 비행하는 두 사람의 웃음소리가—— 아반트헤임에 울려 퍼졌다.

——비익연리(比翼連里).

지브릴의 뇌리에 그런 단어가 떠올랐다.

그러나—— 그것마저도 다른 것 같아 혼자 고개를 가로저었다.

자신이 눈으로 보고 있는 것은 비유로 말하는 비익연리가 아니다.

이것은 본래의, 진정한 의미의 '비익' 임을 확신했다.

암수가 눈과 날개를 하나씩 가졌기에 항상 함께 날아야 한다는, 실존하지 않는 생물이——

'……지금 그야말로, 즐거이 저곳을 날고 계시지 않습니까.'

지브릴은 눈부신 듯 그 모습을 바라보았다—— 그러나.

"………….”

지루하다는 듯 바라보는 아즈릴은 역시 그 의미를 아직 이해하지 못했다.

——그 모습에 지브릴은 조용히 말했다.

"선배, 왜 제가 《공유법》에 반대하였는지 그 이유를 아십니까?"

"……지브짱은 꼼꼼해서, 남이 손대는 걸 싫어했기 때문이지냐?"

"아닙니다. 저는—— 같은 책을 되풀이해 읽는 것을 좋아하기 때문입니다."

——금시초문이었다. 아즈릴이 이상하다는 표정을 지었다.

"……왜 그러는데냐? 기억하면 이젠 필요 없는 거잖냐."

"예, 그렇게 말씀하실 줄 알았기에 말씀드리지 않았던 겁니다…….”

한숨을 쉬고, 지브릴은 마음을 굳게 먹으며 말했다.

"한 번 읽은 책도, 더 많은 것을 안 다음에 읽으면 새로운 발견이 있습니다."

"………….”

"그런데도 읽고 싶을 때 읽지 못하는 것이 싫었던 거죠—— 모르시겠나요?"

"……뭘 말이야, 냐."

"——기억하면, 거기서 끝입니다."

눈을 내리깔고 의미심장하게 말하는 지브릴—— 그러나.

——아즈릴은 역시 이해하지 못하는 표정이었다.

지브릴의 말도 그렇지만, 그보다도——

"————그게, 지금 이거하고 무슨 상관이 있어냐?"

…….

……지브릴의 시선이—— 매우 신랄했다.

그 눈은 경멸도 조롱도 아니었다.

어렴풋한 기대가 덧없이 배신당할 때마다 좌절을 겪어가는 실망의 눈이었다.

——여동생의 기대에 부응할 수 없다. 그것이 무엇보다도 아프게 가슴에 박혔다.

"대체 뭐야냐……. 뭐가 잘못된 거야냐……."

■ ■ ■

아반트헤임 상공, 어두운 하늘에 은색 궤적이 내달렸다.

소리의 장벽 따위 아득한 저편으로 내팽개치고 날아가는 소라와 시로를—— 더 이상 따라올 사람은 없었다.

"뭐, 방심하지 않는 한은 이제 붙잡히지 않겠지."

그렇게 시로와 손을 맞잡고 밤하늘을 질주하던 소라가 말했지만,

"……그래도, '문자' …… 회수……."

"그래, 나도 알아. 기왕이면 전부 회수해 완전공략하고 싶지. 게다가――."

시로의 말에 고개를 끄덕이며 표정을 다잡은 소라가 말했다.

"――그 녀석에게 날려줄【워드】는 이미 결정했거든."

"그 녀석……? 이란 게, 누구인가요오?"

그렇게 묻는 플럼. 그러나 소라는 대답하지 않고, 그저 등을 돌렸다.

속도로 떼어놓는 건 좋지만―― '문자'를 회수하려면 가까이 가야만 한다. 그러면 붙잡힐 위험성이 있고, 심지어 상대는 플뤼겔이다. 게다가――.

소라는 스스로 경계심을 담아 속으로 중얼거렸다.

――잊지 마라. 이 게임은 우리가 예상하지 않았던 게임―― 완전한 어웨이 경기다.

아무리 위험성을 경계하더라도 완전히 막아내기란 불가능하다.

"……하하, 재미있네~."

소라가 남몰래 중얼거렸다. 좋지 않냐고―― 그래야 하는 보람이 있지!

그렇다면 리스크를 최저한도로―― 한 번에 많은 문자를 회수하고 싶었다.

보험, 다시 말해【워드】를 늘리면 예상치 못한 사태가 닥쳐도――.

그렇게 생각하며 뒤를 본 소라의 눈에.

——한 줄기 빛이 비쳤다.

"……어?"

빛에 의문 어린 목소리를 내는 시로. 그러나.

"——쓰으읍?!"

그야말로 지금 막 생각한 '생각지도 못한 사태'에 소라가 한순간 먼저 대응했다.

자기 자신을 진자로 삼아 밑으로 몸을 날려—— 진로는 그대로 둔 채 '축'을 빼서 호를 그리는 롤.

"저기요오뭘 하시는—— 흐꺄아아악?!"

플럼의 말을 가로막으며 뽑혀나가기 전의 축을—— 섬광이 꿰뚫었다.

——찰나의 판단. 믿을 수 없는 회피행동에 시로가 오빠를 칭찬하기도 전에.

"지브리일~~~~!! 저건 뭐야! 나 저런 건 못 들어봤다고! 공격해도 되는 거였어?!"

……조금 전까지의 여유는 어디로 갔는지 맹렬히 외치는 소라의 머리 위에서—— 포옹 하고.

4등신 정도 되는 조그만 지브릴이 나타나 말했다.

"아니옵니다, 마스터. 저것은 공격이 아니라 추적식 '포획마법'이옵니다."

"그건 '미사일'이잖아아!!"

“아니옵니다, 살상력은 없으며, 대상을 구속하여 자신의 곁으로 끌어오기만 하는 마법이옵니다. 파괴가 아니라 포획이 목적이며 두 분 마스터의 세계에서 말하는 ‘미사일’과는——.”

중언부언하는 지브릴에게 소라가 머리를 쥐어뜯으며 외쳤다.

“그럼 다시 말할까? 원거리 무기도 된다는 말은 못 들었거든?! 우린 저런 거 못 쏘냐, 플럼!!”

“억지 부리지 마세요오오! 듀얼캐스트는 엘프의 전매특허예요오, 게다가 이 이상 마법을 썼다간 저 진짜 말라 죽는다고요?! 소라 님의 목도 슬슬 퉁퉁 붙기 시작했고요!!”

“알 게 뭐야! 식은땀이라면 죽을 만큼 쏟고 있으니까 등이라도 핥든가!!”

“진짜요?! 잘 먹겠습니다아~! 아앙~♡”

우는 소리가 느닷없이 환희로 바뀐 플럼에게 혀를 차며 등 뒤로 시선을 보냈다.

어웨이 게임, 생각지 못한 사태를 각오해라—— 그렇게 생각하자마자 이 모양이라니!

분명 ‘쉬프트 금지’라고는 했다—— 그러나.

——‘마법 금지’라고는 하지 않았다——!

“——망할—— 너무 늦게 깨달았어!”

“……생각, 해야, 했어…….”

——【워드】에 따라서는 그것만으로도 이길 수 있는, 지나

치게 유리한 규칙.

그래서 깨닫지 못했던 실수에 소라와 시로── 아니, 시로가 더 분한 듯 손톱을 깨물었다.

규칙의…… 언어의 함정. 그 점을 파헤치는 역할은 한 글자 한마디를 모두 기억할 수 있는 자신의 몫이므로.

분해하는 시로의 머리를 쓰다듬으며 소라가 말했다.

"애드립으로 싸울 때는 원래 이런 거야. 새삼스레 뭘. 그보다도 지금은──."

"……응."

──정보가 다 모이지 않은 돌발적인 게임. 예상치 못한 사태가 있어도 당연하다.

그래도 승리한다── 얼마나 빨리 대응해 장악하느냐가 『　』의 진수── 분함을 곱씹을 틈은 없다!

"──지브릴, 저건 몇 발이나 쏠 수 있냐?"

"어디 보자…… 개체에 따라 다르지만 여섯 발 전후가 아닐까 하옵니다."

"──성가시긴 하지만 여섯 발이면 난사는 못하겠구만. 그러면──."

"아. 그것이 아니옵니다, 마스터."

그리고 뒤로 고개를 돌린 소라의 눈에, 큐브에 내려앉은 여러 명의 플뤼겔이.

손을 내미는 것이 보이고── 밤하늘이, 낮과 같은 색으로 물들었다.

“‘한 번에 쏠 수 있는 숫자가 여섯 발 전후’ 이며 제한은 없사옵니다만?”

“너희처럼 황당무계한 놈들에게 한순간이라도 ‘유한성’ 을 기대한 내가 바보였네요!!”

“……빠야, 따라와――!”

그러나 이번에는 시로가 먼저 반응해 날개를 크게 퍼덕였다.

소라는 즉시 미니 지브릴을 내버려둔 채 대답도 없이 동작을 맞춰 가속했다.

‘포획광(미사일)’ 은 복잡한 궤도를 그리며 달려들었다―― 그러나 추적식이라고 한 지브릴의 말이 사실이라면――.

“……으응!”

시로가 날개를 크게 한 번 쳤다. 맞잡은 손으로 의도를 파악하고 소라도 동작을 맞췄다.

가속의 【워드】까지 사용한 소라와 시로도 뿌리칠 수 없는 속도로 육박하는 무수한 빛.

그러나 그것이 등 뒤까지 다가온 순간―― ‘샹델’ .

수평비행에서 기체를 45도 기울였다가 대각선 위로 기수를 젖히면서 회전, 속도를 희생해 고도를 벌며 상승하는 공중기동.

‘포획광’ 에는 일정 거리에서 발동하는 접근신관이라도 있는지, 상승하며 살짝 떨어진 속도 때문에 접근하여 등 뒤에서 섬광을 뿌리며―― 기폭했다.

“흐야아아아아아악!”

절규하는 플럼의 목소리는 내버려두고.

원래 샹델 기동은 기체를 후방으로 반전시켜야 하지만, 시로는 이를 중간에 캔슬하고 더욱 날개를 쳐서 상승에 가속을 더했다. 등 뒤에서 기폭한 섬광은 멀찌감치 떨어졌다.

——모면했다. 그렇게 안심할 틈도 없이 빛은 잇달아 육박했다. 그 모든 것을 끌어들여 스위치.

조금 전과 완전히 똑같은 기동으로, 그러나 이번에는 급강하해 비스듬히 아래로 슬라이스 턴. 다시 등 뒤에서 기폭하는 무수한 섬광을 마찬가지 요령으로 떼어놓으며 그렇게 확보한 속도를 이용해——.

"으으아아아아흐으아아아아아!"

날개를 열심히 유지하는 플럼이 비명을 질렀을 때, 초고속을 유지한 채로 날개를 우뚝 멈춘다.

배럴 롤로 잇달아 지근거리에서 작렬하는 빛을 멀리 돌아가듯 날아서 회피한다.

그러나 여전히 밀려드는 빛에 이번에는 날개를 쳐 급선회.

소라와 시로가 수평으로 나란히 큐브의 좁은 틈에 뛰어든—— 직후.

틈새 입구에서 무수한 폭음과 빛이 번뜩였다.

——그렇다. '추적' 한다면 '유도' 하면 그만이다.

이를 회피하기 위한 빛의 궤도 산출은 분명 시로의 담당이긴 하지만——.

"……하악…… 하악……."

*이타노 서커스를 방불케 하는 공중전 기동의 연속에 식은 땀을 흘리고 거친 숨을 몰아쉬는 시로.

마법 금지라는 문언이 없던 것을 깨닫지 못한 오명을 씻어 냈다고 적어놓은 듯한 표정.

그런 책임감에서 이만한 일을 해내고도 여전히 미안해하는 시로에게.

"——역시 시로야. 오빠가 자랑하는 동생."

소라는 좁은 통로를 수평으로 비행하며 머리를 쓰다듬고 그저 한마디만을 했다. 그러나——

"이~젠싫어요오이게임관둘래요오이딴걸계속했다간몸이못버텨요오!!"

조금 전의 기동을 지속하고자 날개—— 플럼에게 상당히 큰 부담을 주었는지.

그렇게 외쳐대는 목소리에 눈물이 섞인 것을 들으면 거의 한계였음을 알 수 있었다.

게다가——

마찬가지로 식은땀을 흘리며 소라가 생각했다—— 이 틈새를 빠져나가면.

틀림없이 수많은 플뤼겔이 기다리고 있을 것이다.

이제까지 플뤼겔의 대응력을 생각해보면 이 허점을 잠자코 보내줄 것 같지는 않다.

---

* 이타노 서커스 : 애니메이터 이타노 이치로의 주특기인 입체 공중전 연출. 수많은 미사일을 빠르고 아크로바틱한 기동으로 피하는 모습이 공중곡예 같다 해서 붙은 이름.

"——……빠야…… 시로, 이젠……."

——그렇다. 그리고 이번에는 조금 전과 같은 회피기동을 고려해 작전을 짤 것이 분명하다.

'포획광' 은 틀림없이 다중으로, 시간차를 두고 연속으로 따라올 것이다.

아무리 시로라 해도 모두 회피하기란 불가능하다. 게다가 플럼도 진짜로 한계에 달했다.

그렇다면——

소라와 시로는 자신들의 팔을 내려다보았다.

——【워드】밖에 없다. 그러나 현재 가진 문자는—— '라, 유, 스, 마, 케, 와' .

하나같이 말장난에서는 쓰기 어려운 글자뿐이잖아——!

조바심에 내심 투덜거렸다. 이 좁은 통로를 빠져나갈 때까지 앞으로 몇 초도 남지 않았다.

몇 초 안에 다음에 닥칠 무수한 빛을 회피하거나 막아낼 단어를——!

"……마케マケ(패배)……! 아니…… 빠야, 미안——."

제일 먼저 떠오른 단어가 자신도 모르게 입에서 튀어나오는 바람에 시로가 황급히 부정했다.

——그러나 실제로는 그것이 가장 현실적인 【워드】였다.

이 문자로 어떻게 막아낼까. 카베カベ(벽), 타테タテ(방패), 한샤ハンシャ(반사), 카이히カイヒ(회피)—— 모두 글자가 부족하다.

'여기서 역전할 방법—— 역전할 방법——!'

이를 갈며 뇌가 타들어갈 정도로 굴렸다. 겨우 여섯 자. 그것도 쓰기 어려운 문자.

여기서 역전할 【워드】를—— 역전……할…… 아니.

"——발상 자체를…… 역전시키는 게 내 일이잖아——!"

"……어?"

툭 내뱉은 소라의 말에 시로가 반응했다.

그 순간—— 소라의 머릿속에서 톱니바퀴가 철컥 맞춰지듯 수많은 사항이 맞물려 돌아갔다.

——지브릴의 말, 근접신관처럼 지근거리에서 기동하는 포획마법.

——플뤼겔을 따돌린 소라 일행조차 따돌릴 수 없던 그 속도.

그리고 그 빛이 발사되었을 때 보았던 것—— 그것이 맞물렸을 때, 소라는 웃었다.

"왜 피해야 하는데—— 절호의 기회잖아!! 시로, 상승해!"

"네에에에에?!"

상공으로 나가면 '포획광'이 달려들 것이다. 그러나 소라의 말에 비명을 지른 것은 플럼 하나뿐.

"……라, 저!"

날개를 쳐 상승한다—— 오빠가 그렇게 결론을 내렸다. 그 이상의 근거는 필요 없다.

고속비행을 유지한 채 통로를 위로—— 그리고, 빠져나갔다.

아니나 다를까——

밤도 하얗게 물들일 만한 빛의 폭우가 쏟아졌다.

"아우와와와와와와와와와와와아악싫어어어어어어어어어어어!!"

살상능력이 없다고는 해도 플뤼겔의 마법이다.

붙잡혔다간 게임은 끝나고, 여왕을 깨울 조건을 밝혀내기 위한 정보수집 수단도——

그 두 가지 우려에 비명을 지르는 플럼을 내버려둔 채.

소라는 그저, 예상했던 광경을 대담하게 바라보며 손목에서 세 자를 없애【워드】를 형성했다.

플뤼겔들이 '포획광'을 쏘았을 때 소라가 한순간 본 광경.

그것은—— 빛을 쏜 플뤼겔이 땅에 내려서 있었다는 것.

그리고 통로를 빠져나와 지금 막 밀려드는 빛을 쏜 플뤼겔들 또한.

한 명의 예외도 없이—— 전원이 큐브 위에 발을 붙이고 있었다.

——땅에 내려오지 않고서는 쏘지 못한다. 그렇다면——피할 필요가 없다.

밀려드는 빛 속에서 소라는 빠져나왔던 큐브에 매달리며.

엮었던【워드】를 바닥에 내팽개치듯 쏘고—— 외쳤다.

"——마マ! 와ワ! 스ス(돌리다)——!!"

——한순간의 랙. 그리고.

가차 없이, 모든 법칙을 무시하며, 한순간에.

————아반트헤임 그 자체가, 수평으로, '돌았다'.

"""에에에에에에에에에엑————?!"""

플럼만이 아니라 '포획광'을 쏜 플뤼겔 전원이.

아니, 상공에서 보고 있던 자들, 원격으로 지켜보던 지브릴까지도 소리를 질렀다.

아반트헤임
필드 자체가 수평으로 돌면, 어떻게 될까.

공중에 있던 자—— 공중을 달리던 '포획광'이나 플뤼겔들은 그대로 둔 채.

요란한 볼륨의 절규마저 도플러 효과를 남기며, 필드에 손발을 짚고 있던 자들—— 다시 말해 '포획광'을 발사한 플뤼겔들, 소라와 시로 두 사람의 위치가.

——반전해, 뒤바뀌었다.

"""꺄아아아아아아아악!!"""

"발사한 본인들조차 회피하지 못하는 게 느닷없이 눈앞에 나타나면 어떻게 되려나~?"

그렇게 웃는 소라의 입이 뻣뻣하게 굳은 것을 시로만이 보았다.

'——아반트헤임을 돌린다…….'

이미지한 위치를 중심으로 돌아주지 않았다면 빛이 밀려드는 방향이 바뀌었을 뿐이었다.

그 웃음은 위험한 도박에 성공한 자의 얼굴—— 그러나 '포획광' 이 지브릴이 설명한 대로라면——

"——시로!!"

지체하지 않고 외친 오빠의 의도를 즉시 파악한 시로가 대답했다.

"……문자 스물다섯……!!"

그렇다—— '포획광' 이 지브릴이 설명한 대로.

——대상을 구속하여 발사한 곳으로 끌어들이는 마법이, 반전된 위치에 작용한다면!

"와꺄아아악!"

"잠깐기다, 흐아아악!!"

——소라 일행의 눈앞까지, 구속된 수많은 플뤼겔이 몰려왔다.

"시로 부탁!!"

——그렇다, 바로 소라가 원했던 대로 최소한의—— 그것도 단 한 번의 위험을 무릅쓰고.

끌려들어온 플뤼겔 '38명' 에게서—— 25문자를 얻을 수 있다.

타タ호ホ시シ테テ키キ메メ야ヤ루ル에エ이イ모モ츠ツ헤ヘ레レ요ヨ네ネ세セ니ニ후フ노ノ무ム응ン우ウ리リ코コ——

그러나.

"……하, 하지만—— 빠야!"

시로가 당혹감에 소리를 질렀다.

——놀란 나머지 다종다양한 포즈로 끌려들어온 38명의 플뤼겔.

그러나 구속시간을 알지 못하는 조건에서, 문자의 위치를 아는 것은 시로뿐.

25명에게서 문자를 회수할 수 있는 것이 혼자라면 도저히 단시간에는——.

그러나 소라는 이내 웃음을 지었다.

"우선 심의등급의 문제로! '유케그ケ(김)' ——!!"

폭발적으로 펼쳐진 끌려들어왔던 전원을 수증기가 감쌌다.

그리고 다시 소라는—— 헤실~ 웃으며, 잇달아 【워드】를 사용했다.

전방의 전원과 겹쳐져—— 오빠의 의도를 알아차리고 눈을 흘겨뜨는 시로를 내버려둔 채.

동시에 소라와 시로가 강하게 날개를 퍼덕여 고속으로 날아오르고——

"——그리~고 타이밍을 맞춰—— '라ラ(裸, 벌거벗음)' 아아!!"

'포획광' 에 다종다양한 포즈로 구속되었던 플뤼겔들의 옷이.

——일제히 사라져 소라도 문자의 위치를 파악할 수 있게 되었다.

소라가 매우 멋진 미소와 함께—— 눈을 감고, 말했다.

"아아, 보인다, 시로. 보여, 온갖 것들이이!!"

"…………빠야, 왼쪽 절반. 시로…… 오른쪽."

"그래맡겨만다오마이리틀시스터—! 우오오울부짖어라나의 왼파알!"

소립자조차 영점운동을 할 것 같은 여동생의 싸늘한 눈, 자기계조차 증발시킬 것 같은 오빠의 뜨거운 눈.

——눈빛의 온도 차이가 물리법칙에 작용했다면 태풍이 행성을 뒤덮었으리라.

그러나 다행히——

"아앙!"

"꺄악!"

——그 자리를 뒤덮은 것은 합창을 이루는 25명의 교성뿐이었다.

좀 더 듣고 싶은 합창이었으나 소라와 시로는 순식간에 지나쳐 멀찌감치 떨어진 채.

다시 가속하여, 하늘 높이 날아올랐다.

"——어쩐지요오, 이젠, 어이가 없다고밖에 할 수 없을 정도로 재빠르네요오……."

"후후후, 좀 더 칭찬해도 괜찮단다아~ 플러엄? 우후후."

"……빠야, 퍽섹 징그러워……."

"천문학 단위로 야단맞았어! 이 오빠가 얼마나 노력했는데?!"

——확실하게, 소라 12문자, 시로 13문자 회수.

여기에 불필요한 보디 터치까지 만끽했던 징그러운 소라를 시로가 돌직구로 힐난했다.

약 3.26광년 징그럽다고 여동생에게 야단맞고 상심에 빠진 오빠. 그러나 시로의 힐난은 멈추지 않았다.

"……빠야, '유케' 랑 '라' …… 세 자나…… 낭비했어……."

"어~허어허, 동생아. 농담은 관두렴. 낭비라고? 그럴 리가 있나."

미국인도 난처해질 만큼 과장된 웃음으로 쯧쯧쯧 손가락을 흔드는 소라.

"그 행동에는 숭고한 목적이 셋 있었단다. 문자를 회수하고, 알몸으로 날아간다는 거부감을 부추겨 추격을 저지하고, 또한 이것이 가장 중요하다만——."

그리고 잠시 뜸을 들이더니—— 지극히 진지한 표정으로.

——소라는, 단언했다.

"——운명석의(세계의) 문의(의지) 선택이다."

"……빠야의, 욕망의 문……이겠지……."

여전히 싸늘한 목소리로 태클을 거는 시로. 그러나 플럼이 등 뒤에서 밀려드는 기척을 알아차리고 소리를 질렀다.

"우와아악~~~~ 상관하지 않고 알몸으로 돌격해오는데요

오오?!"

"……빠야, 플뤼겔에게…… 수치심, 없어……. 지브릴도, 그랬……어."

"무어~라고오~? 그건 생각도 모태꾸나~!! ……앞에서도 오는데, 시로?"

"……문자 없어."

부루퉁하게 대꾸하는 시로. 등 뒤에서 포획마법을 벗어난 누드 플뤼겔 몇 명이, 앞에서는 옷을 입은 세 명이 달려들었다.

일부러 전방의 플뤼겔을 바라보며 즉시 카메라를 든 소라가 【워드】를 구축한 후.

이쪽으로 뻗어나오는 세 사람의 손을, 시로와 둘이, 화려하게 회피하며── 쏜다.

"── '무ム · 네ネ · 모モ · 메メ(가슴 만져라)──."

그와 동시에 날개를 쳐 반전, 아울러 자신의 날개로 시로의 눈을 가리며 카메라를 돌린다.

"이로써 저 녀석들이 다른 놈들의 발을 묶어주겠지……. 후우……."

옷을 입은 플뤼겔이 전라의 플뤼겔을 주물러대며 막아주기 시작했다.

"후우── 마침내 도원향을 이 눈으로 보는 데 성공했다……. 정말로 마벨러스하군. 단 한 가지 유감이라면 이것이

밤이라는 점인데, 카메라에 잘 찍혔으려나."

"……저는 한 바퀴 돌아서 이젠 소라 님이 존경스러워요오……."

■ ■ ■

——어디까지고 느긋하게, 즐겁게. 리스크조차 비웃듯 하늘을 나는 주인 두 사람.

그러나 그 모습이 투영된 허공을 바라보며 여전히 이해할 수 없다는 듯.

"——……."

그저 얼굴을 찡그리는 아즈릴에게 지브릴이 몇 번째인지 알 수 없는 한숨을 쉬었다.

……이대로는 두 마스터가 승리한다. 그러나 그것만으로는 의미가 없다.

아즈릴은 아무것도 모른 채, 두 마스터의 기대까지 배반하게 된다——!

"……선배, 왜 모르시는 겁니까……."

"——……."

그 조바심을 짙게 드러낸 지브릴의 말이 아즈릴에게는 이해가 가지 않는다.

——왜, 플뤼겔이 죽음을 두려워한단 말인가.

플뤼겔에게 그런 감정은 없을 텐데.

게다가 자신의 죽음이 아니라── 저 아이들을 걱정하고 있다니?

“두 분 마스터와 저 아이들의 얼굴을 보셔도 아직 모르시겠나요? 당신 혼자만이 우둔한 탓에 저 아이들의 가능성을 가둬놓아, 지난 6천 년이 헛수고가 된다면──.”

──부탁이니, 깨달아달라고.

“헛수고로 만들고 있는 건── 당신이란 말입니다!!”

눈물마저 지을 것 같은 표정으로 그렇게 쥐어짜내듯 말하는 지브릴. 그러나.

아즈릴은 여전히 이해하지 못한다. 알지 못한다. 무엇이, 무엇이, 무엇이……!!

──────………….

“우우우~ 못 따라가겠어어~!!”

“저쪽으로 돌아가! 십자포화로 포획마법을 쏘는 거야! 문자를 쓰게 만들면 기회가 올 거야!”

“에이~ 하지만 그것도 피할걸, 분명.”

“해 보고서 안 되면 다른 수를 생각하면 되잖아간다아!”

그렇게 의논하며 이리저리 날아다니는 플뤼겔들은, 어째서일까──

모두 하나같이, 그저, 어디까지나── 웃고 있었다.

──……뭐가 그렇게 즐거워?

십자포화를 간파한 소라와 시로는 다시 날개를 펼쳐 강하하고, 역시나 피했다.

"우씽~ 거봐, 역시 다 피하잖아~."
"후후, 그럼 위아래에서도 동시에 노리면 되지! 다들 흩어졌다가 신호하면 동시에 발사!!"
"옛써—!!"
——……뭐가 그렇게 즐거워?!
어떻게, 이기지 못하는 상대를, 그렇게 웃으면서 쫓아다닐 수 있는 거야.
——————………….
이해하지 못하는 자신에게 짜증을 내는 아즈릴. 지브릴이 툭 내뱉듯 중얼거렸다.
"선배, 저의 공적을 기억하시나요?"
"…………전부, 기억한다냐. 귀여운 여동생의 수훈은, 전부."
고개를 숙인 채, 먼 곳을—— 이곳이 아닌 곳을—— 과거를 바라보는 눈으로 웃는다.
"기간트 합동토벌 19마리, 단독토벌 1마리. 드라고니아 합동토벌 3마리, 단독토벌 1마리——."
——도시 외곽의 거목 아래 놓인 드라고니아의 목은 다름 아닌 지브릴이 잡은 것이었다.
단독으로 드라고니아를 토벌할 수 있었던 것은 그 전에도 그 후로도 지브릴이 유일했다.
그 두개골은 이를 축하하며 아즈릴이 배치해—— 장식해놓은 것. 그리고——
"판타즈마 합동토벌 3마리—— 단독토벌 1마리, 였지냐."

마찬가지로 판타즈마를 단독토벌한 것도 오로지 지브릴뿐.

과거를 돌이켜보며 웃는 아즈릴의—— 그 웃음에는 한 점의 흐림도 없었으며, 연기도 아니었다.

……멀고도 그리운, 아름다웠던 시절의—— 미래가 있었던 시절의 이야기를.

거짓 없는 웃음으로 이야기하는 아즈릴에게, 눈을 내리깐 지브릴이 물었다.

"……그러면 제가 수복술식이 필요한 규모의 손상을 입었던 횟수는 기억하시나요."

"116번이었지냐."

즉답이었다.

언제나 빈사로 돌아오는 바람에 걱정을 했다.

"……그 대부분이, 단독토벌 때 입은 것이었지냐……."

——기간트, 드라고니아, 그리고 판타즈마—— 각각 한 마리씩.

상위종족 세 마리를 단독으로 토벌했던 지브릴. 그러나.

무려 그 29배나 되는 횟수를 패배했다.

그것이 무엇을 뜻하는지—— 왜 모르느냐고 지브릴은 이를 갈았다.

"그러면—— 제가 왜 단독토벌에 집착했는지 아시겠나요?"

——그것이 마지막 힌트임을 강하게 내비치면서 지브릴이 물었다.

기대와, 이를 배반당할 두려움을 머금은, 결연한 목소리.

그러나…… 아즈릴은 고개를 가로저을 수밖에 없었다.

"……지브짱은, 솔직히 행동을 파악할 수 없었어냐. 애초에 ——."

"예, 애초에 본래, 이길 수 없는 상대이지요."

——그렇다. 본래 상위종을 상대로 혼자 이긴다는 것은 불가능하다.

플뤼겔은 그런 성능으로 만들어지지 않았던 것이다.

——이것이 마지막. 그래도 모르겠다면——

"그러니까—— 부정해냈던 것입니다."

————………….

"……모르겠어, 냐. 그게 뭔데냐. 지브짱은, 저 아이들에게서 뭘 본 거야냐?"

"…………."

지브릴에게서 돌아오는 대답은 없었다.

——이제는 아무것도 기대할 수 없다고 말하듯.

자신이 아는데 다른 사람들이 모를 리 없다는 기대가 부서져간다.

그것이 아즈릴에게는 참을 수 없이 아프게 박혔다. 그러나——

"……지브짱. 지브짱은 특별해냐……."

"…………?"

"지브짱은 몰라냐. 그치만 지브짱은 아르토슈 님께 '특별한 것' 을 받았어냐. 그러니까 지브짱은 알지만 다른 아이들은 알 리가 없는 거야냐."

"…………."

그저 침묵을 지키는 지브릴에게 호소하듯 아즈릴이 말했다.

"나도 《답》을 알고 싶어냐, 끝내고 싶지 않아냐!! 그럼 지난 6천 년은 뭐였어냐?! 그래도 나는 모르겠고—— 이 이상 거짓말을 계속하는 것도 한계야냐!!"

——제1번 개체, 아즈릴.

처음으로 만들어진 플뤼겔인 그녀는 아르토슈가 '완전' 을 추구해 만들었다.

그런 그녀에게 운다는 기능은 없다. 그러나 두 사람밖에 없는 곳이기 때문인지.

애원하듯 소리를 지르는 아즈릴의 목소리, 처음으로 토로하는 본심은 젖은 것처럼 느껴졌다.

——부탁이니 누가 가르쳐 달라고.

——자신들은 무엇을 위해 살아가느냐고.

——무엇을 위해 살아남아.

——무엇을 찾아 살았으며.

——무엇을 찾아내면 살아온 데 의미가 생기는지—— 가르쳐달라고.

이를 말없이 바라보며 지브릴은.

——그러나 일부러, 열기가 없는 목소리로 내치듯.

————그렇다, 마스터가 고를 법한 말을 입에 담았다.

"……그렇게 해, 자신의 한계를 구실로—— 저를 이용하는 거군요."

"————————!!"

"당신도, 저도, 살아남은 자는 모두 패배했고, 패자로서 6천 년을 살았습니다."

눈을 내리깔고 주먹을 부들부들 떠는 아즈릴에게——

"거기서 아무것도 배우지 못한 이유는 배운 자가 특별해서가 아니라—— 당신이 태만했기 때문입니다."

지브릴 또한 주먹을 쥐었다.

……수없이 죽음의 위기에 처했으나 이 정도로 긴장한 적도 없다는 생각이 문득 들었다.

표정을 가다듬었다. 목소리가 떨려서는 안 된다. 시선이 흔들려서는 안 된다.

몸을 구성하는 모든 정령을 억지로 무릎 꿇려 장악하고 제어했다.

——할 수 있을까, 그런 불안이 뇌리를 스쳤지만 떨쳐냈다.

할 수 있을까 없을까가 아니라, 하는 거라고—— 그렇다, 배우지 않았던가.

마스터에게서 배웠던 것을 반추하며, 그리고 마스터에게 배운 대로.

——지브릴은 너무나도 익숙하지 않은.

대도박에 나서기로 했다—— 그것은 곧.

'마스터, 마지막까지 의지하기만 하는 소인 지브릴의 무력함을 용서하시옵소서.'

그렇게 내심 중얼거리고 마지막 기대를 담아——

'하오나 두 분 마스터께서 저를 믿는다고 말씀해주셨던 것을 믿게 해 주시옵소서.'

상상할 수 있는 한 가장 강한—— 상대를 깔보는 표정을 만들어.

"그딴 '암약(暗弱)' 한 당신을, 저는—— 진심으로 경멸합니다—— 아즈릴(폐기물)."

6,407년 생애 처음 해 보는—— 거짓말(블러프)을, 터뜨렸다.

…….

……——스읏, 하고.

아즈릴의 얼굴에서 표정이 사라지더니, 지친 목소리가 살짝 울렸다.

"……이제, 됐어냐."

그 순간—— 천지가 명동했다.

제3장 학습 (Revise)

'…………실수였어요.'

어째서 예상하지 못했던가—— 약속대로 생선 요리를 대접하기 위해 식재료를 사러 나와서, 이즈나를 데리고 성하마을에 내려온 스테프는 자신의 어수룩함에 이를 갈고 있었다.

공포, 증오의 눈, 악의의 험담——곁에서 걷는 이즈나에게 그러한 것들이 비처럼 쏟아지고 있었다.

이즈나가—— 워비스트의 감각이 이를 알아차리지 못할 리가 없다.

'막상 '연방' 이라고 해도 그리 쉽게 이종족을 받아들일 수는 없으니까요. 하지만…….'

머리로는 알고 있다.

분명 이즈나는—— 워비스트는 이곳 에르키아에는 침략자이며 정복자였다.

그러나 그것은 '십조맹약' 이 있었던 까닭이다.

이마니티의 곤경도 고난도, 모두 단순히 게임에서 졌기 때문이다.

상호 동의에 따라 일어났던 결과를 원망한다면 그것은 애먼

원한이——

"……스테공은 왜 이즈나를 안 싫어해, 요?"

"네——?"

"……이즈나는 대륙을 빼앗았던 쪽이잖아, 요. 미움 사는 거 당연해, 요. 근데 이즈나 때문에 스테공네 할아버지, 우왕이라는 소리까지 들었어, 요. 왜 안 미워해, 요?"

이쪽을 올려다보며 말하는 이즈나에게, 스테프는 맞잡았던 손에 힘을 주었다.

이 얼마나 태만하였나—— 눈치가 없는 자신에게 속이 끓었다.

이즈나는, 지나치게 똑똑하다.

소라와 시로를 상대로 대륙영토—— 이마니티와 워비스트의 미래를, 책임을 짊어지고 싸웠다.

——그런 그녀가, 할아버지의 서재에서 아무것도 읽어내지 않았을 리가 없다.

자신이 저지른 일이 이마니티에게 어떤 결과를 가져왔는지. 이마니티는 그런 자신을 어떻게 생각하는지, 이미 이해하고 각오했을 것이다. 알아차리지 못했던 것은——

'또 나뿐이었군요…….'

돌이켜보면 스테프가 깨어난 후로—— 다시 말해 인류어를 습득한 후로부터, 이즈나는 스테프에게 겉옷을 걸쳐주는 등 명백히 태도가 변했다.

그 이유를 왜 알아차리지 못했느냐고—— 속이 끓었지만,

불안스레 흔들리는 소녀의 눈에 고개를 가로저었다.
질문을 받았다—— 그러면 대답해주어야 한다.
이렇게 손을 잡고 거리를 걸으면서 느꼈을 무수한 악의를 앞에 두고.
스테프도 이즈나를 미워하는 것은 아닐까—— 그런 기우를 불식시켜주어야만 한다.
'그 말이 옳지요……. 평범하게 생각한다면…….'
경애하는 할아버지를 멸시한 귀족들에게 화를 낸다면, 그 원인이 된 동부연합도 원망해야 하겠지만—— 그러나 알 수 없었다. 왜인지는 알 수 없지만—— 아니다. 그건 아니라고 단언할 수 있다.
스테프는 입가에 부드럽게 힘을 풀었다.
"왜 그럴까요? 모르겠네요♪"
"……스테공, 바보냐, 요?"
"후후, 그럴지도 모르겠어요. 하지만—— 그건 틀렸다는 생각이 들어서요."
그리고 스테프는 이즈나의 동그란 눈을 들여다보았다.
——시로보다도 어리고, 커다란 귀와 꼬리가 특징적인, 흑발 소녀.
세계 3위의 대국을 짊어지고, 『　　』을 상대하며 호각으로 맞붙었던—— 가능성의 덩어리.
똑똑하며, 모든 일에 열심이고, 순수하고, 말귀를 잘 알아듣고, 그러면서도 각오와 지혜까지 있다.

그런 소녀를── 스테프는 티 없는 미소로 바라보았다.
“게다가 이즈나는 착하고 예쁜걸요.”
다시 말해 이런 것이리라.
“난 이즈나가 좋아요. 그러니까 편애할래요.”
이즈나는 눈을 동그랗게 뜨고, 뒤늦게 화악 털을 곤두세웠다가, 무표정한 채 눈을 피했다.
스테프에게 보이지 않도록 눈을 내리깔고, 가느다란 목소리로 중얼거린다.
“……스테공, 엄청 바보, 요.”
──그렇게 말하면서도 스테프와 잡은 손에는 살짝 힘을 더 주었다.
그 알기 쉬운 태도에 스테프는 쓴웃음을 지으며 다시 걸어가려고 했다. 그때──.
“아~! 이즈나다─!”
갑자기 들린 높은 목소리에 두 사람은 돌아보았다.
인파를 헤치고 이쪽으로 돌진하는 여러 명의 사람── 어린 아이들의 모습.
“뭐, 뭐죠──?!”
스테프가 놀라 뻣뻣이 서 있는 사이에 아이들은 스테프와 이즈나를 에워쌌다.
그러고는 일제히 와글와글 시끄럽게 떠들어댄다.
“이즈나다! 와, 진짜야!”
“야~ 이즈나~ 나랑 게임하자. 너 진짜 강하다며?”

"이 바보들. 완전 바보들. 이즈나 '님' 이라고 불러, 짱구들아."

"……네놈들은 뭐냐, 요?"

떠들어대는 아이들의 기세에 눌려 이즈나가 난감한 목소리로 말했다.

스테프는 어떻게 말려야 좋을지 고민하다가—— 문득 이 소란을 피우는 아이들 가운데에.

——짐승 귀와 꼬리—— 워비스트가 섞여 있는 것을 알아차리고 황급히 말을 걸었다.

"여러분, 뭐하는 거예요?"

"노는 거예요! 다 같이!"

아이들 중 하나—— 너구리 같은 동그란 귀를 가진 소녀가 혀 짧은 소리로 말했다.

"다들…… 친구예요? 워비스트 아이들도?"

"네. 맞는데요?"

아연실색해 질문을 거듭하는 스테프에게 동그란 귀를 가진 소녀가 어리둥절 고개를 갸웃했다.

그 옆에서는 이마니티 사내아이가 신나게 목소리를 높였다.

"——우리 게임해서 사이 좋아졌어!"

——그 간결하고도 간단한 말에.

스테프는 가슴속이 크게 울리는 듯한 감동을 받았다.

그러는 동안에도 이즈나의 주위에 몰려든 아이들은 여전히 떠들어댔다.

"야~ 나랑 게임해보자~. 난 절대 안 질 거야!"

"……배고파, 요. 생선 사러 가는 중이야, 요. 완전 바빠, 요."

옷을 붙잡고 채근하는 아이들에게 이즈나는 떨떠름하게 시선을 돌렸다가——

"……다음에, 작살 내줄 거야, 요."

살짝, 입가를 틀어올리며 웃음을 지었다.

그 말에 제일 건방지게 생긴 소년이 주먹을 치켜올리며 환성을 질렀다.

"아자! 그럼 약속한 거야, 이즈나! 꼭이야~!"

"그러니까 '님' 자 붙이랬지, 바보들아! ——이즈나 님, 미안해요."

그렇게 해서. 나타났을 때와 마찬가지로 아이들은 손을 흔들며 폭풍처럼 달려갔다.

——그 소란이 지나가고도.

스테프는 자신의 가슴속에 생겨난 울림이 잉걸불처럼 남아 있는 것을 확인했다.

"후후…… 이게 바로 정답일 거예요, 분명……."

……어느 샌가.

주위에서 밀려드는 감정도 당혹스러운 것으로 바뀌었다.

지금은 아직 조금 이를지도 모른다.

하지만 그리 머잖은 미래. 저 아이들이 어른이 되었을 무렵에는…… 분명.

다른 종족이 서로 다툼을 벌이는 일은 웃음거리가 되지 않을까——.

그런 희망을 품고 스테프는 웃었다.

"기껏 게임을 할 수 있게 되었는걸요—— 그편이 분명, 재미있을 거예요."

"……스테공, 역시 바보 아니다, 요. 아마 엄청, 똑똑하다, 요."

툭 내뱉은 이즈나의 말에 스테프는 신을 보는 듯한 얼굴로.

"아아아이즈나아아! 당신만은 나를 바보라고 부르지 않는군요오오오!!"

"……근데, 바보 같다, 요."

자신에게 안겨 기쁨의 눈물을 쏟는 스테프에게 이즈나는 살짝 쓴웃음을 지었다.

——세계는 변한다. 변하고 있다. 변하고 또 변한다.

만일 변하지 않는다고 느낀다면—— 그것은—— 보지 않고 있을 뿐일 것이다——.

■ ■ ■

——세계가, 다시 쓰여졌다.

"으아아아, 뭐야?!"

밤하늘을 춤추던 소라와 시로가 느닷없이 밀려든 굉음과 폭풍에 휘말려 빙글빙글 돌면서 외쳤다.

하지만 그보다도—— 소용돌이치는 폭력적인 힘의 발현에 누구보다도 플럼이 절규했다.

"뭐, 뭐예요, 이거어!! 이런 정령의 양은—— 암만 플뤼겔이라 해도 있을 수 없어요오!!"

머플러로 위장했음에도 플럼이 공포로 떠는 것을 알 수 있을 만한 힘.

마법을 다루는 자라면 직시하기만 해도 정신이 나가버릴—— 천지를 뒤흔드는 차원이 다른 힘이, 억지로 세상을 굴복시키고 뒤틀고 강제로 경치를 다시 썼다—— 아니, 덧칠해버렸다.

"……어, 플럼. 이거 그렇게 위험한 거야?"

분명 '스테이지 변경' 도 금지는 아니었지, 하고 태평하게 묻는 소라에게 비명이 대답했다.

"위험하다뇨——!! 이, 이런 힘은, 올드데우스나, 아니면 ——!"

말하려던 플럼은—— 자신들이 어디를 날고 있었는지를 떠올리고 말을 끊었다.

——【익시드】 위계서열 제2위, 판타즈마—— 아반트헤임…….

"……알지 못한다. 우리는 알지 못한다."

——허공에 아즈릴이 서 있었다.

그녀의 얼굴에는 천사처럼 완벽하던 —— 지나치게 완벽하던 —— 그 미소는 없었다.

플뤼겔에게서 시선을 받았을 때에 착각하는 ‘죽음’ 조차도 아닌…… 아니.

소라는 식은땀을 한 방울 흘리며 쓴웃음을 지었다. 지나치게 커다란 힘을 앞에 두면—— 착각조차 할 수 없다는 생각에.

인식, 상상을 초월하는 힘. 소라도 시로도 피부만은 타들어 갈 것처럼 전율하고 있었다.

아즈릴——의 모습을 한 그것——은 완만하게 말을 이었다.

“‘최종번호개체(지브릴)’ —— 놈이 그대들의 그 어떤 몽상에 사로잡혔는지 우리는 알지 못한다.”

그 어떤 감정도 담기지 않은 공허한 목소리로.

“——따라서 그대들이 우리에게 직접 이를 제시하라.”

마침내 고정된 경치를 앞에 두고 선고된 ‘그것’ 에. 소라도 시로도 입을 딱 벌렸다.

핏빛으로 물들어 갈라진 하늘. 성층권까지 닿는 흙먼지. 지평선까지 펼쳐진 초토.

하늘이 부서지고 땅이 무너지고 바다가 말라붙어—— 죽은 상태였다.

주위에 떠도는 것은 부서져 피어오르는 무수한 바위—— 대지의 말로와.

게임에 참가했던 플뤼겔들, 수많은 이형의 공중함대처럼 보이는 끔찍한 전함——.

"……뭐, 야, 이게."

말문이 막혔다가 다시 회복되어 묻는 소라. 그러나 시로도, 플럼조차도 대답할 수 없었다.

하늘을 춤추던 플뤼겔들은—— 씁쓸하게 얼굴을 일그러뜨렸다. 그녀들은 트라우마와도 같은 그 광경을 알고 있었다.

——6천 년 전—— 다시 말해 '대전' 말기.

플뤼겔의 창조주인 올드데우스 아르토슈가 모든 개체의 '천격'을 한데 모아 자신의 힘으로 삼아 쏘았던 일격.

대륙을 부수고, 천공을 부수고, 별마저도 부수고자 휘둘렀던 힘—— 다시 말해 '신격(神擊)'.

그 일격이 만들어낸 광경. 세계의 황혼을 배경으로 아즈릴이 말을 이었다.

"——일찍이, 우리는 싸웠으며, 그리고 패하였다."

그보다도 더 먼 뒤쪽에 끔찍하고 거대한 육지가 떠 있었다.

아마도 지금의 양상을 만들어내기 전—— '대전' 당시의 아반트헤임.

허공을 떠도는 고래와도 같은 대륙—— 공중요새는 큐브가 아니라 무수한 포대와 살의로 가득 찬 푸른 눈동자를 가지고 있었다.

"——주께서 쏜 최대의 일격—— 그러나 이는 '되돌아와', 우리는 괴멸당하고, 주께서는 숨지셨다."

——무엇이 지브릴을 변하게 만들었던가.

"어찌 우리는 패하였는가. 어찌 우리는 주를 잃었는가. 어찌 우리는 살아남았는가. 어찌——.”

——무엇이 우리에게 살아갈 의미를 찾게 하였는가.

질문하는 폭력의 화신을 앞에 두고 플럼은 정신을 잃지 않고자 필사적으로 견뎠으며——

“주 없는 병기가 어찌 지금도 살아가는지 대답——.”

““—— ‘야ヤ · 호ホ · 우ウ(야포野砲)——.””

느닷없이 아즈릴의 가슴을 뚫는 섬광이 터져 나왔다.

그 순간 황혼을 물들인 빛과, 몇 초 늦게 울려 퍼진 폭음이 대기를 뒤흔들었다.

“……허에?”

얼빠진 소리를 내는 플럼에게 대답한 것은——

“말 · 이 · 길 · 다아! 인트로 대화는 40자 이내로 간추리든가 스킵할 수 있게 만들어놔!”

“……슈터의…… 조급함…… 우습게, 보지, 마…….”

어이없다는 얼굴로 중얼거리는 소라와 시로——.

어느새 바위너설에 내려와서는 【워드】를 짜맞췄는지——두 사람의 손앞에는 대포의 포신이 있었다.

플럼은 모르는…… 아니, 본 적이 없는.

두 사람이 세 글자를 이용해 구현한 155mm 유탄포가 불을 뿜었다. 소리보다도 빠르게 아즈릴을 꿰뚫고, 포탄에 내장된 15파운드 콤포지션 B 작약이 작렬한다. 초속 8,000미터의 폭풍이 아즈릴의 모습을 날려 안개처럼 흩어놓고——.

"——에에에엑, 지금 뭐 하시는 거예요오오오오?!"

겨우 상황을 파악했는지 플럼이 비명을 지르자 두 사람은 어리둥절.

"이벤트 스킵."

"……저 사람, 너무 잘난 척해…… 짜증나……."

"무무무, 무슨 짓인지 알고서 이러는 거예요오?! 저건——"

"그래, 아즈릴하고—— 판타즈마 아반트헤임이지?"

"……어, 어라?"

못 말리겠다는 듯 한숨을 쉬며 고개를 가로젓고 소라가 말한다.

"아즈릴은 다른 플뤼겔하고는 달리 뿔이 있었잖아. 그럴 거라고 생각은 했는데—— 말하자면 판타즈마 아반트헤임의 전권을 대리하는 거겠지. 뭐, 자세한 내용은 모르겠지만."

"……결, 국…… 아즈릴, 이콜, 판타즈마…… 이기도, 해……."

플럼보다도 압도적으로 빨리 사태를 파악한 두 사람이 재미없다는 투로 담담히 말했다.

"……판타즈마 아반트헤임은 독립된 하나의 세계라고 지브릴이 그랬잖아."

소라는 이곳을 찾아왔을 때 들은 설명을 떠올리며 말했다.

"경치를 바꿨다는 건 세계를 다시 썼다는 뜻인데, 독립된 세계라면 바깥세상을 이 정도로 바꿔놓진 못했겠지. 다시 말해

—— 자신의 세계(아반트헤임 내부)를 바꿨다는 뜻이야. 하지만 그렇다면 아반트헤임의 '위'에 있어야만 할 텐데도 지금 우리 눈앞에 있어—— 다시 말해, 환영이지."

——그리고 증거. 실체라면 '십조맹약' 때문에 위해는 가할 수 없다.

"……그럼…… 플럼…… 문, 제……."

무엇이 그렇게까지 즐거운지, 플럼은 전혀 이해할 수 없었지만.

진심으로 가슴이 두근거린다는 표정으로 시로가, 그리고 소라가 말했다.

"대규모 스테이지 변경, 눈앞에는 나야말로 최종병기이옵니다 하는 요새. 끝판왕틱한 놈의 긴 연설—— 그리고 게임 종료인 '1시간'까지는 앞으로——?"

"……9분 44초."

"이게 무슨 뜻일까요! 정답은?!"

——소라와 시로의 원래 세계 지식이 없는 플럼에게는 가혹한 질문.

그러나 눈앞에 육박하는 온갖 상황에.

얼굴을 절망으로 물들인 플럼이 우연히도—— '정답'을 말했다.

"……끝(디 엔드)이란 거 아닌가요……?"

"어라? 진짜로 맞출 줄은 몰랐는데."

아반트헤임에서 폭력적인 마력으로 발사해 펼친 방대한 '포획탄막' 을 앞에 두고.

소라와 시로는 맞잡은 손을 다시 꼭 쥐고는 웃었다.

"말하자면 '라스트 스테이지' 란 거지—— 엔딩이 다가왔다고."

"……클라이맥스…… 좋은, 연출……♪"

땅을 박차고 날개를 친다. '가속' 의 폭음을 뛰어넘어 웃으면서 탄막으로 날아든다.

"어떻게 이 상황에 웃을 수가 있어요오오오오으꺄아아아악!!"

질주. 아반트헴에서 발사된 무수한 빛, 탄막을 뚫고 비상.

——숫자야 많지만 플뤼겔이 쏘던 '포획광' 과 같은 추적성이나 회피를 감안한 시간차는 없다. 그저 오로지 숫자와 속도로 밀어붙이기만 하는 탄막—— 쓴웃음.

"시로, 패턴 산출했어?"

"……대충……. 빠야, 는?"

"다 알면서? 나는—— '기합으로 피해라' 파다!"

다시 날갯짓을 한차례. 일사불란한 속도로 소라에게 맞춰 시로도 날개를 친다.

밀려드는 무수한 빛 속을 춤추듯 비행한다. 휘파람을 불어가며 유유히——.

"*진 히바치 카이에 비하면 하품이 나올 정도구만. 지브릴 녀석, 진짜 기대해도 되는 거야?"

---

* 진 히바치 카이(真·緋蜂 改): 난이도 높기로 악명 높은 케이브의 슈팅게임 '도돈파치 대왕생' 의 최종 보스.

"……끝판왕이 이래선…… 기대 못하겠어……. 플뤼겔(다른 애들)이, 더…… 재미……있었어."

이제 소라와 시로는 플럼이 이해할 수도 없는 거동으로 화려하게 탄막을 피하며.

심지어 탄막에서 눈을 돌리고 자신들의 손을 내려다보며 확인까지 했다.

"——합계 '46문자' 였지."

"회수한 건 '40문자' ……."

"다 쓴 건 '22문자' 고?"

"……우리에겐, '18문자' ……."

소라의 팔에서 돌고 있는 빛의 글자는—— 타タ, 시シ, 테テ, 키キ, 루ル, 에エ, 이イ, 츠ツ, 헤ヘ——

시로의 팔에서 돌고 있는 빛의 글자는—— 레レ, 요ヨ, 세セ, 니ニ, 후フ, 노ノ, 응ン, 리リ, 코コ——

충분한 보유량이다.

"근데~."

소라가 말한다.

"으음~ 하ハ, 로ロ, 미ミ, 오オ, 치チ, 히ヒ…… 여섯 글자 부족하네."

"……그래도, 히든카드는…… 모았, 어."

이 정도면 문제는 없다고 시로가 말한다. 하지만.

"내가 아까 뭐랬어. 저 녀석에게 쏘아넣을 【워드】는 정해졌다니깐. 그건 아직 세 글자 남았어."

"……이, 상황에서…… 글자 회수……는, 무리……."

빛이 호우처럼 쏟아지는 틈바구니를 날아다니는 시점에서 이미 플럼의 이해를 벗어났는데.

이 안에서 플뤼겔까지 상대하기란 아무리 두 사람이라 해도 무리인 모양이다.

"…………안 되겠다, 시로. 미안하지만 히든카드를 지금 쓸게."

"…………빠야한테, 필요한 글자, 는?"

"열네 자."

희한하게도, 시로가 눈을 크게 뜨고 오빠의 의도를 파악하려는 듯 낯빛을 살핀다.

"열네 자. 그게 필요한 글자 수야. 그 중 세 개가 없어."

그러나 소라의 얼굴은── 그저, 어디까지나 진지함 그 자체.

──【워드】 하나에 열네 글자나?

시로가 말하는 '히든카드'── 그것은 어떤 위험도 모면할 수 있는 【워드】일 것이다.

그러나 한 번밖에는 쓸 수 없는, 진정한 최후의 수단이라고 해야 할 텐데──.

"……응, 알았, 어……."

오빠가 '필요'하다면 '어떤 위험을 무릅쓰고서라도 필요'한 것이라고, 시로는 고개를 끄덕였다.

오빠의 진의를 자신은 알아차리지 못한 이상 오빠가 옳다── 그뿐이다──!

──맞잡은 두 손. 소라의 왼손과 시로의 오른손── 맞잡

은 팔을 따라 네 개의 글자가 내려갔다.
그리고—— 이를 배열해—— 소라가 【워드】를 이루고.
크게 팔을 내밀며——
"——'세セ · 츠ツ · 다ダ · 응ン(절단)——!!"

수평으로 크게 팔을 휘두른—— 순간.
무수한 탄막과 아반트헤임을 포함한 한복판의 공간을, 눈에 보이지 않는 칼날이 휩쓸었다.
——이미지를 구현화한다는 규칙, 【워드】.
'단제츠ダンゼツ(단절)', '세츠단セツダン(절단)' 처럼 순서만 바꿔놓은 두 단어에서 이미지해 얻을 수 있는 것.
그것은 공격, 방어, 공방일체까지 모든 상황에 대응할 수 있는 만능의 단어였다.
게다가 '응ン' 의 중요성과 범용성은 말놀이, 언어유희에서는 상식이다. 그런 비장의 수단까지 사용한 만능의 【워드】가 가져온 결과는—— 소라의 이미지는.
——전방의 모든 것을 질 낮은 농담처럼—— '일도양단' 했다.
공간, 경치, 베인 곳은 아반트헤임까지도 절단하고—— 포대마저도 휩쓸었다.
——그래서?
플럼이 의구심을 품은 것과 동시에 소라와 시로는—— 감속했다.
"——에엑?!"

경악에 신음하는 플럼. 무너지는 경치 속에서, 탄막이 끊어진 틈을 타 플뤼겔들이 육박했다.

"……빠야…… 오고 있어."

"……18명—— 생각보다 많네. 글자를 가진 애들은?"

"……여섯……다, 있어……. 하지만……!"

——그렇다. 어떻게 회수할 것인가.

'절단'을 써서 이제 손에 남은 것은 '열네 글자'. 소라가 말하기로 마지막 '열네 글자'는 이미 예약된 상태.

회수하지 못한 '여섯 글자' 중 '세 글자'가 필요하다고도 했다.

회수에 성공한다 해도 쓸 수 있는 글자는 세 글자가 늘어날 뿐. 그리고 현재 쓸 수 있는 남은 글자는 '세 글자'.

"——자, 그러면 마지막 대도박, 간다아 시로!"

그리고 두 사람이 몸을 돌려 반격태세에 들어가—— 육박하는 플뤼겔들을 향해 날개를——

치려 하다가.

"——어, 어라?"

플럼이 중얼거렸다. 아니, 소라와 시로의 심정도 마찬가지였다.

달려온 플뤼겔들이, 소라와 시로의 앞에서—— 멈춘 것이다.

공손히, 그렇다, 마치 지브릴처럼, 플뤼겔 중 한 사람이 인사를 하더니.

"필요하시지요. 이 글자가."

……그 말과 함께 자신의 가슴에 있는 '하ハ' 에 손을 대며 말했다.

이를 따르듯, 나머지 글자를 가진 다섯 사람도 각자 문자를 보여주었다.

그 진의를 파악하지 못해 당황하는 소라와 시로. 그러나 플뤼겔들은 미소와 함께 말했다.

"우린 이제 충분히 보고 즐겼으니까——."

"악수권 사인권 데이트권 동침권은, 으음~ 솔직히 아깝지만~!"

"두 분과 게임을 할 수 있었던 것만으로도 충분히 만족하니까요♪"

"——그러니, 부디, 잘 부탁드립니다."

그리고 마지막 한 사람의 말——.

"아즈릴 언니를 잘 부탁드립니다. 그리 멀지 않은—— 미래의 주님이시여."

——드디어.

소라와 시로는 이 게임에—— 지브릴이 설치해놓은 함정을 이해했다.

무의식중에 폭소가 터질 것 같은 심정으로, 두 사람은 글자에 손을 뻗었다.

"……하하, 지브릴도 이젠 제법 수를 쓸 줄 아는데!"

"……지브릴, 수고……했어……♪"

너스레를 떨며 소라와 시로가 마지막 여섯 글자를 건드렸다.

"……저, 저어, 그게 무슨, 말인가요오?"

유일하게 이해하지 못하고 묻는 플럼에게 플뤼겔들이 웃으며 대답해주었다.

"잊으셨나요, 버러지? 우리는——."

"플뤼겔이자, 아즈릴 언니의 지휘를 받기 이전에……."

"소라 님과 시로 님의 팬인걸요?"

그렇게, 웃으며—— 은근슬쩍 플럼을 비방하는 말을 등 뒤에 남기고.

소라와 시로는 다시 쓴웃음을 지으며—— 날갯짓을 해 가속했다.

절단된 아반트헤임으로—— 그 안에 있을 아즈릴에게로.

■ ■ ■

"……이해한 아이들도 있는 모양이네요……. 이래도 저만이 특별하다고 하시겠습니까?"

지브릴이 씁쓸히 말했다.

아즈릴에게 표정은—— 없었다. 그러나 가면 밑에서는 고뇌로 얼굴을 일그러뜨리고 있다.

——대체 뭐란 말인가. 어떻게 된 것인가. 전혀 의미를 알

수 없었다.
허공에 비친 영상을 응시하며 아즈릴은 여전히 생각했다.
무너져가는 아반트헤임 속에서, 장애물을 신들린 듯 회피하며 날아오는 두 사람.
그들이 향하는 방향은 일직선── 이곳이다. 마치 위치를 아는 것처럼──!
아니, 알고 있다! 포격으로 환영임을 간파하고, '절단' 으로 무너진 경치 속에서 '진짜 경치' 를 밝혀내, 지브릴과 아즈릴이 처음 위치에서 이동하지 않았다고 가정── 아니, 단정하고!
──그 광경을 앞에 두고 아즈릴의 뇌리에는 쓰디쓴 과거가 되살아났다.
그렇다. 그때도 이렇게 아르토슈를 잃었다.
모든 것을 돌파당해, 모든 것을 읽혀, 모든 것이 꿰뚫린 끝에── 주는 목숨을 잃었다.
어째서 우리는 패했는가. 어째서 우리는 살아남았는가! 어째서 우리는 살고 있는가?!

────…………

"와아아아아냐아아아아아아꺄아아아아아햐아아아아악!!"
"플럼! 너 시끄러워어어어어어!!"
"아아아아아아머리가이상한거아니에요오오두부우우운!!"
"그 말도 이제는 질렸거든! 시로오!!"
눈앞에서 경치가 무너지고 무수한 큐브가 떨어졌다. 통로가 가로막혀 반전은 불가능—— 격돌한다.

"꺄아아아아아아아아아아악!"

비명을 지르는 플럼은 내버려둔 채 시로는 냉정하게 【워드】를 맞춰,

"—— '미니ミニ' ……."

——남은 것은, 18문자.

눈앞의 큐브 하나에 닿은 것과 동시에 발동.

큐브 하나가 축소되어 틈새가 벌어졌지만, 두 사람이 지나갈 만한 크기는 아니어서——

즉시 그 구멍을 가리키며 마찬가지로 【워드】를 짜맞춘 소라가 외쳤다.

"——헤루へル(지나가다)!!"

————남은 것은, 16문자.

바늘구멍 같은 틈새를 그저 통과해 지나갔다는 사실만이 구현되어, 여전히 날아간다.

믿을 수 없는 대응력에 플럼이 혀를 내두르고 있을 때 문득 소라가 말했다.

"플럼, 잠깐 이빨 꺼낼 수 있어?"

"무리예요오! 불길한 예감이 들어서 싫어요오오!!"

"진짜로? 그럼 안 됐네—— 피를 줄까 했——"

"잘못했어요오! 소라 님의 어깨에 이빨을 대고 있으니까 감촉으로 아실 거예요오!!"

"——치チ(피)다."

————남은 것은, 15문자.

상처도 없는 손끝에서 배어 나온 혈액이 플럼의 송곳니에 스며들었다.

이를 박지 않고도 피를 빤 플럼은.

"후냐아아아아앙뭐죠오오?! 이 농후한 감칠맛과 크리~미한 풍성함, 온몸을 휩쓰는 향기로운 영혼의 맛! 비유하자면 보름달 밤에 알을 낳는 바다거북의 눈물과도 같은! ♡"

——뭔지 알 수 없는 음식 리뷰를 지껄여대는 플럼에게 쓴웃음을 지으며.

"기운 났냐?"

"네에에! 힘내겠습니다요오! 지금이라면 뭐든지 할 수 있을 것 같아요오!"

플럼——이 아니라 머플러에서 수많은 꽃이 흐드러지게 피어나 비행의 궤적을 그렸다.

그러나 그 환희의 외침에 소라와 시로는 사악한 웃음을 짓더니.

"그거 잘됐네. 그럼——."

"……뭐든지…… 해, 볼까……."

"——……그렇겠죠오……. 그렇게 될 줄은 알았어요오……."

■ ■ ■

6천 년 전—— 아르토슈가, 죽었다.

아르토슈가 만들어낸, 신을—— 다른 종족을 섬멸할 검.

아르토슈에게 유일신의 자리를 바치고자—— 그러기 위해 태어났던 검.

그러나 토벌당해, 존재를 잃은 주인의 주검을 앞에 두고 무쌍의 검은 목적을 잃었다.

그동안 명령받은 대로 휘둘러졌던 까닭에, 생각할 필요도 없었던 의문이 발생했다.

——이제부터 무엇을 하면 좋단 말인가.

아르토슈가 만들어낸 종족, 아르토슈의 사도가 난처해하며 내린 결론은—— 사고정지였다.

누가 먼저였던가, 스스로가 가진 모든 힘을 한데 모아—— 스스로의 몸을, 꿰뚫었다.

유일신의 자리를 바치기 위해 만들어진 도구라면, 바칠 자가 없는 이제는 불필요.

잇달아 스스로의 몸을 꿰뚫기 시작하는 동생들을 보며. 아즈릴은—— 최초의 개체는 그 순간, 거짓말을 했다.

아니, 정확히는 거짓말이 아니었다.

그러나 여동생들이 빛을 잃은 눈으로 스스로를 꿰뚫어가는 광경에 참을 수 없어 말했던 것이다.

——주의 명령은 아직 끝나지 않았다고.

만에 하나라도 있을 수 없는 일이지만, 자신이 패했을 때, 전쟁신이 미지의 힘에 소멸되었을 때.

자신을 대신하여 그 원인을 밝혀낼 것── 그것이 마지막 주명(主命)이라고 말했다.

──사실 이는 아즈릴 하나에게만 부여된 사명── 명령이었다.

그러나 그녀는 그 명령을 플뤼겔 전원에게 부여된 명령이라고 속이고, 말을 이었다.

──역할을 다했을 때는 주에게 받은 마지막 명령을 완수했을 때라고.

──우리가 용도를 다했다는 판단을, 부디 자신에게 맡겨달라고.

……그것은 그 자리만을 모면하기 위한 방편일 뿐이었다.

그러나 그렇다 해도── 플뤼겔은 주를 꺾은 '미지'의 정체를 찾기 시작했다.

전쟁이 끝난 것과 동시에 온갖 지식을 수집했다. 이 세상의 모든 미지를 기지로 바꾸려는 듯이.

그리고 시간이 흘러 벌써 6천 년──── 아직까지 《답》은 발견하지 못했다.

그 답을 발견할 수 있는 자가 있다면 그것은 지브릴뿐일 것이라고 아즈릴은 생각했다.

주가 남긴 말. 마지막 개체. 특별한 개체.

그러나.

──이젠…… 지쳤어냐…….

■ ■ ■

아마도 아즈릴과 지브릴이 있을 것으로 보이는 홀에 소라와 시로는 도착했다.

……어둡다. 소라가 【워드】를 짜내 기동했다.

"——히ㄴ(불)!"

——남은 것은 14문자. 정확하다.

이로써 목적한 【워드】를 쏘아 넣으면 14문자를 모두 사용하여 완전공략하는 셈이다.

"다만, 이제 【워드】는 쓸 수 없어……. 미안하다, 시로."

"……빠야, 필요하다고, 판단, 했다면…… 시로는, 믿어."

오빠로서 자긍심이 무럭무럭 솟아나는 말과 함께—— '불'이 플로어를 비추었다.

"——6천 년을 찾아 헤맸다. 그러나 우리는 아직까지 《답》을 찾지 못했다."

불이 들어온 플로어에는 주인 없는 옥좌와.

그 앞에 선 아즈릴, 그리고——

"우리가 누군데? 너 말고는 이해한 놈들 꽤 많은 것 같더만, 뭐."

아즈릴의 곁에서 그저 눈을 감고 있는 지브릴을 보며 소라가 말했다.

그녀의 얼굴에서는 그저 신뢰와 확신, 그리고.

아즈릴에게는 전혀 없는, 앞으로 일어날 일에 대한 희망이 넘쳐났다.

"존재하지 않는 《답》을 찾아, 이 시시한 세상을 무위로 만드는 데에 이미 지쳤다."

그것은 아즈릴의――그리고 그녀의 몸속에 있는 판타즈마 아반트헤임.

두 사람의―― 아니, 한 개의 인형과 하나의 환영이 자아내는, 진심에서 우러난 말이었다.

"―― '최종번호개체(지브릴)' 가 발견한 《답》, 그것이 우리가 토로했던 거짓말과 같다면."

한 박자를 두고, 나락보다도 깊은 절망이 담긴 눈으로 소라와 시로를 보며 말한다.

"주께서 패하신 이유를 '단순한 부조리' 라 결론짓고―― 모든 플뤼겔을 끝내겠다."

"그건 곤란한데."

"……지브릴, 은…… 시로네…… 동료."

그러나 두 사람의 말을 표표히, 태연히 무시하는 '둘' 을 보며 소라는 흐음, 하며 생각에 잠겼다.

"그랬군. 댁들이 황당무계할 정도로 책을 머릿속에 집어넣고 '해답' 인지 뭔지를 찾으려 했던 건 이해했어. 솔직히 그 마음도 의미도 전혀 모르겠지만, 한 가지 물어봐도 될까?"

그리고 처음 아즈릴의 제안을 거절했을 때와 마찬가지로.

――진심으로 재미없는 자를 보는 눈으로, 아즈릴을 보며,

말했다.

"……너 자신은 뭐 하나라도 스스로 생각하고 썼던 게 있긴 있나——?"

"————흑?!"

아즈릴이 눈을 크게 떴다. 그 곁에서 그저 눈을 내리깐 지브릴의 손에는.

그녀가 성전이라 부르며, 아반트헤임 내에서 팬마저 만들어냈던 서적이 있었다.

그녀 자신이 기록한 소라와 시로의 관찰일기. 미완성의 미래를 그리는 이야기…….

"근데 뭐, 그렇겠네. 나랑 시로가 이기면 책을 수집하는 데 협조하고 지면 사인회를 여는 것과는 별도로, 뒤에서 그딴 내기를 했단 말이지. 지브릴이 우리에게 상담도 안 하고 목숨을 걸었던 건 나중에 혼을 내줘야겠지만——."

——소라가 시로의 손을 꽉 고쳐쥐며 날개를 펼쳤다.

"너 말야, 지브릴이 그런 도박에 나선 이유, 진짜 모르겠냐?"

"——그대들이, 우리를 수긍시킬 만한 《답》을 제시하리라 확신을——"

"오케이, 너 바보! 너 진짜 왕바보!! 너 인마 그러고도 언니인 척했냐? 진짜 멍청하네!!"

그렇게 외치며—— 그저 '순수한 분노'로 얼굴을 시뻘겋게 물들인 소라는—— 다시 목소리를 높였다.

"——네가! 언니가! 이해할 수 있을 거라 믿고 목숨을 건 거잖아——!!"

……….

…………….

소라와 시로는 발에 힘을 주고—— 마지막 【워드】를 짰다.

"그딴 것도 모르는 녀석을 어떻게 언니라고 불러주냐!!"

"……가소로워……. 잠꼬대는, 자면서, 해!"

동시에—— 땅을 박차고, 도약했다.

——빠르다.

가속의 【워드】가 작용한 도약. 무시무시한 속도로 소라와 시로가 달려든다.

그러나 아반트헤임의 힘을 내포한 아즈릴에게는—— 멈춘 것처럼 보였다.

"……그렇구냐. 지브짱이 목숨까지 걸면서 믿어주었는데도……."

그런 것조차 자신은 알지 못했다. 그 목적조차도. 그렇다면.

"——맞아냐. 이제는, 그냥, 끝낼래냐……."

그렇게, 아즈릴도 바닥을 박차고 날아올랐다.

길이가 수백 미터도 안 되는 홀에서 초음속으로 움직이는 두 물체가 정면충돌하기까지는 찰나조차 필요하지 않다.

——결과도 뻔하다. 아즈릴이 손을 내밀고 두 사람을 붙잡으면, 그것으로 끝난다.

역시 답은 발견하지 못했다. 그러나 발견한 자는 있다. 그렇다면—— 충분하다.

이제는 끝내자—— 자신에게는 지난 6천 년 동안 의미 따위 없었——

"끼야아아악잘못했어요잘못했어요죽이지마세요오오오!"

…….

"——엥?"

아즈릴이 시선을 떨군 채 손에 붙잡은 것에서 절규가 울려 퍼졌다.

붙잡은 줄 알았던 소라와 시로—— 그러나 손 안에서 외치는 것은—— 그, 뭐냐, 어.

……어라? 이름을 들었던가냐?

——이름도 모를 담피르 소녀였다.

—— '환혹마법' —— 한순간, 뒤늦게 이해했다.

담피르의 환혹마법—— 진심으로 발휘하면 엘프도, 플뤼겔도 착각에 빠뜨릴 수 있는 종족의 마법.

강력한 영혼을—— 피를 섭취한 직후라면, 어쩌면 올드데우스마저도 기만할 수 있는——?

하지만 그렇다면 소라와 시로, 두 사람의 날개는—— 가속한 소라와 시로는, 어디로——?!

——재빨리 그렇게 생각하는 아즈릴——의 옆을.

무시무시한 속도로 스쳐 지나가는 기척에, 그야말로 시간이, 멈추었다.

아즈릴의 눈에는 모든 것이 슬로우모션처럼 비쳤다.

플럼을—— 머플러를——날개를 잃은 인간의 몸으로.
인간의 몸에는 지나친 속도로.
돌아보며 날린 소라의 주먹이 아즈릴의 어깨에 꽂혔다!

"—— '시바리푸레에데고노요오이키로シバリプレーデコノヨヨイキロ('제약 플레이'로 이 세상을 살아가라).'——."

————남은 것은, 0문자.
아즈릴의 눈이 크게 뜨였다. 자신이 받은 【워드】 때문이 아니라.
고속으로 날아온 두 사람이—— 날개를 해제하고 환혹마법을 쓰게 하다니?!
"'마법을 쓰면 안 된다는 규칙은 없지'—— 안 그래?"
찰나의 해후. 들릴 리가 없는 목소리—— 돌아본 소라의 얼굴이, 분명 그렇게 말하고 있었다.
그러나 그렇지 않았다—— 저 속도로, 인간의 몸으로, 날개를 잃는다면—— 땅에 부딪쳐 확실히 즉사——
그 모든 의문, 경악에 대답하는 말이 아즈릴의 귓전을 후려쳤다.

"——저스트, 60분…… 게임…… 종료."

————시계도 무엇도 없이.

머릿속으로 카운트하기만 했던 숫자를, 시로가 읽은 것과 동시에.

쉬프트한 지브릴이 사뿐히…… 두 주인을 공손히 받아냈다.

……그 광경을 아득히 멀게 느낀 아즈릴에게 【워드】가 기동했다.

'제약 플레이'. 아즈릴은 몸속에 내포된 아반트헤임의 힘과 함께 제약을 받았다.

공간을 뒤바꾸었던 방대한 힘이 해방되어, 홀과 경치가 깨져나가듯 무너져간다.

그 속에서, 여전히 믿을 수 없다고, 힘없이 추락하며 아즈릴은 눈을 크게 떴다.

생각할 필요도 없었다—— 이 감정은, 그렇다.

아르토슈—— 주를 잃었을 때와 똑같은—— 부정할 수 없는 '공포'였다.

……전혀 이해할 수 없었다.

모르겠다. 모르겠다. 알 수 없는 것이 너무나도 많다.

무섭다. 두렵다. 그들은 무엇을 알기에 이렇게 위험한 외줄타기를 할 수 있단 말인가.

아무리 지식을 쌓고 전략을 세우고 만사에 대비한다 해도, 최후의 최후에는 미지——

불확정요소밖에 없는 어둠. 그 안에서 어떻게. 한 가닥 실오라기 위에서.

어찌—— 이렇게까지 망설임도 없이 발을 내디딜 수 있단 말인가.

상식을 벗어나는 일을 연속으로 목격하며.

떨어져가는 아즈릴은 의식을 잃었다——.

■ ■ ■

——꿈속에서, 아즈릴은 주 아르토슈의 기억을 보았다.

영원히 이어지는 전란은 '전쟁신' 인 아르토슈에게 힘을 줄 뿐이었다.

전의를, 증오를, 해의를, 피를 양식으로 삼는 올드데우스—— 전쟁신 아르토슈.

이제는 그와, 그가 지녔던 열여덟 장 날개의 조각—— 깃털(플뤼겔).

그리고 그의 사도인 판타즈마 아반트헤임.

하나의 신과 하나의 환상과 하나의 종족. 조그만 군세가—— 세계를 상대로 압도했다.

하지만 그런 주가 단 한 번 패배의 가능성을 입에 담은 적이 있었다.

"짐은 패배할지도 모른다."

——농담이시옵니까.

"짐은 강하다."

——지당하신 말씀이옵니다.

"이미 짐을 꺾을 힘을 가진 자는 없다."

——지당하신 말씀이옵니다.

"까닭에 짐에게는 이해할 수 없는 것이 있다."

——이해할 수 없는 것이라 하시면?

"짐이 이해할 수 없는, 약자밖에 이해할 수 없는, 강자이기에 미지인 것에 짐은 패배할지도 모른다."

——…….

"까닭에 짐은—— 강자이기에 짐은 결코 이해할 수 없는 '불완전성'을 가진 개체를 만들겠노라."

——불완전성, 말씀이시옵니까.

"불완전이 완전히 기능할지—— 모순을 넘어서서 기능할 수 있을지, 짐은 알 수 없다."

——………….

"허나 짐이 승리하든 패배하든—— 그것이 '원인'이 되리라."

——………….

"짐의 열여덟 날개 중 한 깃털, 제1번개체 아즈릴이여."

——……예.

"짐이 패하여 사라졌을 때는, 패자가 된 네가 짐을 대신하여 원인을 알아내 나를 애도해다오."

——주가 무엇을 보고 있었는지 아즈릴은 알지 못했다.

그러나 패배의 가능성을 시사하는 주의 표정에는 두려움은 없었으며, 그저 참으로 전쟁신다운――

미지의 적이 나타나기를 바라며―― 그렇다 해도 미지를 초월하고자 하는――

그저 무시무시한, 그러나 지독히도 즐거운, 미소가 있었다.

"그러면 이제부터 번외개체를 만들겠노라……이름은――."

그리고 주 아르토슈는.

이윽고 유품―― '클로즈 넘버'가 될 '번외개체(일레귤러 넘버)'―― 불완전개체를.

결국 주 자신조차 이해할 수 없었던 지평의, 그 너머를 바라보고자 하는 개체의.

이름을, 말했다.

――지브릴, 이라고…….

■ ■ ■

"……선배, 이제야 정신을 차리셨군요."

――온몸이 지독히도 무겁다.

그것이 눈을 뜬 아즈릴의 첫 감상이었다.

날개가 움직이지 않는다. 몸에 힘이 들어가질 않는다――아니.

애초에 몸에 힘을 준다는 행위 자체를 모른다는 사실을 깨달았다.

몸이란 어떻게 움직이는 것이었지? 공간을 핥듯이—— 하는 것이 아니었던가?

땅이란—— 이렇게도 강하게 몸을 속박하는 것이었나?

바위처럼 무거운 머리를 들어 아즈릴은 자신의 위에 드리워진 그림자를 올려다보았다.

그녀를 내려다보는 것은 지브릴과—— 소라와 시로, 두 명의 이마니티.

【익시드】 위계서열 최하위. 최약의 종족이 자신을 내려다보며, 말한다.

"치트 성능 가지고 VERY EASY로 놀다가 패배 이벤트 한 방에 망게임 선언이라니, 뭐라는 건지."

쓴웃음과 함께 말하는 소라에게 시로가 웃는다. 그 말의 의미는 이해할 수 없었으나——

"한번 불지옥으로 다시 시작해봐. 그래도 여전히 망게임인 것 같으면——"

"……몇 번, 이든…… 놀아, 줄……게."

그가 자신에게 쏘았던 【워드】가—— 자신의 힘을 이마니티 수준으로 제약했던 것임을 깨닫고.

웃으며 선언하는 남매에게—— 아즈릴은 고개를 숙인 채 쓴 웃음을 지었다.

——정말로 날 수 없다. 마법도 없다. 정령조차 보이지 않는다.
거리와 중력이라는, 의식하지도 않았던 개념이 몸을 속박하고 있다.
몸을 돌려 드러누우며, 속박된 손에 힘을 주어, 천장으로 높이 뻗는다.
——높다. 이 얼마나 높고 넓단 말인가.
몸을 지면에 붙들어 맨 힘이 천지 사이에 무한한 벽을 만들고 있는 것처럼 느껴졌다.
그곳을 '난다' 니, 이제는 상상조차 할 수 없었다.
설령 날 수 있다 해도 날고자 하는 마음은 들지 않는다. 몸이 움츠러든다.
그런 하늘을 웃으며 날아다니고 자신과 놀았다고 하는——이제는 같은 성능을 가진 이마니티 두 사람이.
"……땅의 맛, 도…… 나쁘지…… 않지?"
"다시 날고 싶다는 생각은, 한번 떨어져보기 전까지는 할 수 없는 법이지."
저 천공을 태연히 날아다니고, 추락하는 것도 나쁘지 않다고 지껄이며,
"——자, 쓰러졌으면 냉큼 일어나라고. 다음이 있잖아?"
손을 내밀며 웃는다—— 그렇다. 자신들이 그렇게 해왔던

것처럼.

——그제야 겨우, 아즈릴의 안에서 무언가가 이어져, 웃음을 지을 수 있었다.

늦었다. 너무나도 늦었다. 이래서는 바보 소리를 들어도 당연하다고 생각하며 아즈릴은 그 손을 잡았다.

"……선배는, 머리가 너무 굳었던 겁니다."

일어난 아즈릴을 흘겨보며, 그러나 부드러움을 담아 지브릴이 맞아주었다.

아르토슈의 유품—— 불완전개체. '이레귤러 넘버' 이자 '클로즈 넘버'.

불완전성. 그것은—— 완전해지려 한다는 뜻.

불완전하기에 미지를, 미래를, 희망을—— 잡으려 한다.

——지브릴이 단독토벌에 집착했던 이유를 그제야——.

"……지브짱은, 머리가 너무 유연한 거야냐……."

명령도 내리지 않았는데 엘프 도시를 궤멸시키고는 웃으면서 책을 가지고 돌아오기도 하고.

그런 성능이 없다는 말을 들으면 단독으로 상위종을 토벌하러 가선 빈사상태로 돌아오기도 하고.

의회에서 탈퇴하고 고향을 뛰쳐나가, 돌아왔다 싶었더니 새로운 주인을 데려오고——

정말로. 그야말로 불완전하고—— 그렇기에—— 누구보다도 강해졌다.

"……그래, 책만 읽어선 아무것도 이해하지 못하는 게 당연했어냐……."

이해란 그저 지식을 기억하고 늘려나가는 것이 아니었다.

실천하고, 몸으로 부딪치고, 뼛속까지 배어들게 해야 겨우 생겨나는 것이다.

아르토슈도 아즈릴도 이해할 수 없었던 것—— '미지'.

그것은—— '가능성'이었으리라. 불가능을 가능케 하는 성질.

강자이기에. 결코 실패하지 않기에. 결코 패배하지 않기에 이해할 수 없었던 것.

그런데도——.

"패배의 쓴맛을 본 시점에서 이미 완전한 존재가 아니었던 건데…… 나는…… 그저 겁만 먹고 있었던 거야냐."

지브릴만이 패배를 맛보기 전부터 이를 깨닫고 있었을 뿐이며.

——패배한 시점에서 플뤼겔도, 아반트헤임도 모두 불완전성을 얻었던 것이었다.

그런데도—— 그 상태로 뭉개고 앉아 있었으니 당연히 오만정이 떨어지지 않겠는가.

아즈릴을 비롯한 다른 플뤼겔은 지식을 모으기만 했는데.

지브릴만은 자유로이, 호기심이 가는 대로, 지식을 만들어내고, 얻은 지식을 남기려 했다.

압도적으로 강한 존재이면서도 더욱 높은 경지를 추구해——'미지'를 숭배하고 공경하는 마음마저 품었던 것이다.

——그것이 의미하는 바는 단 한 가지.

"냐하, 냐하하하…… 진짜 시시해. 알고 보니 진짜 시시한 거자냐."

고개를 숙이고, 이제는 웃을 수밖에 없다—— 그것은 곧.

"이제는 이해하셨습니까?"

"……응, 알았어냐……. 알 수 있는 건 하나도 없다는 거였어냐."

——어찌 웃지 않을 수 있겠는가.

6천 년을 찾아 헤맸던 답이—— '답은 없다' 였으니.

"미지가 기지로 바뀌는 경우는 결코 없습니다. 기지 또한 미지로 바뀌기 때문이지요. 여기에 끝은 존재하지 않습니다. 어제의 상식은 오늘의 상식이 아닙니다."

패배한 적이 없기에 처음으로 패배했을 때부터 철저하게 두려워했던—— 미지.

그것은 이해하려 하면 할수록 멀어져간다.

"그렇기에 '외우는' 것이 아니라 '배우는' —— 변화에 대응하는 위험성마저도 즐겨야 하는 것입니다."

따라서—— 다가갈 수밖에 없다. 일부러, 파고들어서.

"그러지 못했던 것이 대전에서 패배한 이유. 아즈릴 선배, 제가 두 분 마스터께 패하고, 무릎을 꿇고, 섬기겠노라 결심했을 때 아르토슈의 마지막 명령은—— 이루어졌던 것입니다."

눈을 내리깐 채—— 아즈릴이 중얼거렸다.
“……아르토슈 님……. 마지막 명령, 저도 겨우 이룬 걸까요.”
——이제는 거짓말을 하지 않아도 되는 걸까냐.
뺨을 타고 흘러내린 물방울을 닦아내며 아즈릴은 그저 멀리 하늘을 우러렀다.
그런 기능이 자신에게 있었다는 사실도 깨닫지 못했으나—— 이것이 애도가 될까.

그 얼굴을 들여다보며—— 소라는.
“……흐음, 뭔진 잘 모르겠지만 표정 참 괜찮아졌네.”
그제야—— 처음으로 아즈릴에게 웃음을 지으며 말했다.
“……네 가지 질문이 있다냐, 이마니티——아니, 소라, 시로.”
——그렇다. 답은 없다. 원점으로 돌아왔을 뿐—— 그렇다면 확인해야 할 것이 있다.
“너희는…… 왜 살아가는 거야냐?”
“시로가 있으니까.”
“……빠야가, 있으, 니까.”
“어느 한쪽이 죽으면 어떻게 하는데냐?”
“죽을 때는 같이 죽을 테니 어떻게고 자시고.”
“……동감.”
“너희는…… 뭣 때문에 태어난 거야냐?”
“글쎄?”
“……글쎄?”

“그런 거 생각하고 있을 만큼 한가하지 않거든. 댁들하고 달리 인생이 짧아서.”

“……바, 빠…….”

——전부 즉답이었으며. 소라는 웃으면서, 시로는 진지하게 대답했다.

그러나—— 그것은 자신의 답이 아니다. 참고만 될 뿐이다.

그래서 마지막으로—— 아즈릴은 물었다.

“나도…… 지브짱처럼 될 수 있을까냐?”

“그건 무리지. 너는 너 자신밖에 될 수 없어.”

——즉답. 당연했다.

알고 있었다. 하지만 살짝 낯을 찡그리는 아즈릴에게 소라는——

“하지만 그러면 되는 거 아냐?”

마치 구름 한 점 없는—— 그렇다, 그야말로.

“지금 네 표정 정말 괜찮아. 그런 너는 썩 마음에 드는걸.”

——하늘(소라) 같은 미소로, 대답했다.

…….

……냐하하.

“수천 년을 찾아 헤맸던 게 ‘원점으로 돌아가라’라니, 두 손 들었다냐. 영원히 살아가는 것도 지친다냐.”

그렇다. 스스로 생각하라, 그것이 그들의 답.

스스로 찾아, 지브릴처럼 자기 나름의 답을 발견한다.

——그럴 수 있다는, 그 사실을 알았다는 것만으로도——
충분하다냐…….

지친 목소리로 중얼거리는 아즈릴. 그러나.

문득 지브릴이 소라에게 사죄하는 목소리가 들렸다.

"……마스터. 마음대로 목숨을 걸고, 심지어 마지막까지 두 분의 힘에 기대어…… 정말로 송구스럽——"

"아~ 그거 말인데, 지브릴."

머리를 긁으며 참으로 민망하다는 듯 소라가 말했다.

"이놈에게 모든 플뤼겔에게 자해명령을 내릴 권리 같은 건 —— 없어."

"————————————————————————————————네?"

아연실색하는 지브릴을 내버려둔 채, 아즈릴은 쓴웃음을 지었다.

"어라? 들켰어냐?"

얄밉게 혀를 내밀며 냐하하 웃는다.

"허락 없이 자해를 금지한다는 거지—— 내가 명령한다고 자해를 어떻게 하겠어냐! 우웅~~~~ 이런 거짓말이 6천 년 동안이나 용케도 안 들켰다냐~. 냐하하! ♪"

다시 시로가 추가타를 가하듯——.

"……만약, 있어도…… 지브릴, 은…… 빠야랑, 시로 거……니까……."

————.

두 마스터까지 끌어들여서, 죽음마저 각오했거늘——.

그렇게 어깨를 부들부들 떠는 지브릴. 그러나 소라는 한숨과 함께 말했다.

"——하지만 아즈릴 하나라면 가능하거든, 이게 또."

그 날카로운 목소리에 지브릴은 흠칫 숨을 들이마시고, 아즈릴은 웃음을 멈추었다.

"이 녀석은 첨부터 자기 말고는 내기에 내놓지 않았어. 아마 어떤 결과가 나와도 혼자 죽을 생각이었겠지. 귀여운 동생더러 죽으라고 하는 언니가 어딨겠어? 지브릴이 믿었던 언니잖아?"

——침묵. 그리고 한숨이 대답했다.

그것이 소라의 말을 무엇보다도 웅변으로 긍정하고 있었다.

《답》이 존재하고 플뤼겔들이 여기에 도달할 수 있다면, 자신이 맡았던 자해권을 해방해도 이제는 누구도 죽으려 하지 않을 것이다. 설령 답이 없더라도, 지브릴을 비롯한 모두가 죽지 않을 이유를 발견할 수 있다면 자해는 하지 않으리라.

——그 시점에서 아무에게도 자해를 시키지 않기 위해 살아 있었던 아즈릴의 역할은 끝났다.

"……소라, 너무 파고든다고 남들한테 자주 혼나지 않았어냐?"

"응, 엄~청 혼났지. 그래도 이 세계(게임)에선 아무도 죽지 않게 하기로 결심했거든. 그러니까——"

——짜악 하는 소리가 울려 퍼졌다.

"우리랑 게임하자."

손뼉을 치고, 웃으며 소라가 말했다.

"다시 처음부터 뉴 게임이라니, 그건 좀 지겹잖아?"

――그러니, 그렇다. 게임을 하자.

"그럼 이야기는 간단하지. 말하자면 게임을 바꾸면 돼."

――분명, 즐겁고도 즐거운 게임이 되리라.

"이 세계를―― 더, 더 재미나게 만들어주겠어."

――영원히, 지루하게 내버려두지 않는 게임이다.

"우리가 그걸 할 수 있을지 없을지―― 자, 어느 쪽에 걸래?"

…….

――――…………….

"냐하…… 냐하하하, 냐하하하하하하하하하하하하!!"

진심으로―― 6천 년 만에. 아니, 어쩌면 처음으로―― 진심으로 웃었다.

이마니티에게 신체성능을 속박당한 탓인지 지나치게 웃어 배가 아플 만큼.

지나치게 웃어, 눈물마저 흘리며 아즈릴이 고개를 들었다―― 그리고.

――천천히 소라를 끌어안더니, 키스를 했다.

"우움?!"

"……헉?!"

"엑―― 마, 마스터?! 아, 아즈릴 선배!!"

……꼬박 몇 초 동안 핥듯이 입을 맞춘 후, 아즈릴이 떨어졌다.

"냐하하~ 양쪽 다 '할 수 있다'에 걸면 게임이 성립되지 않잖아냐♡"

""……———.""

넋이 나간 소라와, 시선으로 사람을 죽일 기세인 두 사람의 시선을 흘려넘기며 말하는 아즈릴.

"우리……라고 했지냐? 죽으려고 하는 나한테, 같이 즐길 자리를 준 제안, 정말로 기뻤어냐. 그치만—— 나는 지브짱처럼 소라네 곁에 있을 자격—— 아직, 없어냐."

손을 흔들며, 발을 돌리고…… 온몸을 속박한 중력을 느끼며 걷는다.

동생에게 걱정을 사고, 이마니티에게 걱정을 사고, 위로를 받고, 자해까지 금지당했다.

아무리 그래도—— 이 이상은 지나친 어리광이 아니겠느냐고, 쓴웃음을 짓는다.

"——그래도 괜찮아냐. 나도 '할 수 있다'에 걸 거야냐. 그 결과가 나올 때까지—— 지브짱이 믿어준 내 가능성, 기대해 봐라냐. 그러니까 조금만 더 기다려줘라냐."

■ ■ ■

"……빠야, 키스…… 하게 했어."

"야, 잠깐. 그건 당한 거지, 암만 봐도."

"주제넘은 말씀이오나, 마스터. '십조맹약'에 따라 권리침해는 불가능하옵니다. 따라서 아즈릴 선배가 마스터에게 입맞춤을 할 수 있었던 것은 마스터께서 무의식적으로 허가를 내리셨기 때문이옵니다."

"잠깐잠깐잠깐! 그런 미인을 무의식적으로라도 거부하면, 그거야말로 남자로서 거시기한 거지, 오히려!"

"……빠야, 여자라면…… 누구나, 좋아……?"

"꼭 이노 님 같사옵니다."

"잠깐아니지금그건암만생각해도내가피해자잖아! 야, 이봐들!"

그런 등 뒤의 소란을 들으며 입가에 웃음을 짓고 떠나가던 아즈릴이 중얼거렸다.

"……그런데 지브냥."

"……이제는 '냥'인가요. 마스터에 대한 행패도 그렇고, 저희에게 오랜 세월 거짓말을 했던 것도 그렇고—— 아무리 온화한 저라 해도 슬슬 이성을 잃을 것 같습니다만. 왜 그러시는지요, 아즈릴 선배."

이름을 부르자 쉬프트로 옆에 나란히 서며 언짢게 중얼거리는 지브릴에게.

아즈릴은 자신이 생각했던 의문을 툭 던졌다.

"지브냥은 옛날 대전에서, 이마니티가 어떻게 살아남았다고 생각해냐?"

"…………그건."

오랜 의문. 특히 최근, 지브릴을 강하게 괴롭히던 의문이었다.

지나치게 약하기 때문에 아무도 신경을 쓰지 않아 우연히 살아남은 것으로 여겨지는 이마니티.

그러나 소라, 시로와 만난 지브릴은 그 점에 위화감을 품었다.

대전이 끝났을 때, 모든 루시아 대륙이 이마니티의 영토였던 것이 우연일까—— 하고.

이마니티의 힘이 어디서 오는지, 아즈릴이 스스로 생각해 말했다.

"더 이상 질 수 없을 때까지 계속 진 종족—— 그게 이마니티라고 가정해보면 말이지냐?"

——패배나 실패를 전제로 '학습'을 반복해, 미지를 두려워하지 않고 기꺼이 몸을 던진다.

누구보다도 불완전하기에 누구보다도 완전하고자 갈망하는 종족—— 그렇게 가정한다면.

아즈릴은 쓴웃음을 지으며, 어떻게 살아남았는가——가 아니라.

"……왜 우리는, 그런 종족을 대전 때 마음에 두지 않았던 걸까냐?"

——지브릴은 흠칫 숨을 멈추었다.

두 마스터는 물론, 동부연합의 게임을 밝혀냈던 선왕, 엘프와 손을 잡았던 크라미.

그들이 제시한 가능성은 외경심마저 느껴질 만큼, 이미 잘 알고 있다.

그들은 때로는 광기에, 죽음에마저 몸을 맡기며—— 그래도 다음으로 이어가는 종족이다.

"끝없이 학습해나가는 종족—— 그런 위협을 왜 마음에 두지 않았을까냐~."

아무리 약하더라도, 영원을 거듭하면 반드시 불가피한 위협에 이른다는 것을 의미하는.

그런 종족의 본질을 깨달았더라면, 대전 당시 자신은 어떻게 했을까.

생각할 것도 없다—— '지나치게 위험하다'. 즉시 말살했을 것이다.

"……그런데 이마니티의 기록은—— 전혀 없지냐. 왜 그럴까냐?"

그렇다. 대전 당시 이마니티의 기록은 전혀 남지 않았다—— 부자연스러울 정도로.

"냐하하하~ 뭐, 문득 생각난 것뿐이야냐. 어쩌면 우린——"

그렇게 말하며 아즈릴은 소라와 시로에게 시선을 돌리더니.

"호락호락 놀아나 루시아 대륙에서 전선을 철수시켰던 거 아닐까냐~ 하고."

그렇다. 참으로 그들이 저질렀을 법한 행동이라고.

"아르토슈 님을 쳤던 기개종(機凱種)의 대전 말기 동향은 이해할 수 없었으니까, 만약——"

그렇게—— 눈만은 웃지 않고 웃으며, 결론을 짓는다.

"이마니티가 유도했던 거라면?"

만일—— 대전 종결의 방아쇠가 되었던 아르토슈의 죽음이,

——의도된 것이었다면?

"에헹~~♪ 지나친 생각일까냐? 냐하하하하~♪"

그렇게 말하며, 가만히 선 지브릴을 내버려둔 채 아즈릴은 걸어갔다.

——이미 기분은 한참 걸은 것 같은데 어디에도 닿지 못했다.

뒤에 내버려두고 왔어야 할 지브릴이 태연히 옆에 있는 그것이 참으로 우스꽝스러워서.

"지브냥, 난 저 애들 말대로 한동안 제약(이몸) 플레이대로 살아볼까 해냐—— 그리고."

——웃는다.

"다음 의회에서—— 플뤼겔들에게 '아반트헤임의 에르키아 연방 가맹'을 제안하겠어냐."

"……그건, 아직은 통과될 것 같지 않습니다만."

분명 그것은 지브릴에게도 바라 마지않던 제안이었지만——

그렇게 생각하는 지브릴에게, 씨이익~ 악랄한 웃음을 지으며.

"저 애들(에르키아)을 관찰하고 배우는, 내가 발견한 《답》—— 아르토슈 님의 마지막 명령을 모두가 다 이루기 위한 '모양뿐인 가

맹' —— 뭐 그런 명목이라면 어떨~까냐? 냐하♡"

거저 6천 년 동안 거짓말을 하고 살아왔던 것이 아니라는 표정으로 말한다.

"……그건, 확실히 거부할 수 없겠군요……."

원래 아반트헤임은 어디에도 속하지 않는 세력이다. 국토도 자원도 없다.

형태뿐이라면 협조할 의무도 없으며, 관심이 있을 때만 관여하면 그만이다.

하물며 그것이 아르토슈를 위해서라고 전익대리가 보증한다면—— 거부할 이유가 없다.

……그렇게 머리가 잘 돌아가면서 왜…….

그렇게 한숨을 쉬는 지브릴에게.

"다만."

갑자기 표정을 다잡는 아즈릴.

"나를 포함한 플뤼겔 전원이 에르키아를(저 아이들)—— 그럴 가능성을 믿기 충분하다고 스스로 판단할 때까지, '새로운 왕' 이라고는 인정하지 않을 거다냐——너도 알지냐?"

"예. 그건 모두 잘 압니다. 앞으로도 포교활동은 계속할 테니 걱정하지 마십시오."

성전을(관찰일기) 들고 팬을—— 신자를 늘리면 그만이라고 단언한다.

그런 지브릴에게 쓴웃음을 보내며 아즈릴은 몸을 돌리고.

"……그때까지, 저 애들을 지브냥 혼자한테 맡겨도 될까냐."

저 두 사람은 미지의 덩어리다. 지금은 그것이 매우 매력적으로 비치는 이유를 알 수 있다.

그러나 동시에—— 지나치게 위태롭다. 결론을 내기 전에 죽어버려서는 곤란하다고 씁쓸히 웃으며.

"전익대리가 아니라, 그냥 친구로서—— 부탁할 수 있을까냐?"

——그러나 여느 때처럼 미소를 지은 채, 지브릴은.

"원래부터 두 분 마스터는 제 몸과 바꿔서라도 지킬 생각이었으므로—— 거절하겠습니다."

"————————그렇, 구냐……. 냐하하……."

암묵적으로 친구가 아니라고 말한 것이다—— 당연하다. 이만한 짓을 했는데 새삼스레 친구 행세는——

"하지만 느긋하게 굴다가는 하이라이트를 놓칠 걸요—— '언니'."

——그렇게, '언니' 에게 미소를 지으며 지브릴이 말했다.

…….

"괜, 찮아냐……. 금방, 귀여운 동생, 곁으로—— 달려올, 거냐."

냐하하하하. 눈물이 떨어지려는 것을 꾹 참기 위해 웃으며 걸어간다.

이런 자신조차 겨우 한 시간 만에 바뀌지 않았는가. 그리 시간이 걸리진 않으리라.

걸어가다 문득 멈추고, 주위를 둘러보고—— 한숨. 손을 흔

든다.

“다들~ 누가 나 좀 업어줘라냐~! 그리고 얼른 의회 좀 열어줘냐~! 하다못해 우리 집까지 길이 없으면 곤란하니까~ 도로 좀 깔아줘냐~. 냐하하하하하♪”

힘을 차단당한 채 걸어서 돌아간다.

그 정도조차 하지 못한다는 것이── 묘하게 신선했다.

그런 바보스러운 일에도, 하나하나 즐거움을 느끼는 자신에게 웃음을 짓는다.

땅에 발을 대고, 그들과 같은 눈높이에서, 개미처럼 기어가는 듯한 속도로, 세상을 바라본다.

──2만 6천 년이나 살아왔으면── 뭐, 이런 것도 재미지.

──────…………

──저자들을 새로운 왕이라고 인정할 수 있겠는가?

“그걸 결정하는 건 내가 아니지냐. 아브(아반트헤임) 군도, 한번 직접 생각해봐냐.”

──……난해한 제안이다만, 시행하겠다.

“뭐, 나는 솔직히 한동안 저 아이들을 따라가는 것도 나쁘진 않을 것 같은데냐~ 하고 생각했어냐.”

──저자들의, 가능성 때문에?

그 물음에 아즈릴은 허공을 가르기만 할 뿐 날지는 못하는 날개를 퍼덕이며 대답했다.

“재미있을 것 같으니까! 냐하하하~!”

진심으로 즐거운 듯.

다음에는 어떤 게임으로 그들과 놀까, 그런 생각을 하면서——.

■ ■ ■

——한편 에르키아 왕성, 선왕의 서재.

이즈나가 맹렬히 수많은 물고기 요리를 비워나가는 가운데, 스테프는 책을 보고 있었다.

자신이 만든 요리를 전부 맛있게 먹는 이즈나에게 시선을 돌리고,

"……이즈나, 정말 잘 먹네요."

그것은 참으로 흐뭇한—— 그러나 할아버지의 목숨이 위태로운 상황임을 생각하면 의문도 느껴지는 광경이었다.

이즈나는 필사적이다. 노력하고 진력을 다한다—— 그러나.

이상하게도—— 그녀의 얼굴에는 위기감이나 조바심, 불안은 느껴지지 않았다.

"저기, 물어보기 저어되지만…… 이즈나는, 이노 씨가 걱정되지 않아요?"

——어리둥절 손을 멈추고는—— 여전히 입에는 물고기를 머금은 채, 이즈나가 즉시 대답했다.

"걱정할 거 없어, 요. 왜 걱정하냐, 요?"

"……왜냐뇨……."

"소라랑 시로가, 구해줄 테니까 괜찮다고 했다, 요."

——그 어떤 의구심도 없는 단언. 그리고 다시 식사를 계속한다.

한숨을 한 차례 쉬며 스테프가 손에 든 책에 시선을 떨구고 푸념하듯 말했다.

그것은 전부터 마음에 걸렸던 소소한 의문이었으나——

"무녀님도 이즈나도, 어떻게 그 '거짓말쟁이'를 그렇게까지 신용할 수 있는지 몰라요."

분명 소라와 시로는 뭐가 어떻게 됐든 마지막에는 확실하게 매듭을 짓는다.

그러나 그 과정은 너무나도 거짓말과 야바위로 점철된 것이다. 신용하려 해도——

그렇게 생각에 잠기는 스테프. 그러나 이즈나는 고개를 갸웃하며 단언했다.

"……소라랑 시로, '거짓말쟁이' 아니야, 요."

"——이즈나, 이제 인류어는 읽을 수 있어도 아직 '통달'은 못 했나 보네요."

그게 거짓말쟁이가 아니면 뭐가——.

쓴웃음을 짓는 스테프. 그러나.

"거짓말쟁이 냄새—— 자기 속이는 냄새, 진짜 싫어하는 냄새가 안 나, 요."

————.

할 말을 잃은 스테프에게, 이즈나는 소라가 할아버지를 도와주겠다고 했던 날.

백사장에서 맡았던 소라의 냄새—— 안심할 수 있는 냄새를 떠올리고 미소를 지었다.

"소라랑 시로, 좋은 냄새, 요. 사람 속이거나, 유도하거나, 놀리거나 한다, 요. 그래도—— 거짓말은 안 해, 요. ——그러니까 이즈나는 소라랑 시로, 좋아해, 요."

——나이 한 자릿수인 소녀에게 지적을 받아 스테프는 흠칫 숨을 멈추었다.

뜬금없는, 그러나 그것만으로도 설명이 되는—— 신비한 이해가 머리를 가로질렀다.

소라—— 숨을 쉬듯 거짓말을 늘어놓는 타고난 야바위꾼이.

어째서 이따금—— 묘하게 할아버지와 겹쳐서 보이는가.

생각해 보면 당연한 일이었다.

그렇게까지 거짓말을 잘한다면.

어째서—— 거짓말쟁이라고 의심을 살 행동을 한단 말인가.

——왜—— 착한 사람 행세를 하지 않는가——?

그리고 문득 스테프는 자신을 흘겨보는 이즈나의 시선을 알아차렸다.

"……스테공, 좋은 냄새 난다, 요. 그래도 가끔, 거짓말쟁이 냄새, 풍긴다, 요."

"네, 네에?! 제, 제가 언제 거짓말을 했다는 거예요?!"

"소라 얘기 할 때, 거짓말 냄새 풍긴다, 요. 그런 스테공은 안 좋아해, 요."

"그, 그건 소라가 날 억지로 반하게 만들었으니까! 부정하는 건 당연하죠?!"

에둘러서 싫다는 말을 들은 상심에 스테프는 눈물 섞인 목소리로 호소했지만, 이즈나는 복잡한 표정으로.

"또 거짓말, 요……. 그래도, 평소에는 좋은 냄새 나니까 용서한다, 요."

그렇게 말하고 다시 생선을 물어뜯는 이즈나를 보며, 생각하는 스테프.

——소라가 거짓말쟁이가 아니라는 말은 백 보—— 아니, 천 보 양보해서 인정한다고 치고.

하지만 그렇다고 해도——

"내 연심을 맹약으로 속박해도 된다는 건 아니잖아요! 억지 논리 아닌가요!!"

그렇게 머리를 쥐어뜯으며 외치던 스테프의 눈에 문득 책 한 권이 들어왔다.

그것은 조금 멀리 놓인—— 낡은 장정의 책이었다.

"…… '거만한 공주님의 보물' …… 동화일까요?"

인류어로 적힌—— 지극히 어린아이들을 위한 내용 같은 제목의 책.

페이지를 넘겨보니, 이렇게 적혀 있었다.

—— '이것은 드워프에게 전해지는 동화 이야기이다' ——.

"번역본, 이군요? 번역자는—— 할아버님이 아니네요. 왜 이런 책이……."

그렇게 중얼거리며 다음 페이지를 넘긴 스테프는 숨을 멈추었다.

첫 페이지에는 이렇게 적혀 있었기 때문이다.

이것은 바다보다도 먼.

아주 오래된 《동화》——.

——————…………….

그리고 그 아래에는, 눈에 익은 문자로.

다시 말해 선왕(할아버지)의 글씨로—— 주석이 달려 있었다.

——나는 잠든 바다의 여왕이 이 책을 읽고 잠에 들었다고 고찰한다.

——여왕은 동화 속의 공주와 마찬가지로 모든 것에 사랑을 받았으며, 모든 것을 지녔다.

——그렇기에 그녀는…… 모르는 것을 원했다.

——모든 것을 가졌기에 모르는 것을—— 손에 넣지 못한 사랑을 추구해——

"찾았어요오오오오오오오오오오오오오오오오오오오오오오!"

스테프는 의자를 박차며 외치고, 이즈나는 펄쩍 뛰어올랐다.

■ ■ ■

——아반트헤임—— 중앙구역의 비교적 큰 큐브.

그곳이 지브릴의 옛 주거였으며 지금은 창고가 된 장소였다.

귀중품이며 서적은 에르키아 도서관으로 옮겼는지, 생활감이 없는 방이었다.

수면이 필요 없는 플뤼겔답게 침대 하나 없었으며 창문조차 보이지 않았다.

책 이외의 컬렉션이 늘어선 밀실은 햇빛을 싫어하는 소라나 시로, 플럼에게는 의외로 편안했다.

『아, 마스터. 그것은 건드리지 않으시는 편이……. 아마도, 아니, 확실하게 숨을 거두실 것이옵니다.』

그렇게 경고를 받은 대전 무렵의 전리품이며 수많은 두개골을 신경 쓰지 않는다면 말이지만——.

"……이상해……."

그 방의 중심에는 맹약에 맹세한 대로 백 가까운 플뤼겔이 모아온 책.

그 책무더기에 파묻힌 채 소라는 짙은 피로의 기색을 내비치며 알 수 없다는 투로 말했다.

무릎 위에 앉은 시로도 노트에 무언가를 적다가는 언짢은 듯 사선을 죽죽 긋더니 끙끙거렸다.

"……마스터, 잠시 쉬시는 것이 어떨는지요?"

진척 상황에 짜증을 내는 두 사람을 타이르듯 지브릴이 말했다.

──게임이 끝난 후, 두 사람은 곧바로 수없이 모인 책을 뒤지며 정보를 찾았다.

관찰일기를 쓰다가 문득 깨달은 사실. 두 마스터가 마지막으로 잤던 것은── 플럼이 온 전날. 닷새 정도 전이었음을 깨닫고 진언하는 지브릴. 그러나 소라는 들리지 않았는지 머리만 긁었다.

"열아홉 권이나 되는 '문언' 이 있는데── 왜 깨우는 조건에 차이가 없지?!"

"설마아…… 헛수고, 였던, 건가……요오……?"

게임 최후의 해후에서. 판타즈마의 힘마저 지녔던 아즈릴을 속인 술식.

그 편찬에 완전히 피폐해진 플럼이 바닥에 쓰러진 채, 그야말로 숨이 넘어가기 직전의 모습으로 슬프게 신음소리를 냈다.

그런 짓까지 했는데 설마 무의미했단 말인가── 절망하는 얼굴. 그러나 소라는──.

"……더 심각해……. 정리해보자면."

그리고 소라는 한숨과 함께 플럼을 돌아보면서 말했다.

"세이렌의 여왕은 전권대리자. 여왕은 자신의 모든 권리를 걸고 잠들었어. 하지만 세이렌의 입장에선, 누가 여왕을 깨우면 종의 피스를 빼앗겨 치명적이지. 그래서 여왕이 깨어날 조건을 은폐했어."

"네, 네에……. 그렇죠오……."

"궁극의 은폐법은 아무도 모르는 것. 그래서 플럼도 깨어날 조건을 알아내지 못했지."

——그러나.

"현재의 여왕이 잠든 건 여왕이 되기 전. 세이렌은 무슨 일이 일어나도 그녀를 깨워서는 안 될 테고—— 다시 말해 한때는 깨우는 조건을 아는 놈이 있었고, 현재의 문언은 날조됐다는 거야. 여기까진 이해했어?"

소라의 질문에 플럼은 고개를 끄덕였다.

"과거 800년 동안 여왕을 깨우려고 게임을 한 놈들이 있었지. 아반트헤임에서 모인 기술만 해도 열아홉 번, 5개 종족과 게임을 했던 기록과 그때의 '문언'이 나왔어. 그걸 비교검증하면 거슬러 올라가서 깨울 조건을 특정할 수 있을 거라고——그렇게 생각했는데."

시로가 우우우우 신음하더니 소라의 무릎 위에서 쓰러져버렸다—— 지혜열이었다.

5개 종족의 언어로 적힌 '문언', 그 모든 언어의 해석법까지 검증했다—— 그러나.

"——'여왕을 깨울 수 있는 자는 여왕의 사랑과 모든 것을 얻는다'—— 여기까지가 한계야."

'깨울 수 있는 자'—— 다시 말해 '반하게 만들 필요는 없다'.

'모든 것을 얻는다' —— '모든 권리의 획득'.

이 두 가지는 알아냈지만, 새삼스러운 가치는 없다.

그보다도——

소라가 짜증스럽게 말했다.

"왜 '승리조건'이 없냐고——! 감춰놓아야 할 부분이 틀렸잖아!"

선대 여왕이 죽기 전이었다면 '모든 권리'를 빼앗겨도 종의 존망에는 상관이 없다.

승리조건을 알리고 솔선해서 클리어시켰을 것이다—— 그런데도 그런 내용이 없다는 것은……

"…………최악의, 가능성……."

"——네에?"

그렇게 중얼거린 시로에게 플럼이 비참한 표정으로 설명을 요구했다.

"……처음부터…… 아무도, 조건…… 몰랐던 거……."

"……여왕 자신조차 승리조건을 명확하게 설정하지 않은 게임일 가능성—— 이를테면."

깊~은 한숨을 내쉬고 소라가 쥐어짜내듯 말했다.

"……'나를 기쁘게 해라. 어떻게 하면 기뻐할지는 나도 모르지만'—— 뭐 그런 거."

——플럼이 눈을 까뒤집으며 쓰러졌다. 솔직히 소라도 그러

고 싶은 기분이었다.

만일 그렇다면 아무도 깨우지 못했던 이유도, 플럼이 깨울 조건을 밝혀내지 못했던 이유도, 확실하게 반하는 마법을 정상적으로 썼지만 깨우지 못했던 이유도, 그리고——

완전히 은폐할 수 있었던 이유까지도—— 모두 설명이 된다.

처음부터 아무도 몰랐다면 은폐도 뭣도 불가능할 테니까.

그렇다면 '여왕이 무엇을 원하며 잠들었는지' 부터 캐내야만 하므로—— 원점으로 돌아간다.

"아~ 망할. 대체 뭐냐고, 그 여자아!"

조바심이 잔뜩 묻어나는 목소리로 외치며 소라가 바닥에 엎어져버렸다.

시로도 포기하고 소라의 무릎 위에서 새근새근 숨소리를 내가 시작했으며, 플럼은—— 기절했다.

'절망' 이라는 타이틀로 미술관에 장식해도 좋을 법한 광경이었다.

"……그러면 기분전환 삼아 옛날이야기라도 해 보겠사옵니다."

지브릴이 살짝 손가락을 울리자 벽과 천장이 유리처럼 투명해졌다.

바닥을 구르던 소라의 눈에 들어온 것은 야경이었다—— 아니.

자신들이 있는 곳은 거의 성층권—— 우주와 행성의 경계.

그렇다면 이것은 우주다. 그 사실을 깨달은 순간 고래가 우는 듯 기분 좋은 소리가 울려 퍼졌다.

"……지금 그건……?"

"'그' 의—— 판타즈마 아반트헤임의 목소리이옵니다."

그 말에—— 아즈릴과의 게임 때 보았던, 거대한 고래 같은 육지를 떠올렸다.

……자신이 지금 그 등에 있다는 사실이 너무나도 황당무계해 잠시 정신을 놓으면 금방 까먹고 만다.

"'그' 는 과거의 주, 올드데우스 아르토슈의 사도였사옵니다."

먼 눈으로 지브릴이 말을 이었다.

"아르토슈는 대전 말기에 죽은 몸—— 하오나 '그' 는 이를 수긍하지 않고 있사옵니다. 아르토슈를 찾아 헤매며, 올드데우스의 기척을 느끼면 다가가고자 하지요."

그리고 지브릴은 천상에 떠 있는—— 붉은 달을 바라보며 말했다.

"붉은 달(저곳)에는 서열 13위인 '월영종(月詠種)(루나마나)' 과 이를 만든 올드데우스가 있사옵니다."

——원래 세계의 달보다도 큰지, 아니면 거리가 가까운 것인지, 몇 번이나 보았던 거대한 붉은 달.

저곳에 【익시드】가 있다니, 상상도 못했지만.

"붉은 달이 보이면 올드데우스의 기척에 아반트헤임은 고도를 높이지요. 하오나——"

복잡한, 조금 서글픈 웃음을 짓는 지브릴.

"아반트헤임으로는 갈 수가 없는 것이옵니다."

"……갈 수가 없어?"

"아반트헤임은 하늘을 나는 것이 아니라 별을 도는── 이마니티에게는 보이지 않는 정령의 흐름을 따라 헤엄을 치는 것이옵니다. 그것이 사라지면 우주를 헤엄치지 못하지요── 그러므로."

지브릴을 따라 시선을 든 소라가 말을── 잃었다.

──은하수를, 자신의 눈으로 본 적은 없었다.

그러나 인터넷에서 본 동영상보다도 더하면 더했지 못하지는 않은, 별의 강이 허공에 떠 있는 가운데.

붉은 달을 가로지르듯 빛이 흘렀다.

"붉은 달을 올려다보며…… 우는 것이옵니다."

빛의 분류가 오로라처럼 엷게 빛나며 흘러나갔다.

조금 전에도 들었던 고래가 우는 듯한 소리. 지금은 그것이── 매우 서글프게 들렸다.

"……판타즈마에게도, 감정이 있구나."

──【익시드】 위계서열 제2위, '판타즈마'.

하지만 익시드 중 하나이며, 아즈릴이 우리라고 했던 이상 당연할지도 모르겠다고 소라는 생각을 고쳐먹었다.

그러나 하늘을 떠도는 이 대륙에 '감정'이 있다니, 역시 신기하게 여겨졌다.

그리고── 문득 깨달은 것이 있어 소라는 해쓱해진 표정으로 말했다.

"……아반트헤임도 '연애'를 아는데, 난 모르다니……."

"예? 어째서 '그'가 연애를 안다고 생각하시옵니까?"

"아르토슈를 그리워하고(코이시이戀しい), 주종애(主從愛)가 있잖아──. 연(戀)도 알고 애(愛)도 아는 거 아녀?"

"………………."

──지브릴이 문득, 무언가 생각에 잠긴 듯 묻는다.

"마스터께서는, 사라지면 곤란한 분이 계시옵니까?"

"시로."

"그러면 사랑스럽다고 생각하시는 분은──"

"시로── 아~ '연'도 '애'도 안다고 해서 곧 연애는 아니란 말이지?"

사랑의 형태는 사람마다 제각각── 참으로 귀찮기 그지없는 개념이다.

여왕이 무엇을 바라며 잠들었는지, 정말로 연애에 관한 이야기라면 자신은 완전히 두 손을 들어야겠군.

그런 생각에 힘이 쭉 빠져나가는 소라. 그러나 지브릴은 다른 생각을 하고 있었다.

"……과연, 그럴까요."

아르토슈가 죽었을 때, 모든 플뤼겔과 마찬가지로 지브릴이 느꼈던 것은 상실감이었다.

그 후 플뤼겔은 지식을 모으기 시작했다. 무엇인지는 알 수 없지만 무엇인가를 찾아서.

살아갈 의미, 존재할 의의, 죽지 않는 이유――.

있을 리도 없는 그런 '답'을―― 지브릴은 발견했다.

공통된 답은 아니다. 그러나 자신이―― 존재하고 싶다고 생각할 수 있는 답을.

"……? 왜 그래, 지브릴?"

지식이 아니라 눈앞에서 의아하게 고개를 꼬는 '미지'에게. 만일 그것을――

"마, 마스터, 불손하오나 한 가지 간청을 들어주시옵소서."

"응? 뭔데?"

"'지브릴, 이 밥벌레야, 넌 이제 필요 없어'라고 말해주실 수 있겠나이까?"

"――……어, 저기, 너무 뜬금포라 못 따라가겠는데."

"부디. 아무것도 묻지 마시고―― 부탁드리옵니다."

깊이 고개를 숙여 바닥에 이마를 가져다 대는 지브릴에게, 마지못해 소라는 요구대로.

"――'지브릴, 이 밥벌레야, 넌 이제 필요 없어.' ――이러면 돼?"

――――.

"마마, 마마마, 마스터!!"

"――네, 네네네네넷?!"

쉬프트로 얼굴이 닿을 거리까지 다가오는 바람에 소라가 비명을 질렀다.

"어, 어째서일까요, 얼마 전 두 분 마스터의 명령으로 그 길쭉귀의 발을 핥았을 때나, 동부연합과의 FPS에서 마스터께 시로 님을 빼앗겼을 때처럼 오싹오싹한 것이── 가슴이 옥죄어드는 것만 같은 감각이 지금! 이이이이 미지의 감정은 대관절 무엇이옵니까!!"

"나도 몰라! 모르지만 너 이상한 속성 너무 많이 붙고 있는 거 아녀?!"

하악하악, 얼굴을 붉히며 침을 흘릴 것 같은 지브릴에게 소라는 징그럽다는 표정으로 대답했다.

그러나 지브릴은 무언가 깊이 깨달은 듯── 고개를 끄덕이더니.

"마스터, 태어나서 6,400년── 지브릴은 마침내 연애를 이해하였나이다."

"……엥? 진짜?"

"예. 마침내 마스터께 도움을 드릴 수 있나이다── 요컨대 사랑이란!"

그렇게 말하더니, 소라에게 무릎을 꿇고 머리를 조아리며 지브릴이 말했다.

"마스터께서는 도라이양에게 맹약으로 '반해라' 라고 명령하시었으면서도 현재 방치 플레이 중이시옵니다. 하오나 그것이 바로 연애감정이라고, 이 감정을 부여받은 도라이양 자신이 증언하였사옵니다. 따라서! 섬기고자 결심했던 주께 필요 없다는 말을 들었을 때 발생한 미지의 감정── 이것이 사랑스러움과 애절함과 마음 든든함, 기타 등등 오싹오싹한 것이야말로 곧 연애——!!"

"지브릴 너 진정해, 어째 이것저것 너무 뒤얽혀서——"

징그러움으로 명확히 뻣뻣해진 얼굴로 그렇게 중얼거리던 소라에게—— 벌떡!! 하고.

느닷없이, 힘차게 시로가 일어났다.

"우허억?! 뭐, 뭐니, 시로. 심장이 튀어나오는 줄 알았다!"

그러나 소라의 심경 따위 어디서 개가 짖느냐는 듯.

"……미지의 감정…… 모른다…… 닿지 않는다…… 동경…… 아즈릴, 찾지 못했고…… 지브릴, 찾았어…… 스테프가 느끼고 있어…… 미지……미래…… '희망'."

——잠든 척하면서 모두 듣고 있었는지.

일련의 정보를 중얼중얼 늘어놓으며 시로가 갑자기 요란하게 서적들을 뒤져댔다.

"……모두를 매료시키는 여왕……—— 승리조건, 날조——————아니야."

그렇게 중얼거리더니.

요란하게 뒤지던 책을 탁 덮고는—— 중얼거렸다.

"……빠야…… 여왕, 깨울…… 조건…… 알았어."

——그 한마디에 소라도 시로도, 플럼마저도 벌떡 일어나선 시로를 주시했다.

그리고 시로만이—— 어딘가 기쁜 듯, 아니.

"……빠야, 도…… 잘못 읽는 일이…… 있구, 나."

평소에는 상상도 할 수 없을 정도로 즐겁게, 확실하게 웃었다.

"……빠야, 빠야~. 후후, ……빠야가~ 실수했대요……♪"

어깨를 들썩이고 발을 동동 구르며—— 자랑스럽다는 듯 시로가 웃는다.

그 의미를 알 수 없었다. 그러나 아연실색한 소라가 신음하더니——

"잠깐, 기다려봐. 어? 내가 잘못 읽었다고? 그, 그치만 의미는——"

"……응. 빠야, 의…… 주특기 분야…… 그래도 이번엔…… 시로가, 이겼어♪"

——진심으로, 기쁜 듯이.

그 게임에서는 처음으로 오빠에게 이겼다고 말하는 시로에게, 소라는 현기증을 느꼈다.

"그, 그럴 수가…… 수읽기, 추리, 전략에서 지면 내 존재가치는……."

——『　』—— 둘이서 하나인 인류 최강의 게이머. 그 중 참모인 자신이 수읽기에서 패했다면——

당장에라도 울음을 터뜨릴 것 같은 소라. 그러나 플럼은 아랑곳하지 않고 바짝 다가서며 물었다.

"뭐, 뭔데요, 그게에?! 어떻게 하면 여왕님을 깨울 수 있나요오?!"

모두의 기대—— 그리고 소라의 삐친 눈물을 보며.

시로는—— 말했다.

제4장 재시행(React)

“……그랬던, 거……야…….”

“저, 정말로 할아버님의 고찰과 모순되지 않지만…… 에? 그래도 되는 건가요?”

“역시 저의 가설은 옳았던 것이었나이다. 아아, 사랑이란 참으로 깊고도…….”

“……우리이…… 그런 이유로 멸망할 뻔했던 거예요오……? 눈물이 나네요오…….”

“우후후☆ 아이~ 플럼은 차암. 이건 기회야☆ 아밀라도 힘내봐야지이♡”

“……소라, 소라아, 이즈나는, 하나도 모르겠다, 요.”

“미안해, 이즈나. 나 또한 『　』의 발목만 잡아당기는 밥벌레 18세 동정남 쓰레기 백수라서 하나도 모르겠다. 그래도 이즈나는 똑똑하니 금방 알게 될 거야. 쓰레기장에 다녀올게.”

“소라 버림받냐, 요? 그럼 이즈나가 주워도 되냐, 요?”

“……안 돼……. 빠야는, 시로 거. 그보다…… 빠야, 준비, 해.”

"주, 준비? 바, 방해 말고 뭐, 뭘 할 수 있을, 까, 요오……."

"……이 게임…… 클리어는, 시로, 무리……. 할 수 있는 사람…… 빠야뿐……."

"자아, 가자꾸나, 시로!! 시로가 못하겠다는데 내가 못하면 그 누가 하겠는가!!"

■ ■ ■

"――따분해."

자신도 모르게 한숨이 새나왔다.

모든 세이렌의 고향, 오셴드.

깊은 바다 밑바닥, 초승달처럼 호를 그리며 우뚝 솟은 3중의 해저산맥 기슭.

더러운 지상에서 멀리 떨어진 조용한 바다는 성벽과도 같고, 그곳으로 이어지는 길은 존재하지 않는다.

이름도 없는 물고기와 고래 외에는 찾아오는 자도 거의 없다.

아름다운 푸른색을 두르고, 수정의 가호에 싸여, 찬란한 보물이 산처럼 넘쳐나는 도시.

담피르들의 마술로 구축된 현란한 만색(萬色)의 낙원.

그러나 이곳은 감옥이다.

"아~ 정말, 뭐 재미난 일 좀 없을까?!"

모든 것이 짜증나서 나는 입술을 비죽 내밀었다.

노래도 춤도 재미없다. 맛있는 것도 이제는 싫증났다.

오센드. 영원한 유곽. 아름다움도 부유함도 사랑도, 이곳에는 모두 다 있다.

태어났을 때부터 그것은 모두 나의 것.

그렇기에── 영원히 충족될 수 없다.

왜냐면 다른 누구도 아닌 나야말로 가장 아름답고 가장 가치 있는 보물.

이 세상의 어떤 멋진 것도 어차피 나에게는 미치지 못해.

하지만 만약, 여기에는 없고 내가 원하는 것이 있다고 한다면?

그것은── 사랑이야! 진정한 사랑!

아름답고도 멋진, 불변하는 인연! 신들마저 탐내는 지고의 보물!

아무도 침범하지 못했던 순결한 영혼── 나는 이 꿈의 도시에서 '그'를 기다리겠어.

내가 가지지 못한 것을 바칠 영원한 연인.

내 마음의 갈망을 채워줄 왕자님.

그런 '그'를 기다리고 잠이 든 것이………… 글쎄, 얼마나 오래됐더라?

"……, 뭐, 무슨 상관이람."

시간 따위, '그'가 마중을 나와주지 않는다면 아무런 의미도 없는걸.

마음이 충족되지 않으면 내 일생은 영원히 텅 빈 채——

——【아센테】——.

문득 목소리가 울려 퍼지고, 나의 의식이 선명해졌다.

보아하니 또 누가 온 모양이다. 나를 원해 쳐들어오는 얄팍한 사내들.

살짝 웃어주기만 하면 금방 홀랑 넘어오는 귀여운 바보들.

이번 남자도 어차피 꽝이겠지. '진정한 사랑' 을 그리 쉽게 얻을 수 있겠어?

하지만 이렇게나 오래 기다리게 하면 슬슬 신물이 나는걸.

"……뭐, 됐어. 어차피 지루했으니까. 잠깐만 놀아줘야지."

아무리 시시한 남자라도 시간을 때울 정도는 된다.

그래——이번에는 한껏 부드럽게 해 줘야지.

생글생글 웃고, 한참 애를 태워서 완전히 푹 빠지게 만들어 줘야지.

그리고 결정적인 순간에 호되게 차서, 냅다 버리는 거야.

그렇게 하면 바보들도 어쩌면 '진정한 사랑' 을——

《————————을 원하는가?》

"에……?"

하늘에서 젊은 남자의 목소리가 들려왔다.

《——사랑을, 원하는가————?》

사랑을 원하느냐고? ――물론.

“……그래요, 원해요. 당신이 줄 건가요?”

《그렇다면―― 주겠다!!》

“YOU―――――――― ARE―――――――― SHO―――――――――CK!!”

바다를 뒤흔드는 충격, 머리 위를 올려다보니―― 하늘이, 무너지고 있었다.

그렇게밖에 표현할 수 없었다. 바닷속에서도 보일 정도로 뚜렷한 균열이 내달리며 갈라진 하늘이, 거대한 유리처럼 쏟아져 내려 바다에 박히고―― 하늘과 바다를 피처럼 붉게 물들였다.

그런 유리조각에 뒤섞이듯, 목소리의 주인도, 바다로 떨어졌다.

“――사랑에~ 내가~…… 떨어진다~아~…… 웃차.”

가슴에 커다랗게 ‘I ♡ 인류’ 라고 적힌 셔츠를 입은 흑발흑안의 이마니티 사내.

그리고 곁에는 대조적으로 하얀 머리에 붉은 눈을 가진 이마니티 소녀.

두 사람 모두 마왕을 연상케 하는 칠흑의 망토를 나부끼며 사악한 웃음으로 선고했다.

“처음 뵙겠습니다, 잠자는 공주님(슬리핑 뷰티). 쉬시는 데 매번 소란스러우시죠? 소라와 시로라고 하옵니다~.”

"……안, 녕……."

……흐응? 이번에는 이런 성향인가 보네.

수많은 남자가 온갖 시추에이션으로 자신을 유혹하러 왔지만, 이런 등장은 처음이었다.

하지만, 아니야—— 내가 원하는 건 '진정한 사랑' 이지, 기발함을 노리는 게 아니라고.

"안녕하신가요, 꿈의 방문자님. 와주셔서 고마워요."

이 한마디면 끝. 내 목소리—— 내 매력에 거역할 수 있는 남자란——

"아, 미안. 진짜 우리는 여기에는 없어."

"……헛수고다, 고다, 고다아……."

"네 목소리는 안 들리니까 고깝게 생각하지 마셔. 그리고~——"

그리고 사내는 한껏 비아냥거리듯 웃더니, 말을 이었다.

"유 아 쇽~ ——나와~ 기타 등등이~~ 떨어진다……아!"

——다시 충격. 동시에 하늘이 갈라지며 엿보인 붉은 하늘에.

"——히익……!"

비명이 새나왔다. 생리적 혐오감과 공포를 유발하는 거대한—— 갓난아기 괴물로 가득 찬 하늘.

그런 하늘을 달리는, 머리에는 광륜, 허리에는 빛으로 엮은 날개를 펼친 한 소녀(괴물).

"바보도 잠들면 귀여운 법이온데, 잠을 자면서도 민폐를 끼치는 바보라니—— 세상은 참 넓군요."

——등 뒤에는 수백에 이르는—— 살육의 화신, 파멸의 구현—— '플뤼겔' ……?!

"……빠야, 절망, 감…… 좀, 부족해……."

"음— 것두 그러네. '내 최고의 트라우마(드래그 온 드O군)' B엔딩을 완전 재현할 거라면 진짜 플뤼겔을 데려오고 싶었는데—— 아즈릴의 힘은 봉인됐고, 저쪽은 지금 의회 때문에 시끌벅적한 모양이거든. 여기 있는 건 지브릴 말고는 땜빵용 장식이니."

"안심하시옵소서, 마스터. 제가 수백인분 일을 하면 될 뿐이옵니다♪"

영문 모를 대화를 나눈 사내는 그대로 나를 내려다보더니,

"자, 게임을 시작하자—— '나를 반하게 만들어봐'."

…………하아?

그렇게 말하며 사내는 오셴드에서 가장 높은 탑—— 여왕의 방을 가리키더니.

"우리는 저기 있어. 저기 도착해서 날 유혹하는 데 성공하면 게임은 끝나."

——하늘이 꿈틀거렸다. 진홍색으로 물든 하늘에서 무수한 거대 아기(괴물)가 쏟아져내리고.

죽음의 상징 그 자체인 것처럼 플뤼겔이 날개를 펼치며 날아다닌다.

……이, 이런 데서, 돌아다니라고……?!

"하온데 마스터…… 도시를 한 방에 날려버려도 괜찮겠나이까?"

몸을 들썩거리며 그렇게 묻는 플뤼겔의 말에 정신이 얼어붙어버렸다.

"응, 괜찮아. 여왕도 포함해서 모조리 깡그리 싹 날려버려도 몇 초면 원래대로 돌아가거든. 어차피 꿈이야, 지브릴. 암만 힘을 써봤자── '무한' 이니까 마음껏 해치워."

"에헤, 에헤~ 으헤헤헤에~ 이 지브릴, 텐션이 쭉쭉 올라가옵니다~♡"

──그리고 이마니티 남녀가 다시 나와 마주 서더니.

"그리고 시추에이션 지정할 때."

"……네, 친구, 지인…… 친족도, 등장시켰……어."

그 말에 황급히 주위를 둘러본다── 어느새 그곳에 있었는지.

어머님에 유모에 시녀에 이름도 기억나지 않는 자매들이──일제히 울부짖고 있었다.

"뭐, 대충 눈치챘겠지만 이런 식으로~……"

쓴웃음 한 번, 머리를 긁으며.

"너 자신이나 친한 사람들이 쏟아지는 아기에게 먹히고 지브릴에게 썰리고 펑펑 날아가고, 뭐~ 그런 기타 등등을 당하면서 전진하는 거지……. 새삼 생각해봐도 그 게임 설정 참 엽기적일세."

"……그거…… 감동의 무쌍 게임이라고, 시로한테 시켰던,

빠야…… 용서 못 해.”

“죄송합니다. 혼자 끌어안기에는 너무 큰 트라우마였어요 —— 뭐 아무튼.”

그렇게 말하며, 소라와 시로라고 했던 두 사람이 입을 모아.

『이제부터 너는
그 누구의 도움도 받지 못하고,
그저 오로지, 죽을 뿐이다.
어디까지 발버둥 치며 괴로워할지
지켜보도록 하겠다.』

그리고—— 만면의 미소로, 말했다.

『죽 어 줘 야 겠 다.』

그 한마디에 날개를 펼치고 플뤼겔이 입을 벌린다.

“그러면 당장, 1번 타자, 지브릴.”

머리 위의 광륜이 복잡하게 커지면서 여러 겹으로, 마법진처럼 변해간다.

날개는 빛을 반사하는 듯 형태를 잃고——두 손에, 창과도 같은 빛의 기둥이 일렁이더니——

“이런 기회를 내려주신 마스터께 진심으로 감사를 담아——”

“——전심전력혼신최선의 100%—— ‘천격’ —— 시작하겠사와요♡”
그 말만을 남기고 세상이 희뿌옇게 날아가버렸다.

■ ■ ■

한편—— 오센드 여왕의 방에서는.
“이예~~이☆ 지브씨 멋져요~~♡”
여왕의 꿈을 비추는 수중투영기를 향해 아밀라가 환성을 지르고 있었다.
그 주위에는 마찬가지로 환성을 지르며 미친 듯이 춤추는 수많은 세이렌들의 모습.
바닥에 힘없이 쓰러져 있는 것은 꿈속에 들어간 소라와 시로, 지브릴 세 사람과, 세 사람을 꿈속으로 보내 꿈의 공간을 구축하기 위해 힘을 다 써버린 플럼과 담피르들.
그 외에도 눈을 허옇게 까뒤집은 스테프와, 초로의 워비스트——하츠세 이노에게 안긴 이즈나의 모습이 있었다.
의식을 잃고 바닥에 쓰러진 세 사람의 모습과 투영기를 번갈아 바라보며 이노가 물었다.
“어, 음…… 이것은, 어떤 상황인지요?”
“영감, 도와주러 온 거다, 요. 큰절하면서 감사해라, 요.”
그렇게 말하며 할아버지—— 이노의 배에 얼굴을 비비는 이즈나를 대신해 스테프가 대답했다.

"이노 씨가 오셴드에 계신 동안 별별 일이 다 있었어요……
네, 별별 일이."

——그러나 그 설명으로 알아들을 리 만무해.

매달리는 이즈나를 부드럽게 안으며 이노는 고개를 갸웃했다.

"……음, 조금 더 이해할 수 있는 설명을 요구하고 싶습니다만."

"괜찮아요……. 저도 이해하지 못했으니까요……. 그래도 일단은, 소라가 전해달라고 한 말을."

어흠, 스테프는 헛기침을 하더니.

"—— '여왕을 깨우는 법을 알았다. 그 방법을 가르쳐줬더니 세이렌은 기꺼이 댁을 돌려주고 마음껏 저질러보라고 하던걸.' ……이라고."

"더더욱 영문을 모르겠습니다만……."

"계속할게요……. '안심해라. 여왕은 깨울 거고, 세이렌도 담피르도 멸망하게 두지 않겠다. 그렇게 맹약에 맹세한 게임이다. 어떻게 된 노릇인지는 게임 클리어를 보면 알게 될걸.' ——그리고요."

마지막으로 살짝 웃으며 스테프가 말을 이었다.

"…… '이즈나가 쓸쓸해했으니까 두고 간다. 영감은 좋은 손녀를 뒀어.' ……이상이에요."

"그렇……습니까."

얼굴을 문질러대는 손녀의 무게에 웃음을 짓는 이노. 그러나 내심으로는 생각했다.

——소라라는 사내를, 더더욱 알 수 없게 됐다고.

환성이 터졌다. 지브릴의 두 번째 '천격'이 작렬했던 것이다.

이를 안주 삼아 연회를 즐기는 세이렌에게 플럼이 조심스레 타이르듯.

"아, 아밀라 니임……. 저, 저기요오. 마음은 아~주아주 잘 이해하지만요오 자중을——"

"에에에에? 아잉~ 플럼은 차암♪ 플럼도 사양하지 말고 한 마디 해줘어~☆"

그리고 아밀라는 때 묻지 않은 성인군자 같은 미소를 짓더니 말했다.

"바보 같은 계집애가 불행에 빠지니 밥이 술~술 넘어간다고! 우후후후~☆"

——그녀의 미소에는 티 한 점 없었다. 그러나 눈만은 전혀 웃고 있지 않았다.

"사실 통각 차단도 아밀라는 반대했다구~. 자중하고 있어~ 우후후후~☆"

——그렇다. 저것은 꿈이다. 실제로는 아무도 그 무엇도 피해를 입지 않는다.

게다가 소라 일행은 여왕의 꿈에 들어갔을 때 플럼에게 여왕의 통각차단을 요구했다.

원래 꿈이라 통각은 없다. 그래도 혹시 모른다며 했던 부탁.

——다시 말해 이 일련의 행동에 의도가 있는 셈인데——.

"이건…… 이즈나를 데리고 오면 안 되는 거였네요."

"예. 아이에게 보여줄 광경이 아니라 판단했던 소라 님의 윤리의식은 역시 높이 평가해야겠습니다."

"……? 뭐가 일어났는데, 요?"

이노의 배에 얼굴을 묻고 있어 영상을 보지 못하는 이즈나가 궁금했는지 물었다.

그러나 눈앞에서 펼쳐지는 광경은——

"굳이 설명한다면요오…… 지옥…… 아니, 그야말로 악몽이네요오……."

그렇다. 성적인 묘사와는 관계없이, 무조건 윤리규정에 저촉될 만한 광경이었다.

——스테프도 말로는 들었던 플뤼겔의 100% 전력—— '천격'.

그 빛의 창을 한 번 던지면 바다는 증발하고 꿈속의 오셴드는 크레이터로 바뀌었다.

그러나—— 그것은 꿈속. 몇 초면 원래대로 돌아온다.

금세 어린아이가 모래성을 무너뜨리듯, 지브릴은 다시 파괴를 집어던진다.

파괴와 복원을 되풀이하는 광경에 지브릴이 웃으며—— 혹은 흉악하게 마구 팔을 휘두른다.

그때마다 산맥이 날아가고, 해구가 갈라지고, 해저가 충격으로 뒤집혔다.

——그것만으로도 충분히 악몽인데.

지브릴에게는 미치지 못하더라도 가짜 플뤼겔들 또한 천진난만하게 파괴를 흩뿌려댔다.

갓난아기 괴물들은 생리적 혐오감과 공포를 불러일으키며 꿈속의 등장인물들을 잡아먹었다.

심지어 이를 진심으로 즐거워하며 감상하는 세이렌까지—— 엉망진창이다.

"……그, 그야, 사정을 알면 마음도 이해가 안 가는 것은 아니지……만요."

"……지, 지나친 것이 아닐는지……. 사정은 모르겠지만."

사정은 파악하고 있으나 의도까지는 파악하지 못한 스테프도 동의했다.

"…… '십조맹약' 을 설정한 테토 님을 원망하지 않은 날이 없었는데요오……."

그렇게 플럼이 기절 직전의 창백한 얼굴로 중얼거렸다.

눈앞에 펼쳐진 광경은—— 아마도, 아니, 틀림없이.

'십조맹약' 전—— '대전' 시절의 소소한 한 장면에 불과하리라고 생각했기에.

"선조님들은 이 속에서 살아남으셨던 거군요오……. 진심으로 존경스러워요오."

"……하지만 우리 이마니티는 이걸 어떻게 살아남은 걸까요."

"이런 걸 앞에 두고 이마니티가 됐든 워비스트가 됐든 무슨 상관이겠습니까……. 돌아가면 역사를 다시 공부해야겠군요."

눈을 허옇게 까뒤집으며 삼인삼색으로 같은 소리를 했다.

——'십조맹약' 을 제정해주셔서 고맙습니다, 유일신(테토)님, 이라고.

■ ■ ■

——첫 일격으로 바다가 증발했다. 라일라는 말라붙은 땅을 기어 나아갈 수밖에 없었다.

숨을 쉴 수가 없다. 훌랑 드러난 해저에 쏟아지는 햇빛이 몸을 좀먹었다.

아픔은 느껴지지 않는다. 그러나 기력은 하염없이 빼앗긴다.

되풀이되는 플뤼겔의 공격은 바다가 돌아올 틈을 주지 않았다.

증발과 재생을 되풀이하는 바다는 여왕—— 라일라에게서 모든 바다의 가호를 앗아갔다.

그러면 핏빛 하늘에서 쏟아지는 갓난아기 괴물이 자신을 먹으려고 달려온다.

물은 없다. 헤엄치지 못한다. 바다에 사랑받았던 종족도—— 바다가 없으면 매료 또한——

——————…………

"……허억…… 허억…… 도, 도착한…… 거야?"

——며칠이 지났을까. 아니면 겨우 몇 분?

라일라는 몸을 질질 끌며, 마침내 탑 앞에 도착했다.

등 뒤에서는 아직도 지옥이 굉음을 내며 끓어오른다.

하늘은 파괴의 빛과 웃음소리. 땅은 무수한 단말마와 비명에 뒤덮였다.

공포로 힘을 쥐어짜내 문을 열고 안으로 뛰어든 것과——동시에.

등 뒤에서 다시 도시가 날아가버리는 충격과 굉음을 느끼고——그래도 라일라는 안심해 쓰러졌다.

탑 안에는——물이 있었던 것이다.

소라와 시로가 있다는 이곳만은 플뤼겔의 공격으로도 부술 수 없는지.

물만 있으면 숨도 쉴 수 있고 매료도 쓸 수 있다…… 이제야——.

"……후, 후후후…… 후후후후후…… 사람을 아주 제대로 골탕먹이는구나——다른 사람도 아닌 나를!"

한숨을 돌린 라일라의 마음속에——이번에는 급속도로 분노가 들끓었다.

——'나를 반하게 해라'?

"……어디 두고 보라지. 나를, 이렇게까지 골탕 먹인 대가를 톡톡히 치르도록 해주겠어."

꼬리지느러미를 한 차례 흔들어, 라일라는 물로 가득 찬 탑을 무시무시한 속도로 올라갔다.

——바다의 여왕. 모든 것을 가진 자. 나를 떠받들지 않는

자는 없어.

그런 사람을 상대로 감히 장난을 쳤겠다. 무슨 속셈인지는 모르겠지만――

"무릎 꿇는다고 봐줄 줄 알면 큰 오산이에요!!"

그저, 한마디, 목소리만 닿게 한다면 그것으로 끝난다.

――노래를 불러주자. 포로로 삼아 기어다니게 만들자. 땅을 핥게 해 주자.

그렇게 만든 다음 처참하게 차버려 절망의 계곡에 떨어뜨려 줘야지.

꿈에서 빠져나간 후―― 현실이야말로 진정한 악몽이라고, 죽고 싶어질 정도로 매료시킨 다음 버려줘야지.

그렇게, 사악하게 일그러진 웃음으로 물속을 날듯이 달려―― 금세.

최상층에 위치한 여왕의 방―― 자신이 있어야 할 방의 문에 도달했다.

"……물러가라."

――한마디. 물줄기가 생겨나 문이 터져 나가듯 열렸다.

그렇다. 바다에서 라일라는 절대적이다. 그녀가 보유한 '수정(水精)'의 양 앞에서는 물속의 만물이 여왕에게 무릎을 꿇는다. 그것은 단순한 원리다. 거역할 수 있는 자는 없다. 모종의 마법조차 넘어서는 것이다.

엘프라 해도 술식에 사용하는 정령은 라일라의 편을 들어주니까.

자신을 따르지 않을 수 있는 자는 이 세상에 없다.

확고한 자신감, 아니, 사실에 근거해 라일라는 마침내——도달했다.

소라와 시로——마왕과도 같은 차림을 한 두 사람 중.

소라가 연극적인 대담한 웃음을 지으며 맞아주었다.

"——기어이 여기까지 왔구나.
숫제 상쾌할 정도로 어리석도다.
그러나 결과를 놓고 보자면 가장 바람직한 형태로
진행되고 있음이 참으로 유쾌——"

"……빠야, 그거, 이제…… 됐어."

"에이~ 시로, 대사 캔슬은 좀 봐줘라. 준비까지 해놨는데."

여전히 촌극을 이어나가는 두 사람. 그러나 라일라는 그저 분노로 불타는 눈을 돌렸다.

참으로 자신을 우습게보고 있지만—— 슬슬 대가를 치를 시간이다.

그리고 여왕—— 라일라는.

——하늘마저 반할 목소리로 말을 이었다.

"자아, 이제는 직성이 풀렸을까? 꿇어 엎드려라."

——우선은 꿇어 엎드리게 하자.

그다음에 시간을 들여 단단히, 뇌가 녹아들 정도로 매료시켜서——

——그러나, 그다음에 돌아온 말에.

라일라는 귀를 의심했다.

"이봐이봐, 규칙 못 들었어? 나를 반하게 만들라니깐——유혹의 한마디도 없는 거야?"

——입을 딱 벌렸다.

눈앞의 사내도, 소녀도—— 남녀 상관없이 매료시키는 자신의 목소리를 들었으면서도.

그저 싱글싱글 도발적인 말로 대답할 뿐이었다.

——허세를 부리기는.

라일라는 내심 혀를 찼다.

물속에 있는 한 예외는 없는 것이다. 이미 반해서 뇌수까지 마비된 몸으로.

그렇다면—— 언제까지 그 철면피를 관철할 수 있을지 시험해 주지.

"……**그렇군요. 미안해요…… 주제넘은 짓을 해서. 실례되는 태도를 보였네요.**"

선정적으로, 눈을 촉촉이 적시며, 애원하듯 라일라는 말했다.

"**본심을, 듣고, 느껴줘요—— 당신을 원해요. 부디 내 마음에 답해주세요.**"

목소리만이 아니었다. 몸짓 하나하나에—— 세뇌라는 표현마저 미적지근한, 폭력에 가까운 구속력이 작용했다.

애원의 말과는 달리 그것은 이미 입력—— 거부가 불가능한 커맨드라고까지 할 수 있었다.

거역할 수 없는 절대적인 매료에 소라는—— 몸을 떨더니—— 요구대로, 대답했다.

"……우~와~ 이건 아니지~. 닭살 돋는 것 좀 봐, 미안. 무리."

…………

————뭐?

"그보다 까놓고 말해서 너 내 취향도 아니고."

——————————에?

"게다가 반하게 만들라는 규칙인데 첫마디가 꿇어 엎드려, 그다음엔 미안하다더니 본심이 아니었다고? 인터넷에 널린 패턴 자작녀냐 무슨? 실존하는 게 더 충격적이네."

……라일라가 넋이 나간 것처럼 멍청히 서 있었다.

허세도 뭣도 아니고, 정말로 자신의 매료가 통하지 않았던 것이다.

어째서? 꿈에 가공을 당한 것일까? 아니다. 엘프의 마법으로도 간섭은 불가능하다.

알 수 없었다. 그러나 단 한 가지 확실한 것은——

이 남자는, 정말로, 자신에게 반하지 않을 확신이 있어서, 이곳에 왔다.

——그리고 사내가 곁의 소녀에게 무언가 확인을 구하더니——소녀가 고개를 끄덕이자.

"아~ 드디어 이 말을 할 수 있겠구만. 오랫동안 다들 연애게임이라고만 생각했으니, 아마 이런 말은 처음 들어볼 거야. 영감을 포함해서, 이제까지 왔던 놈들의 울분을 대신 풀어주는 거라고 생각해줘."

그리고—— 크게 숨을 들이마신 소라가 단숨에 주워섬겨댔다.

"나잇살이나 먹어가지고 무슨 잠꼬대 같은 꿈을 꾸고 앉았냐, 바보 아냐? 뭐 잘났다고. 바보 맞지? 뭔데, 다들 나한테 잘해주는 게 당연하다고 생각해? 요즘 세상에 유치원 애들도 너보다는 머리가 잘 돌아가겠다! 너 대체 몇 년을 잤는지 자각은 있냐? 800년이야, 파알배액녀언! 오랫동안 잠들면서 왕자님을 기다리는 나는야 히로오~인~ 뭐 그딴 생각 하고 있어? 넌 800살이 넘은 거야, 이 할망구야! 아까 나잇살 어쩌고 했는데 나잇살을 먹어도 분수가 있지! 초고령 캐릭터는 좋아하지만 뇌가 나이를 따라가줘야 할 거 아냐?! 애초에 그놈의 '나한테 반하지 않는 남자는 없어'—— 하는 상판부터가 아니꼽다고! 여자라면 좀 조신할 줄 알아야지! 에로티시즘이란 건 부끄러움과 세트가 돼야 비로소 의미가 있는 거야! 너 혹시 그거냐! 옷 벗으라고 시키면 네네 훌렁훌렁 벗는 게 여자로서 옳다고 생각하는 거냐? 아니면 그거냐! 코스프레 AV니 안경 AV라고 해놓곤 본방 시작되면 의상을 벗거나 안경을 벗거나 하는 계열의 연애

IQ는 두 자릿수도 안 되는 바보의 전형인 거냐?! 노출이 많은 게 장땡이라고 생각하면 애매하게 가리지 말고 누디스트라도 하든가 어정쩡하게시리! 애~~초에 왜 좋아하지도 않는 여자를 꼬셔야 하는데? 상식적으로 생각해도 시간과 노력 낭비잖아, 바보 아냐! 그럴 거면 2차원을 꼬시는 편이 훨씬 의미 있겠다. 가성비도 좋으니 지갑도 마음도 아프지 않고 끝나잖아! 아~ 아~ 그리고 마지막으로 한마디 하겠는데—— 너 물의 정령인지 수정인지 뭔지 모르겠지만 그거 덕에 매료의 가호가 있을 뿐이지—— 까놓고 말해 안면등급은 중상 정도밖에 안 되고 우리 동료들 중에서도 최하위란 것 정도는 거울 보고 좀 깨달아라, 이 해면체뇌야아아아!!"

——————————…………………….

후우우우…….

반론도 용납하지 않고 단숨에 주워섬겨댄 소라가—— 시원한 웃음을 지었다.

"하아, 시원하다아……. 좋아, 하고 싶은 말도 다 했고 만족했으니 게임 종료네. 바이바이♪"

에?

"——잠까, 기다——!"

"안 기다려~. 불가능 게임에 헛수고 게임은 재미있게 즐기셨나? 바보즐~ 바이바이~!!"

말을 마치고, 진짜로 게임을 끝냈는지 쉭 소멸하는 소라와 시로.

그와 함께 계속해서 들려오던 폭음도 그치고——

라일라의 마음속에는 조용히 다른 소리가 울려 퍼졌다.

■ ■ ■

"큭큭큭, 이렇게까지 했으면 확실하게 빠쳤겠지—— 이러면 되는 거야, 시로?"

"……응, 빠야…… 역시…… 엑사굿잡."

만족스럽게 고개를 끄덕이는 오빠. 엄지를 세우며 고개를 끄덕이는 동생.

——그리고 왕녀의 방은 좋은 구경거리를 즐긴 세이렌들의 떠나갈 듯한 박수와.

이와 정반대로, 스테프를 비롯한 상식인들의 싸늘한 침묵이 에워싸고 있었다.

여왕에게 장절한 악몽을 보여주고, 말을 붙일 기회조차 주지 않은 채 게임을 내팽개치고 귀환한 소라와 시로.

의도를 파악하지 못하는 일동들 속에서—— 단 한 사람.

"하아~ 참으로 즐거웠나이다……. 다른 아이들(플뤼겔)에게 들려주면 질투의 폭풍이 몰아치겠지요♡"

여왕의 꿈에서 마음껏 파괴의 극을 달리고 현실로 의식이 돌아온 지브릴이 말했다.

어딘가 피부도 반짝반짝 윤이 난다 싶지만 기분 탓이리라.

그러나—— 스테프를 비롯해, 의도를 파악하지 못한 일동의 의문 어린 눈이 말했다.

——결국 뭘 하고 싶었던 거냐고.

그렇게 묻는 시선. 그러나 소라는 씨익 웃었다.

나도 모른다고!

소라는 시로가 시키는 대로 했을 뿐이다—— 즉.

『……빠야는, 여느, 때처럼…… 해줘.』

그 단 한마디.

『……생각할 수 있는 한…… 상대, 홧병 나서 죽을 만큼, 약올리고, 약올려서…… 빡돌게, 해.』

——그저, 그것뿐이었다.

그것을 여느 때처럼 하라는 여동생의 말에 약간 마음에 상처를 입기는 했지만.

시로가 그렇게 말한다면. 자신 있게 그것이 공략법이라고 말한다면.

소라는 의심할 여지없이 그 지시에 충실히 따를 뿐이었다—— 그렇다, 철저히.

——그리하여.

쩌적…….

느닷없이 여왕이 잠든 얼음에 금이 갔다.

"——에?"

아연실색하는 —— 소라와 시로를 제외한 —— 일동을 내버려둔 채 균열은 점점 커졌다.

투명한 수정 같던 얼음이 사방팔방 퍼져 나간 균열에 순백색으로 물든 것과 동시에.

스타더스트처럼, 반짝이는 입자를 흩뿌리며, 터졌다.

빛을 반사하여 춤추는 얼음 입자 속에서———— 스윽, 희미하게, 여왕이 눈을 떴다.

그 신비로운 광경에 일동은 그저 말을 잃고 멍하니 서 있었다.

"헤이헤~이, 컴온컴온!! '십조맹약' 때문에 때릴 수는 없겠지만 말이지!! 뿌헬~!!"

시로에게 '약올리라' 는 말을 듣자마자 이를 여전히 충실하게 이행하는 소라를 제외하고는.

"……대, 대단해요…… 인간이란 이렇게까지 짜증날 수 있는 존재였나요?!"

경의마저 느끼는 스테프를 내버려둔 채 옥좌에서 천천히 일어나는 여왕.

"……빠야, 이젠…… 됐어."

"어, 그래? 꽤 재미있었는데——."

우아하게 꼬리지느러미를 한 차례 흔들어—— 춤을 추듯, 빛을 끌며, 천천히 소라에게 다가가는 여왕.

환상적인 광경—— 그러나 소라에게 다가오는 여왕의 얼굴은 분노로 타올라 시뻘겋게——

아니, 그것이 아니었다. 천천히 소라의 눈앞까지 헤엄쳐 도착한 여왕은—— 그대로.

"고대하고 있었어요…… 나의, 왕자님♡"

소라의 발밑에 몸을 내던지고 눈 안에 하트마크까지 띄우며 —— 그렇게 말했다.

——……

————…………

————————————네?

그저 할 말을 잃은 일동. 그러나 소라는 무언가를 경계하듯.

"……어, 어라, 시로. 뭐냐, 이거? 무슨 페인트야?"

쭈뼛쭈뼛 시로에게 묻는다.

순간적으로 소라의 뇌리에 플래시백하는 기억이 있었다.

——온라인 게임에서, 너무나도 추잡한 수단으로 승리를 거듭한 탓에 주소를 밝혀내 현실 PK를 뜨러 달려오려는 자가 생기는 바람에 황급히 이사해야만 했던 씁쓸한—— 원래 세계에서의 기억.

되살아나는 트라우마에 좀 지나쳤나 싶어 겁을 먹는 소라. 하지만 시로는 태연하게.

"……아니야……. 이게, 맞아……. '게임 클리어' ……."

"……아, 그런 것이었나요."

시로의 말에 스테프, 플럼, 지브릴, 아밀라는 고개를 끄덕였다.

여왕── 라일라의 말이 이어졌다.

"아아, 사랑하는 낭군님……. 좀 더, 뭐랄까, 매도해 주시어요♡"

"──어라, 야, 얘 머리 이상한 거 아니야?"

발밑에서 몸부림을 치는 라일라를 가리키는 소라. 그러나 스테프는.

이 게임이 시작되기 전의 대화를 떠올리고.

선왕의 서재에서 발견한── '건방진 공주님의 보물'.

그 '결말'을 비춰보며── 겨우 시로의 의도를 이해했다.

"……예, 그런 모양이네요."

아름다운 공주님.

아름다움도 부유함도 사랑도 모든 것을 가졌던 공주님의 동화 이야기.

그 이상을── 모든 것 이상을 바라는 공주님의, 그칠 줄 모르는 욕망.

여기에 종지부를 찍은 것은 한 남자였다.

모든 사내들에게서 온갖 것들을 손에 넣은 공주님.

그러나 여전히 끊일 줄 모르는 그 욕망은.

── '단검'을 든 사내에 의해.

────공주님은 자신을 놀라게 만든 멋진 미지(보물).

————————죽으면서, 감동하고 끝나는 것이다.

——그렇다. 그 동화는 욕망에 사로잡힌 공주님이 퇴치되는 이야기였다.

"할아버님은 여왕이 잠든 이유가 된 동화를 알아내고, 거기서…… 모든 것을 가졌기에 모르는 것—— 손에 넣을 수 없는 사랑을 추구한 것이라고 고찰하셨지요…… 하지만."

선왕은—— 할아버지는 상당히 시적으로 해석했던 모양이라고 스테프는 탄식하고.

그러면서 시로를—— 이번 게임을 구상한 당사자를 쳐다보았다.

"……맞아……. 모두가 사랑하는…… 여왕. 전부 가졌고, 가치, 못 느껴……. 그래서, 추구했어."

겨우 이해를 한 듯, 이노가 감개무량하게 말을 받았다.

"과연……. 다시 말해 자신이 반해도—— 결코 자신에게 반하지 않는 사람을 찾았던 것이로군요."

이를 노골적으로—— 다시 말해 시로가 해석하자면, 이렇게 된다.

말인즉슨 사랑을 사랑했던…… '손에 넣을 수 없는 사랑'을 원했다.

아니, 좀 더 노골적으로 말할 수도 있으리라—— 말인즉슨.

"……괴롭힘당하고 싶었던 거야…… 그러니까, 스테프처럼."

"——네엑?!"

얼빠진 표정으로 소리를 지르는 스테프를 보며, 마찬가지로 드디어 이해한 지브릴이 손뼉을 짝 쳤다.

"알겠나이다. 그 동화를 보자면 공주를 죽인 남자는 공주의 사랑을 원하지 않았으니—— 공주는 오로지 그 남자만은 손에 넣지 못했던 것이었군요?"

"——엑? 그런 데 착안했어?!"

경악해 소리를 지른 것은 소라. 하지만 그렇다면——

남의 것을 탐한달까—— 다시 말해 불륜을 되풀이한달까——.

——참으로 막장스러운 여자의 전형이 아닌가?

"에에? 결국 얘는 반해봤자 남이 자신에게 반하면 식는다는 거야? 완전히 민폐 비치네."

"아아아아앙♡ 예, 민폐스러운 비치예요오오~~ 잘못했어요오오♡"

삿대질과 함께 매도를 당한 여왕(라일라)이 몸을 뒤틀며 행복하게 웃었다.

—— '나의 모든 권리를 바친다' ——.

모든 이가 가장 주목해야 했던 그 의미를 유일하게 깨달았는지 시로가 말했다.

"……빠야, 그 사람, 의…… 모든 권리, 가졌어……. 밟아, 줘."

"——어? 아, 응……."

"아하아아아아악♡ 조, 좀 더 세게 해 주시어요오오~♡"

──이제까지 계속 입을 다물 수밖에 없었던 플럼 이하 담피르 일동.

"……이런 이유로오…… 800년 동안 잠들어서, 우린 멸망할 뻔했던 거군요오……."

상세하지는 않다 해도 지금까지 설명을 들은 플럼은 영혼마저 토해낼 것처럼 깊은 한숨을 쉬었다.

그러나 냉랭하게 중얼거리는 플럼과 담피르 일동에게 여왕이 의외라는 듯 외쳤다.

"……에? 나 정말 800년이나 잤던 거야?!"

──그리고 말을 잇는다.

"이 게임은── 나한테 반하지 않고 걷어차기만 하면 클리어하는 건데, 바보들 아냐?"

"'십조맹약' 때문에 그게 불가능하다고! 바보는 너다, 이 해면체뇌야아아!"

"아아아아아앙♡ 네! 제가 바보에 해면체예요오오!!"

──애초에 '십조맹약'이 없었다 해도.

지브릴이나 무녀조차 거역할 수 없었을 만큼 압도적인 매료.

아마 과거에 전례가 없었을 만큼 절대적인 힘을 보유한 라일라에게 반하지 않는다는 것이 우선 불가능에 가까웠다.

세이렌과 담피르라면 누가 나섰더라도 불가능한 일.

이 여자를 한 번 쥐어박는 것이 이 여자가 생각한 공략법임을 누가 짐작이나 했겠는가.

아흥~♥
꾹
꾹

“……이해하시겠어요, 이노 씨? 세이렌들이 저렇게 좋아하는 이유를.”

“……네, 뭐…… 어느 정도는, 뭐랄까…….”

“우후후~☆ 소라, 저엉말 재미난 구경거리였지만~ 겸사겸사 아밀라 대신 그 ○○○을 좀 더 세게 쥐어박아 줄 순 없을까~? 응! 머리 모양이 바뀔 정도로 해도 오케이야☆”

“아, 저도 부탁드리옵니다 낭군님—— 부디 때려주세요♡ 때려주세요~♡”

웃음을 지으며—— 그러나 살의를 피우며 소라를 올려다보는 아밀라와.

같은 요구를, 그러나 기대에 차 눈을 빛내며 소라를 올려다보는 라일라.

“……야, 지브릴—— 사랑이란 뭘까?”

하늘을 우러러 중얼거리는 소라에게, 지브릴이 웃으며 대답했다.

“플럼 님이 말씀하신 대로가 아니겠나이까. 그렇게 인식했다면 그것이 사랑——이라고.”

반면 조금 떨어진 곳에서는 이노가 이즈나와 감개무량하게 이야기를 나누고 있었다.

“참으로 다양한 사랑의 형태가 있구나……. 훗, 나도 아직 애송이였구먼.”

“……저기, 영감. 이즈나는 결국 아무것도 모르겠다, 요.”

“괜찮다, 이즈나. 이즈나도 크면 알게 될 테니.”

그러나 한숨을 쉬며 소라는 생각했다—— 과연 그럴까, 하고.

"……나는 영원히 모를 것 같아."

——이렇게 여왕—— 라일라 한 사람 말고는 아무도 수긍하지 못한 채.

이 바보스러운 게임은, 일단 막을 내렸다…….

■ ■ ■

에르키아 왕국, 수도 에르키아—— 심야.

이마니티 마지막 국가의 왕성 집무실에서 스테프는 여전히 넋을 놓고 있었다.

"……네, 네, 알겠어요. 이번에는 오셴드까지 병합한단 말이죠."

——일은 더욱 늘어나, 스테프의 눈 밑 다크서클은 정착되어가고 있었다.

여기에 명목상이라고는 해도, 아반트헤임까지 더해지는 방향이라고 한다.

서류의 산은 나날이 높아져갔지만 그것이 더욱 늘어나는 모습을 상상하고.

공포에 질린 나머지 스테프는 시선을 돌리며—— 그래도 생각했다.

"……사실 귀족들은 이번 일 덕에 입을 다물어 주었으니까요……."

——인정하기 힘든 사실에 스테프가 서류에 눈을 떨구며 한 숨을 쉬었다.

연일 밤낮으로 이권을 원하며 게임을 청했던 권력자들의 모습은—— 이제 없다.

지금은 소라와 시로가 오셴드에서 손에 넣은 광대한 해양영토와 자원의 분배에 관한 수속이 어마어마하게 쌓여 있을 뿐. 그래도 스테프를 수면부족으로 만들기에는 충분했지만.

에르키와 동부연합…… 치명적인 국력 차이에 전망조차 보이지 않았던 '연방구상'의 상황은 완전히 뒤집혔다.

세이렌의 영토—— 다시 말해 영해에서 나오는 해저자원.

에르키아도, 동부연합도 채굴이 불가능한 '해저자원'을 손에 넣은 덕에, 원래라면 동부연합과 합병하면서 잃어버릴 것이 분명하던 이권은 새로이 방대하게 발생했다.

이를 미끼 삼아 기회주의자들을 부추기기만 해도 매사가 놀랄 만큼 원활하게 진행되기 시작했다.

너무나도 바보 같은 게임, 어이없기만 하던 결말—— 그러나 스테프는 문득 중얼거렸다.

"……처음부터 이게 목적……이었던 건, 암만 그래도……아니겠지요?"

원래는 플럼이 소라와 시로를 찾아오며 우발적으로 발생했던 이번 사건.

그러나 최후의 게임에 무녀—— 다시 말해 동부연합이 관여하지 않은 덕에 오셴드의 자원은 모두 에르키아가 독점하게 되어, 연방 최대의 장애였던 국력의 차이는 역전까지는 거리가 멀다 해도 현실감을 띨 정도까지는 줄어든 것이다. 이 결과만을 놓고 보면 스테프도 의심을 품지 않을 수 없었다.

——무엇보다 단숨에 두 종족을 거두었으며.

여기에 아반트헤임까지도 들어오려 한다.

워비스트에 이어—— 세이렌과 담피르, 플뤼겔까지.

소라는 선언대로 세 종족을 단숨에 포섭해냈다.

이로써 네 종족을, 피스도 빼앗지 않고, 손해조차 주지 않은 채—— 아니, 이익마저 안겨주며.

무혈로 제압했다는 사실에 스테프의 뇌리에 있던 기억이 되살아났다.

소라와 시로가 동부연합 —— 무녀를 꺾은 날. ——너무나도 황당무계했던 사고방식.

한번은 머리에서 밀어냈던 그것이, 현실감을 띠기 시작했다는 실감에.

"…… '십조맹약' 제10조, 모두, 사이좋게 플레이하세요……."

스테프의 입가가 웃음을 띠었다.

——정말로 가능하려나.

한때는 별의 원형이 남지 않을 정도로 파괴하며 다투었던 【익시드】를.

누구 하나 죽이지도, 죽게 하지도 않고 결속시켜—— 유일신에게 도전하는 것이, 정말로——.

"……? 그러고 보니."

스테프는 소라와 시로가 동부연합 대사관에서 '이마니티의 피스'를 걸었던 날을 떠올렸다.

【익시드】에 하나씩 주어졌으며, 모두 갖추면 유일신에 대한 도전권이 되는 '종의 피스'.

문득 스테프는 지평선 너머에 시선을 돌렸다.

한밤중의 어둠 속에서 달빛을 가로막듯 우뚝 솟은 거대한 체스 피스.

——저것이 유일신 측의 피스라면.

각 종족의 피스도, 각각 역할이 있는 것은 아닐까.

다른 '종의 피스'를 본 적은 없지만, 소라와 시로가 보여주었던 '이마니티의 피스'는.

"……킹, 이었지요……."

킹. 그것은 체스에서—— '가장 약한 피스'.

중요도는 가장 크지만, 킹의 특성은 폰보다도 떨어진다는 것이 상식————.

"아무리 그렇다 해도, 지나친 생각이겠지요……? 하아아. 일하자, 일……."

■ ■ ■

같은 시각—— 에르키아 왕성 안뜰.

동부연합의 건축기술로 겨우 완성된 소라와 시로의 집——

다시 말해 조그만 목조 가옥.

소라 일행의 주문대로 타타미를 깐 방에 난잡하게 어질러진 무수한 게임과 책.

그 틈바구니의 좁은 공간에 이불을 깔고 조용히 새근새근 숨소리를 내며 잠든 남매에게.

——소리도 기척도 없이 다가오는 그림자가 있었다.

그러나 그 그림자에——

"——여, 플럼. 이런 시간에 무슨 일이지?"

"……수면, 방해……."

웃음을 꾹 참는 듯한 목소리로, 잠든 척을 그만두고 소라와 시로가 허공을 바라보며 말했다.

"……아, 아하하아, 죄, 죄송합니다아……. 저기요, 그게에……."

마법을 해제하며 모습을 드러낸 플럼은 미안한 투로 웃음을 지으며 고개를 숙이——

"정체를 드러내러 왔냐?"

이어진 소라의 말에—— 웃음을 지우지 못한 채 굳어버렸다.

그런 모습은 아랑곳하지 않고 일어나 자리에 앉는 소라와 시로—— 두 사람의 얼굴에는.

일생일대의 장난이 성공한 아이들 같은 웃음이 떠 있었다.

"아부는 안 하는 성격인데, 진심으로 경의를 표한다. 멋들어진 책략이야. 설마 정말로——"

진심으로 칭찬을 보내는 소라. 그러나.
"최후의 최후까지 단 한 번도 거짓말을 하지 않고 우리를 유도하다니 말이야, 플럼—— 아니."
비아냥거리듯 입가를 틀어올리며, 담피르 소녀를—— 아니.

"담피르 최후의 남성체—— 플럼 군, 이라고 불러줄까?"

——소년을 노려보며, 소라가 말했다.
——……하아아아.

정체를 간파당한 미소녀 같은 소년이 책상다리를 하고 앉으며 탄식했다.
행복과는 인연이 먼 얼굴은 그대로—— 그러나 어둠에 떠오른 눈동자에는 칼날보다도 예리한 지성을 드러내며.
"……우우우…… 제가 뭔가 실수를 했나요오? 언제부터 탄로 났던 거죠오?"
——아, 말투는 원래 그렇구나.
소라는 피식 웃으며 그 질문에 답해주었다.
"처음부터——라고 하고 싶지만 말야……."
소라가 흘끔 시로에게 시선을 보내더니.
"분하게도, 알아차렸던 건 시로. 그것도 바다에 가기 직전이었어."
"……브이……."

자랑스럽게 손가락으로 V 사인을 보내는 시로.
하지만 소라는 그것이 매우 불만스러운지 턱을 괴며 투덜거렸다.

"덕분에 남자놈에게 성희롱을 할 뻔하고, 여동생의 발까지 핥게 만드는 참으로 열 받는 짓을 저질렀지…… 나 원. 좀 더 일찍 깨달았어야 했어…… 투덜투덜."
"아하하아……. 그때는 고마웠어요오. 진짜로 죽을 뻔했거든요오……."
주눅이 드는 기색도 없이 말하는 미소년에게 소라는 씁쓸하게 혀를 한 번 찼다.
"――그럼 그날 밤에 해변에서 했던 이야기―― 계속할까?"
"……UTC 6/20 22:39…… '플럼'."
소라의 말을 받아 시로가 다시 음성기록기처럼 정확한 기록을 읊었다.
――『부디 여왕님이 반하게 만들어 주세요! 그러기 위한 책략도 가져왔어요오!』
그렇다. 그것은 처음에 소라와 시로를 찾아온 플럼의 요구였다―― 그러나.
"계속 마음에 걸렸던 게 이거. 너, 깨워주세요라고는 안 했어. 어디까지나―― 반하게 만들 책략을 가져왔다고만 했단 말이지……."
그리고――

"우리는 무녀님을 찾아갔을 때 너에게 '두 가지'를 떠봤어."

"……UTC 6/21 07:28…… '빠야'."

――『'필승비책'이란 건 잘 알겠어. 하지만 왜 너희가 직접 안 하고?』

그리고 이어서, 대비시키듯 시로가 말을 잇는다.

"……UTC 6/21 07:30…… '플럼'."

――『담피르의 마지막 남자는 아직 어려요오.』

――『하다못해 생식능력이 있는 남성이어야만 해요오.』

"우선 첫째, 우리는 필승이라고 재삼 강조했는데, 너는 한 번도 필승이라고는 안 했어."

"…………."

"결국―― 넌, 반하게 해도 못 이긴다는 걸 처음부터 알고 있었던 거지?"

쓴웃음을 짓기만 하는 플럼에게, 이어서…… 씁쓸한 표정으로.

"그리고 둘째…… 난 왜 '너희'가 안 하느냐고 물었어."

그리고 그것이야말로 마음에 안 들었던 부분이라고, 낯을 찡그리며 소라가 말했다.

"너희라고 했다고. 그런데 너는 자기 얘기는 한마디도 하지 않고, 남성이 아니면 안 된다고만 하고는, 누구의 주관으로 봤을 때 어린지도 알 수 없는 남자 얘기를 꺼냈지――."

워비스트 앞에서 거짓말을 할 수는 없다. 따라서 주관을 돌릴 수밖에 없다.

"――다시 말해 아직 생식능력이 없는 너를 말한 거지?"

그렇다. 여기서 겨우 깨달았던 것이 시로였다. 그리고――

“시로의 핸드폰을 보면서 『그럼 딱히 빠야가 아니어도 된다』라고 했던 거 기억하냐?”

“……네에……. 그, 근데 그게 왜요오?”

아직 그것만은 이해하지 못한 듯한 소년에게 소라가 쓴웃음과 함께 대답했다.

“그거 사실은, 지금 말한 내용이 전부 적혀 있었어.”

“……윽…….”

“일부러 적어놓은 내용하고 다른 걸 읽어서―― 거짓말을 무녀님에게 신호로 보낸 거야.”

그렇다. 플럼은―― 담피르 최후의 남성은 ‘철저히 확언을 회피했다’.

불리한 질문이 날아오면 ‘A냐 B냐’ 라고 물었을 때 ‘B는 아니다’ 라고만 대답했다.

그러나 그것은 ‘따라서 A’ 는 되지 않으며, 그렇다고 거짓말을 한 것도 아니다.

아무리 워비스트라 해도, 진실밖에 말하지 않은 이상 교묘한 말장난은 감지할 수 없다.

“하지만 그렇게 되면 제법 재미있는 이야기가 나오거든? 정리해볼까?”

소라가 손뼉을 치고 일어나더니, 방을 돌아다니며 진심으로 즐겁다는 듯 이야기했다.

“네가 담피르의 해방을 꾀했다는 건 사실. 반하는 마법으로 반하게 만들 수 있는 것도 사실. 하지만 그래서는 깨울 수 없다는 걸 알고 있었지. 그래도 우리를 이용해서 해방을 노렸던 건 사실이라는 말이 되는데——— 응, 상당히 우리를 높이 평가해줬구만. 영광이야."

그렇게 웃으며 말하는 소라에게 시로 또한 웃으며 대답했다.

"……UTC 6/20 21:59…… '플럼'."

——『자자, 잠시만요오! 소라 님네 말고는 부탁을 드릴 데가 없어요오!』

"그래, 그야 그렇겠지. 그야 우리 말고는 부탁할 데가 없겠지."

다시 말해. 플럼의 책략에 필요한 인재는—— 이렇다.

플럼 자신도 알지 못하는 '여왕을 깨울 조건'을 밝혀낼 수 있는 사람.

밝혀내고서 플럼의 의도대로 여왕을 깨워 세이렌의 전권을 얻을 수 있는 사람.

또한 실패했을 때는 세이렌에게 고분고분 '미끼'로 내놓을 수 있는 사람.

——그것은 세이렌이 깔보는 유일한 종족—— 서열 최하위인 이마니티 말고는 없었으며.

그러면서도 지브릴—— 나아가서는 아반트헤임을 편으로 만든 소라와 시로뿐이었다.

그러나 소라와 시로의 주위에는 이즈나, 나아가서는 무녀—— 동부연합이 있다는 것이 문제였다.

워비스트의 오감을 상대로 거짓말은 절대 통하지 않는다——
따라서.
"한 번도 거짓말을 하지 않고, 모두를 멋들어지게 속이면서 유도할 수밖에 없지."
"…………."
소라가 진심 어린 칭찬을 담아 박수를 쳤다.
"야~ 우리가 이 정도까지 할 수 있다고 내다봐준 건 솔직하게 영광이라고 말할게. 물론 아반트헤임 공략은 미리 예정한 수단을 쓸 수 없어서 완전히 임기응변이었지만."
"……네에, 뭐——."
그리고 뺨을 긁던, 행복과는 인연이 먼 얼굴을 한—— 그러나 교활한 책사 소년이, 씁쓸히 웃었다.
"안 그러며언, 그런 게임에…… 협조할 리가 없잖아요오."
당연하지 않냐며 대담하게 웃는다.
대수롭지도 않게 그런 말을 하는 담피르 최후의 남성에게—— 소라는 웃었다.
책략의 완성에 필요하다면 자신의 몸마저 던진다.
그야말로 불만의 여지가 없는 '게이머'에게 소라는 진심으로 말할 수밖에 없었다.

"뭐, 하지만 여기까지 읽었어도 네 책략대로 움직였지—— 아니, 움직일 수밖에 없었어. 분하지만 정말로 훌륭하다는 한마디밖에 안 나와. 이 '게임'은 무승부이려나?"

“……플럼, 굿잡…….”

——그러나.

“아하하, 그건 아니에요오. ——이 ‘게임’ 은 저 혼자 이겼는걸요오?”

그렇게 말하며, 행복과는 인연이 먼 얼굴은 그대로 둔 채 날카롭게—— 깔보는 듯한 눈으로.

——마치—— 그렇다, 진수성찬에 입맛을 다시듯, 플럼이 웃음을 일그러뜨렸다.

“…………뭐?”

——그 돌변에 신변의 위험을 감지하고 소라가 긴장했다.

과연. 모두 읽히고, 들통이 났다. 그러나—— 아직도 부족하다고 플럼은 미소를 일그러뜨리며 비웃었다.

“여왕(라일라)은 ‘자신의 모든 것’ 을 걸었지요오? 아직도 모르시겠나요오?”

“————————————뭣?!”

그 말에—— 소라가 뺨을 실룩거리며 뒤로 물러났다.

드디어 깨달았느냐고, 희미한 웃음을 한층 짙게 지으며 플럼이 말을 이었다.

“네에……. ‘권리’ 만이 아니라 ‘의무’ 까지도 여러분에게 옮겨간 거예요오.”

“——아——악! 자, 잠깐…… 그건——!!”

이해한 소라가 재빨리 시로를 감싸고 눈을 크게 뜨며 외쳤다.

세이렌 전권대리의 '모든 것' 을 손에 넣은 이상—— 권리만이 아니라.

의무—— 다시 말해 담피르에게 피를 줄 의무를 짊어지게 되었다——!

플럼—— 날카롭고 요사스러울 정도로 눈동자가 아름다운 소년.

행복과는 인연이 먼 얼굴은 어디로 갔는지, 지금은—— 그야말로 드라큘라라는 이름에 부끄럽지 않은.

—— '왕' —— 담피르 최후의 남성, 전권대리자다운 사악한 웃음으로 송곳니를 드러냈다.

"그러니까아, 어떻게 굴러가도 담피르는 득밖에 없었던 거예요—— 아시겠나요오? 열등종."

"——자, 잠깐—— 그건——!!"

공포에 질려 얼굴을 새하얗게 물들이며 목숨을 구걸하듯 비명을 지르는 소라.

그러나 플럼은 피처럼 붉은 날개를 펼치며, 요사스럽게 빛나는 이를 드러내고 비웃었다.

——그러면 예의상. 이라고 속삭이더니.

"잘 먹겠습니다아——♪"

그리고 공포에 물든 소라의 목덜미에 이를 꽂——

…….

——으려다가, 멈추었다.

"…………에? 어, 에, 어라아? 어? 왜 이러지요오?!"

……기껏 높아졌던 카리스마를 깡그리 날려버리며, 밤의 왕은—— 플럼으로 돌아갔다.

"……빠야…… 연기…… 티 나……."

"잉? 아니아니, 이럴 때는 약간 오버하는 게 좋지 않아?"

——조금 전까지 공포에 질렸던 얼굴은 어디에 두고 왔는지.

당황하는 플럼을 앞에 두고 두 사람은, 그저 헤실헤실 환담을 나누었다.

"몇 번이고 되풀이하겠는데, 플럼. 훌륭해. 그렇게 훌륭한 책략을 짠 놈이—— 우리가 만약 여왕을 깨우는 데 성공하면 어떻게 담피르를 해방시킬지—— 당연히 계산했겠지?"

"————?!"

"네가 우리를 높이 평가했듯, 우리도—— 너를 높이 평가했어."

그리고 갑자기 친근한—— 그러나 게이머다운, 도전적인 눈으로.

"그래서 말했지. 이 '게임'은—— 무승부라고."

그 말에—— 처음으로, 눈이 경악에 크게 뜨였다.

그러나 여기에 기분이 좋아진 소라는 그저 즐겁게 팔을 펼치더니 웃으며 말을 이었다.

"정말 대단해. 나 진심으로 하는 소리야! 우리가 이기면 자동으로 발동되는 함정—— 시한폭탄—— 오랫동안 게임을 해봤지만, 이렇게까지 화려한 수는 처음이었어!!"

──다시── 레코더처럼 정확하게 시로가 말했다.

"……UTC 6/22 01:03…… '빠야'."

──『여왕이 걸었던 것은── 자신의 전부…… 정답이지?』

"너는 그냥 고개를 늘어뜨렸지── 긍정도 부정도 없이. 그것도 포함해 이미 확인했어."

그렇게 말하는 소라. 그러나 다시 이어진 말에.

이번에야말로── 플럼의 뺨에 땀이 흐르고, 경악── 아니, 공포에 지배당했다.

"──따라서! 보답으로 폭탄 선물을 마련했답니다!"

"……UTC 6/20 22:20…… '플럼'."

──『소라 님과 시로 님은 전 종족을 정복하려 하신다고 들었어요오.』

소라의 무릎 위에서 희희낙락 재생하는 시로의 그 말은 처음 플럼이 소라에게 했던 말──

"미안한데, 애초에 여기부터 '착각'이었어. 우리는 아무의 피스도 빼앗지 않아."

"────────────────────네?"

"그 · 러 · 니 · 까, 여왕에게── 네가 없을 때, 말했어."

마치 친구에게 재미난 농담을 들려주듯, 눈을 가늘게 뜨고 웃으며 소라가 말했다.

──그것은 곧.

"우리에게 협조할 의무 이외의 모든 걸, 종의 피스와 함께 그대로 돌려주겠다고."

그야 물론 '사랑하는 낭군님이시여, 저를 괴롭힐 권리만은!' 이라면서 그것만은 거부했지만.

진저리를 치며 말을 잇는 소라에게…… 아연실색, 힘없이 주저앉은 플럼은 한숨을 토해냈다.

"……뭐예요, 그게에……. 어떤 책략이든 첫수를 잘못 두면 그걸로 끝나는 거잖아요오……."

뛰어난 책략일수록 첫수가 거의 모든 것을 결정한다. 이를 모를 플럼이 아니다.

그러나 그런 첫수가 잘못되었음을 어떻게 하면 읽을 수 있단 말인가—— 그렇게 고민하는 플럼에게.

"네 실수는 딱 하나, 그것도 어이없는 실수야. 그것만 빼면 —— 정말 완벽했어."

"……네에?"

"담피르는 '십조맹약' 때문에 약해졌지. 자각도 있고, 대책도 일찌감치 세웠어……. 하지만, 그래도 아직 제일 약하다는 자각이 부족했거든. 왜냐면 넌 최후의 최후에——"

쓴웃음과 함께 소라가 대답했다.

"우리를 열등종이라고 불렀지? ……그게 패인이다."

그 한마디에—— 모든 것을 깨닫고 플럼은 탄식했다.

"——아하하아……. 여기까지 와서 아직도 자만심이 있었단 거네요오, 저에게는……. 설마 그럴 리는 없을 거라고 생각했던 게 착각이었네요오……. 설마 정말로……."

그렇다. 정말로 행복과는 인연이 먼 얼굴로 돌아간 플럼이 천장을 우러르며 중얼거렸다.

"……정말로 유일신에게 도전하려 할 줄은, 생각도 못했어요오……."

그러나 그 말에 소라도 시로도 만족스럽게 웃었다.

——역시 이 녀석은. 플럼은. 담피르 최후의 소년은. 알아차리고 있다.

이 세계(게임)의 공략법을.

"너 같은 녀석이 세상에 좀 더 있어야 해. 이번에는 딱 한 걸음 부족했어."

"……또, 게임하자…… 플럼, 군……."

다음에는 조심하라고 조언까지 해주듯, 사심 없는 목소리로 말하는 두 사람에게.

————하아아아~…….

긴 한숨을 내쉬며 플럼이 바닥에 널브러졌다.

"아아아앙 분해요오오오! 완벽했다고 생각했는데…… 플뤼겔도 워비스트도 경계하고, 두 분도 최대한 높이 평가했고, 아반트헤임에서 불길한 예감은 들었지마안……."

——한순간 뇌리를 가로지른, 이 두 사람이 너무나도 위험하다는 오한은 옳았다고.

"……하아…… 어디가 '무승부'란 거예요오. 이래선 현상

유지밖에 안 돼요오……."

——그렇다. 결국 플럼의 책략으로 무엇이 바뀌었는가.

여왕이 눈을 떠 멸망은 피했으나, 이제까지처럼 세이렌과 공생해야 하며, 혹사당할 것이다.

그리고 세이렌이 소라네에게 협조한다면 공생관계인 담피르도 원칙상 방침에 거스를 수 없다.

——멋들어지게, 자신의 책략을 이용하고 활용했던 것이다.

그것도—— 분명 그 누구도 손해를 보지 않는 형태로.

"우우우…… '완전승리' 해놓고는 비겼다니이, 놀리는 거예요오?"

화려하게 자신의 책략을 역으로 이용한 소라와 시로를 플럼이 부루퉁하게 노려보았다.

"미리 말해두겠지만요오, 세이렌에게 사육당하는 거, 절대 용납할 수 없거든요오?"

그러니 이 말만은 해두겠다면서.

"——담피르를 너무 우습게보지 마시라고요오?"

보는 이를 모두 떨게 만드는 밤의 왕과도 같은 눈이 소라와 시로를 포착한다——.

그러나 그런 시선을 산들바람처럼 흘려넘기며 두 사람은 나란히 엄지를 세웠다.

"물론. 우습게 알고 덤볐으면 못 이겼을걸. 또 게임하자. 기다릴게."

"……재미, 있었어…… 플럼, 군."

——그저 대단한 게이머를 칭송하는 웃음으로 대꾸했다.

호박에 침주었다는 기분에 플럼은—— 이제는 생각하는 것을 그만두고 다시 바닥에 널브러졌다.

——————…………….

"……그런데요오, 이제 승부는 끝난 거죠오? 부탁이 있는데요오."

플럼이 매우 진지한 표정으로 소라의 눈을 보며.

"——소라 님…… 동생 분의 발을 핥게 해——"

"오케이 제2 라운드(전쟁)란 말이지?! 좋다덤벼라담피르!!"

땀의 노예가 된 변태소년이 힘차게 고개를 숙이고 소라는 즉시 외쳤다.

"아, 뭣하면 오라버니 것도 괜찮아요오!"

"남녀 상관없냐?! 여장소년에 땀 페치에 성별불문이라니 너 좀 너무한다!!"

오싹 소름이 돋은 소라가 자신도 모르게 시로를 끌어안고 한 걸음 물러났다.

"세이렌의 피 같은 건 두 분의 맛을 알면 너무 부족해서요오 이렇게빌게요오!"

"담피르를 우습게보지 말라고 했던 입에 침도 마르기 전에 참으로 그렇게 당당하게 고개를 숙이는구나, 너!"

"네? 아, 그러고 보니 침도 괜찮으려나아……."

"그런 얘기가 아니———— 응?"

——그리고 소라가 무언가를 떠올렸다는 듯 숙고하더니, 진중하게 대답했다.

"……교환조건이라면, 시로는 기각해도 내 건 허락하지. 아반트헤임 때도 그랬으니 새삼스러울 것도 없고."

"정말요오오오오?!"

"……빠야……?"

눈을 빛내며 홱 고개를 드는 변태소녀. 그러나 시로는 고개를 갸웃했다.

"아니, 그게. 결국 이번에 난 사랑이 뭐였는지 전혀 알 수 없었거든. 시로도 다른 사람들도 모르는 눈치였고, 내가 나설 자리는 없었으니………… 그, 그래서 하는 말인데——!"

자칫 우울증에 빠질 뻔했던 소라가 힘차게 고개를 가로저으며 플럼에게 제안했다.

"나에게 그 '반하는 마법'을 걸어줘. 그리고 시로가 내 가슴에 손을 대주지 않겠어?"

"그 정도야 쉽죠오! 자자, 준비는 됐어요오렛츠고오! 야압!!"

언제든 술식을 전개할 수 있도록 순식간에 눈에 복잡한 모양을 띄우는 플럼.

그러나 시로는 무언가 생각에 잠긴 듯 턱에 손을 대더니——

모종의 결론에 이르렀는지…… 조금 불만스러운 얼굴로 말했다.

"…………알았, 어……. 좋아……."

"자자소라님시로님의허가도받았으니시작하겠습니다아! 그

러니 땀을, 하악하악――.”

“알았어, 알았어, 알았으니까 좀 진정해…….”

그리고 무녀에게 썼을 때와 마찬가지로―― 까만 플럼의 날개가 붉게 흔들리며 물들었다.

팔까지 침식했던 붉은 술식이 흔들리며 일렁일렁 소라에게 다가가고――

그때와 같은―― 튕기는 듯한 소리로 소라의 주위에 붉은 빛이 소용돌이쳤다.

“헤엑――헤엑―― 자, 자아, 이이, 이제 남은 거언, 시로 님이 소라 님의 가슴에 손을 대시기만 하면 돼요오! 렛츠고~ 그그, 그리고…… 비, 빈사지경인 제가 죽기 전에에, 체, 체액으을.”

――보아하니 정말 상당히 소모가 심한 마법인 모양이다. 하지만 소라와 시로의 체액을 위해서라면! 숨을 헐떡이며 플럼이 시로를 채근했다.

그리고 시로가, 소라의 가슴에 손을 대고, 조용히――중얼거렸다.

“……………………빠야…… 좋아해.”

――…….

――――…………응?

“……빠야…… 어, 어때……?”

조심스레 묻는 시로. 그러나 소라는 고개를 갸웃할 뿐.

“……아니, 어떻긴…….”

소라가, 시로를 바라본다―― 응…… 시로네.

여느 때처럼 초절미인. 자랑스러운 새하얀 머리카락에 보석 같은 눈을 가진, 귀여운 여동생이다.

"야, 플럼. 평소랑 똑같고 아무렇지도 않은데? 어떻게 된 거야."

약간 언짢은 투로 묻는 소라. 그러나 플럼이 피로를 견디며 대답——

"네에? 그, 그럴 리—— 아, 아~…… 그렇게 된 거였구나아아아……."

그리고—— 무언가를 깨달았는지 싱글싱글 웃음을 짓더니.

"그랬구나아…… 그래서 마법을 쓰도록 허락하신 거군요오? 헤에, 헤에~♪"

"……무슨 소리, 인지…… 모르, 겠어……."

시로가 무뚝뚝하게 시선을 돌리며 대답했다. 소라만 영문을 몰라 고개를 꼬아댈 뿐.

그러나 플럼은—— 오히려 가장 큰 수수께끼가 풀려 속이 시원하다는 얼굴로.

"그랬구나아. 그래서 여왕의 매료가 먹히지 않았던 거였군요오……. 헤에~ 헤에에에~♪"

이 세상에 있는 이상 정령의 영향을 받아야 하는데도 여왕에게 매료되지 않았다.

느낀 것을 곧 연애감정으로 설정하는 플럼의 마법으로도 인식이 변하지 않았다.

그것이 의미하는 바는——.

"야, 시로. 그게 무슨 소리야?"

유일하게 알아차리지 못하고 있는 소라. 그러나 시로도 딴전을 피웠다. 플럼도 거들었다.

"그, 글쎄요오. 전 제대~로, 약속대로 마법을 썼는걸요오. 아, 땀 부탁드려요오♪"

"……으, 으음, 뭐, 어쩔 수 없, 나?"

그렇게 말하며 손을 내미는 소라. 잘 먹겠습니다, 하고 외치며 달려드는 플럼.

——마법은 정말로 실행된 모양이다. 지금 플럼이 거짓말을 할 이유도 없다. 그러나 변화가 없다.

"……이건 뭐람. 난 마법을 써도 연애를 못 한다는 세계의 의지야?"

진저리를 치며 중얼거리는 소라. 그러나 시로는 대꾸하지 않는다.

"아하앙♡ 이거예요이거어! 아앙 역시 맛있어어어 왜 그럴까요오♡"

자신의 손등을 핥으며 소란을 떨어대는 변태를 내려다보며 소라는 냉정하게 묻는다.

"……야, 시로…… 사랑이란 뭘까."

"……글쎄……♪"

딴전을 피우며—— 살짝 볼을 붉게 물들인 시로가 중얼거렸다.

네버엔딩

"……야, 스테프. 사랑이란 뭘까."

"——아직도 그 얘기예요? 이젠 끝난 거 아닌——"

"나한테 딸이 생겼대."

"……………………네?"

……좋아, 침착하자.

스테프는 자신을 타일렀다.

여전히 격무에 시달리는 스테프의 집무실에서 느닷없이 나타난 소라와 시로, 그리고 지브릴.

그리고 느닷없이 소라가 입에 담은 말이 이것이었다.

……흐음, 과연.

침착해졌지만 아무것도 모르겠다.

"……정신은 멀쩡한가요?"

——그러자 곁에 있던 지브릴이 설명했다.

"세이렌은 다산하는 종족—— 그리고 여왕이라면 마스터의 머리카락 몇 가닥이면 후손을 만드는 것도 가능하겠지요. 여왕이 잠만 자지 않았으면 얼마나 편안히 살아갈 수 있는 종족이었는지가 여실히 드러나지 않습니까?"

그러나 두통을 참으며 말하는 스테프.

"……아니, 그런 문제가 아니고요…… 네? 딸?"

"근데 말야, 딸이라곤 해도 세이렌이니까 바다에서 못 나오잖아? 이쪽에서 갈 수밖에 없는데, 그 뭐냐…… 가야 하나 말아야 하나 고민스러워서——. 혹시 이게 부성애라는 걸까?"

——스테프는 기적을 눈앞에서 보고 있었다.

——동정남이 부성애에 눈을 뜬 모양이다.

"……갈 필요…… 없어……."

"아니, 그래도 내 딸인데?!"

"정확하게는 마스터의 머리카락에서 얻은 미미한 영혼을 여왕(라일라)이 합성하여 만든 그녀의 복제나 마찬가지이옵니다만…… 뭐, 그것이 세이렌의 '번식' 이기는 하지요."

그렇게 애매모호한 분위기에, 이즈나가 나타났다.

——입에 커다란 생선을—— 아니, 세이렌 소녀를 물고.

"……소라, 소라아, 어째 쬐끄만 세이렌이 찾아왔다, 요."

그리고 세이렌 소녀는 입을 열자마자 말했다.

"————아……빠……?"

——전류가 흘렀다.

"그래그래우리딸우쭈쭈쭈아빠커흑!"

달려들어 안으려던 소라가 시로의 블로우를 맞고 멈추었다.

"허어, 세이렌이 바다에서 나올 리가 없사옵니다만."

"그 플럼이란 놈도 왔다, 요."

"아아…… 담피르의 마법이었군요. 하오나 오랫동안 물에 넣지 않으면 죽을 텐데요."

"스테프! 얼른 수조! 아니다, 안뜰에 연못이 있었으니 그것도 괜찮으려나?!"

"뭐든 됐으니까 밖에서 해줄래요?! 일 좀 하게 내버려두세요!!"

소란스러운 집무실을 바라보며 지브릴이 혼자 조용히 생각했다.

여기에는 이마니티, 플뤼겔, 워비스트, 그리고── 세이렌과 담피르까지도 있다.

──다투려는 기색도 없이.

아즈릴도── 아반트헤임도 변하려 한다.

세상이, 모든 것이, 천천히, 그러나 확실하게.

'십조맹약' 이후── 아니, 그 이전에도 변하려 하지 않았지만 ── 무언가로.

자신의 두 주인을 중심으로──.

"두 분 마스터의 성전이 정말로 신화가 되는 날도…… 그리 머지않은 듯하옵니다."

지브릴은 조용히 고개를 끄덕이고 성전에── 소라와 시로

의 관찰일기에 덧붙였다.

——[illegible]년 [illegible]월 [illegible]일——마스터 동정수태하다—— 라고.

■ ■ ■

——엘븐가르드 수도, 닐바렌 저택.

"……또 내가 졌어."

필과 게임을 하던 크라미가 한숨을 쉬었다. 메모장을 꺼낸다.

"크라미, 요즘은 져도 분하게 여기질 않는 것 같네요오?"

"……왜 분하지 않겠어. 그러니까 이러고 있잖아."

부루퉁한 얼굴로 그렇게 주장하는 크라미가 메모하는 것은 패배한 이유.

예상할 수 있었는데도 하지 않았던 패턴과 대책을 기록한 그 메모장은.

소라와 존재 오셀로를 두었던 날로부터 보름 정도가 지난 지금, 이미 50권을 넘으려 했다.

——원래 이마니티가 마법을 사용하는 게임에서 엘프를 이기기란 불가능하다.

그렇다면—— 비정상적인 승리법을 알아내면 그만이다.

그런 각오를 드러내는 메모의 무더기에—— 필은 내심 크라미의 성장을 기뻐했다.

"——아, 크라미. 정보제공이 있어서 잠깐 타임이에요오."

그렇게 말하며 필이 이마의 젬을 건드렸다.

……타국의 '정령회랑 정보전달망(엘레멘탈 링커넷)'에서 방수한 것을 정보제공이라고 부르다니, 재치 있는 비아냥거림이라며 크라미는 쓴웃음을 지었지만,

필은 정보의 내용에 눈을 크게 떴다.

"……피이, 왜 그래? 긴급사태?"

"아, 그게 아니고요오…… 그냥, 좀 믿을 수 없는 정보라서……."

그리고 그 내용을 반신반의하며 이야기해주었다.

"소라 씨네가아, 오셴드—— 세이렌과 담피르를 에르키아 연방에 포섭했대요오."

——놀랄 일이냐고 묻는 크라미에게 필의 말이 이어졌다.

"그리고, 아반트헤임 '18익의회'도—— 에르키아 연방 가맹을 결의했다네요오."

——과연. 그 정도라면 놀랄 법하다고 크라미는 웃었다.

이로써 워비스트에 이어 세이렌, 담피르, 마침내 플뤼겔까지도 이마니티에게 항복한 셈이다.

무시무시한 속도로, 있을 수 없는 짓을 해낸 소라와 시로에게 당황하는 필. 그러나——.

"……예상보다 조금 빠른걸. 서둘러서 짐을 싸야겠어."

"……크라미, 이걸 알고 있었어요오?"

왜 정보를 공유하지 않았느냐고 서글프게 묻는 필. 하지만 크라미는 웃었다.

"그게 아니야, 피이. 예상이라고 했잖아? 그들의 전략은 '임기응변' 인걸."

——다만 모든 종족을 병합한다면, 늦든 이르든 그렇게 될 뿐.

"문제는—— 지나치게 이르다는 거지."

"……네, 그러네요오."

——그렇다. 지나치게 이르다——. 오셴드라면 무시할 수 있었을 것이다.

그러나 동부연합에 이어 아반트헤임까지도 병합했다면 이야기가 달라진다.

대국 하나와 상위종족 하나를 단기간에 병합.

——이제는 엘프(엘븐가르드)나 드워프(하덴펠) 같은 주요국가들이 방관을 멈추고, 본격적으로 경계를 시작할 것이다.

드디어 에르키아에 대한 공세가 시작될 터—— 그러나—— 문제는 없다.

"간신히 늦지는 않았어. 무리해서 서두른 보람이 있었던 것 아닐까?"

"저는 심하게 무리했다 싶은 지경인걸요오……?"

그렇게 말하면서 쓴웃음을 짓는 필도 짐을 꾸리기 시작했다.

"자. 가자, 피이. 한동안 못 돌아오겠지만——"

"후후, 정말로 이루어지면 세상이 확 뒤집어질 대 이벤트인데, 놓칠 수는 없지요오."

닐바렌 저택을 뒤로하고, 한동안 돌아오지 못할 길을 나란히 걸으며 필은 물었다.

"크라미, 그러고 보니 전에 말하지 않았던—— '한 가지 더' 가 뭐였나요오?"

필도 자기 나름대로 답을 내기는 했지만, 일부러 물어보았다.

"——거짓말을 하지 않는다는 거야. 자기 자신에게만은 절대로. 그러니까 그는 거짓말을 하지 않아."

다 알고 있다는 듯. 그저 확인을 위해 물었던 필이 웃었다.

——여기가 한계라고는, 고작 이 정도라고는 입이 찢어져도 말할 수 없다.

——인형(자신)에게 목숨을 불어넣어준 사람이 그 한계의 저 멀리, 높이 가고 있기에.

——자신에게 거짓말을 하는 것은 인간을 부정한다는 뜻이 되기에.

문득 플래시백한 '그' 의 지론에 쓴웃음을 지으며 크라미는 말했다.

"있지, 피이. 모든 만물에 통하는—— 목적을 달성하는 방법, 알아?"

"……네?"

"예측하고, 예상하고, 준비하고, 도전하고—— 그리고 실패하는 거야."

"……실패, 하는 거라고요오?"

"응. 실패한 이유를 검증하고, 대책을 세우고, 준비해 도전하고—— 또 실패하고.”
“…………”
“이걸—— 무한히 반복하면 불가능한 것은 이 세상에 없어.”
“……장절한 폭론이네요오…….”
말문이 막히다 못해 감명마저 느끼는 필에게 크라미도 고개를 끄덕였다.
“응. 그야말로 폭론—— 그래도 난 이 폭론이 꽤 마음에 들었어.”
불가능한 일은 없다.
그저 아직 해내지 못했을 뿐—— 남은 것은 수명(시간)과의 승부.
그러나 그 승부조차 세대를 초월해 맡길 수 있는 것이——이마니티(약자).
“나도—— 소라도. 초인이 아니거니와 천재도 아니야. 하지만 그럴 필요는 없어.”
그저 단순히——
“그렇게 되고자 하는 게 중요하지.”
“…….”
“우리의 무한한 실패가 뒤를 따르는 사람들의 발밑을 비추는—— 어둠 속의 등불이 되어줄 거야.”
그에게는—— 시로의. 자신에게는 피이의. 선왕의 끝없는 패배도.
나아가서는—— 모든 이마니티, 모든 종족의 등불이——분명히——.

문득 필은 크라미에게 그렇게까지 영향을 준 자에 대해 물었다.

"……크라미. 크라미에게 소라 씨는 어떤 사람인가요오?"

그 질문에 뇌리를 스친 것은—— 그가 보았던 세계. 그곳에서——.

"그는 플레이어이고자 했던 사람이야. 단순한 인형이기를 그만둔 사람."

——그리고 굳이 말하자면——

"언젠가 우리가 넘어설 사람——이랄까?"

그렇게 대담하게 단언하는 크라미에게, 필은 웃으며 손을 내밀었다.

■ ■ ■

동부연합 수도 '칸나가리' —— 미야시로.

달빛 아래 황금색 여우소녀와 하얀 초로의 수인—— 무녀와 하츠세 이노가 마주 보고 있었다.

정원의 연못 위에 걸린 다리의 난간에 앉은 무녀의 손에는 —— 워비스트의 피스.

—— '폰' 의 형태를 가진, 담담히 빛나는 피스를 만지작거리며 무녀가 말했다.

"……플레이어, 프레이어…… 인류어로 하면 발음이 같아서, 중의적인 의미가 된다 하더만."
즉—— 'Player(도전하는 자)' 냐, 'Prayer(기도하는 자)' 냐.
자신의 의지에 따라 앞으로 나아가고—— 미지를 개척하고, 미래로 도전하는 자와.
타인의 의지에 따라 눈을 감은 채로—— 미지에 등을 돌리고, 미래를 맡기는 자.
"하츠세 이노. 사실은 내, 느그를 버려야 한다고 판단했다."
그 말에 미안함은 없었다. 그럴 자격도 없다고, 무녀는 의연히 말했다.
"그랬으믄 느그 하나 희생해, 담피르랑 세이렌을 피폐시켜서 아무 위험도 없이 장악할 수 있었제."
"……예, 잘 알고 있습니다."
——이노가 소라라는 사내를 모르겠다고 생각한 이유가 바로 그것이었다.
어떻게 자신은 살아날 수 있었는가.
무녀의 의도를, 하츠세 이노는 충분하고도 남을 정도로 이해했으며, 그곳에서 죽을 각오를 했다.
그렇기에 알 수 없었다—— 소라라는 사내를 이해할 수 없었다.

"——확실히 그 게임은 이겼제. 캐도, 애초에 필요가 없는 게임이었다."
——너무나도 하찮은 게임. 너무나도 하찮은 결말.

그러나 잘못 나섰더라면 동부연합도 에르키아도 큰 타격을 입었을 게임이었다.

최악의 경우——플럼이 획책했던 대로 이마니티가 돌이킬 수 없는 손해를 입었을 가능성도 있다.

"필요도 없는 위험성이었데. 그래도 개들이 그 게임에 도전했던 건 말이다."

아마도 들었던 것 이상의 이유가 있으리라고 생각하는 이노. 그러나.

방울을 굴리는 듯한 무녀의 웃음소리가 말했다.

"……하츠세 이즈나랑 '약속' 해서라 그러드마. 느그를 구하겠다고 말이제."

이노는 어이가 없었다. ——그런 것 때문에, 종의 존망까지 걸었단 말인가?

"마, 천성이 게이머라 부전승을 벨로 안 좋아하는 것도 있었겠지만스도."

——그러나.

"정리해보면 빙신 같은 게임, 캐도 이마니티는 담피르의 먹이가 될 뻔했다. 소라 씨네는 그걸 역으로 이용한 셈인데…… 역으로 이용한 만큼 위험성은 각오해야 하는 거 아이가?"

"…………."

"하츠세 이노, 니는 그 소라 씨란 남자를 어떻게 보노?"

"……솔직히 말씀드리자면, 모르겠습니다."

고개를 조아리는 이노. 그러나 무녀는 그럴 거라면서 깔깔 웃었다.

"——소라 씨는 야바위꾼에 사기꾼이지만—— 거짓말은 안 한다. 아니, 몬 한다. 아마도. 자기한테 거짓말을 할 수 있으면, 마 훨씬 알기 쉬운 악당이 됐겠제."

소라가 이 세상에 오기 전에는 어떤 인물이었는지, 무녀는 전혀 알지 못한다.

그러나 참으로 살기 힘들었으리라고, 소라와 시로를 새삼 가까이에서 관찰하며 생각했다.

근거는 없다. 굳이 들자면 워비스트의, 또한 경험에서 나오는 감이라고 할 수밖에.

그러나—— 어째서인지 확신이 있었다.

왜 소라만큼 밀당에 탁월한 자가 현실에서 연애를 하지 못했는가—— 그것은.

자신에게 거짓말을 못하기 때문이다.

자신에게 거짓말을 못하는 이상—— 좋아하지도 않는 여성에게 좋아한다고 말하지 못하기 때문이다.

그렇다면—— 왜 원래 세계에 미련이 없는지가 참으로 흥미롭지만—— 그것은 아마도.

유일하게 좋아하는 소녀를 인정하지 않는 세계를—— 인정할 수 없었기 때문이리라.

——그것만은 세계를 적으로 돌려도 절대 불가능했으리라.

"그러니까…… 내도 이제는 단디 각오를 할라 카는데——하츠세 이노."

그렇게 대담하게 웃는 무녀의 얼굴에는—— 오랫동안 이노가 보지 못했던 것이 있었다.

"내도 버릴라 캤던 느그를, 버리지 않고 자신을 관철한 남자를—— 믿어볼 마음은 있나?"

그 질문에 이노는 고개를 조아리고 공손히 대답했다.

"——당신이, 다시 한 번 꿈을 꿀 수 있다면. 다시 한 번 꿈을 보여준다면."

그 말에 무녀는 웃으며, 워비스트의 피스를—— 빛으로 엮은 듯한 폰을.

손가락으로 튕겨 허공에 날렸다.

"——소라 씨, 함 보여도고. 내가 다 꾸었던 꿈, 그다음을."

단순한 피스가—— 보드 위를 뛰쳐나가 플레이어가 될 수 있다고.

한번은 꿈꾸었으며, 그리고 꺾였던 꿈의 끝—— 끝 따위 없다는 꿈을——.

【끝】

후기

——모월 모일 모 애니메이션 스튜디오 회의실.

닳을 정도로 읽었던 원작 소설을 손에 들고, 감독은 MF(원작 사이드) 진영에게 물었다.

"……어—, 여기 이 설정은 어떻게 되는 거죠?"

원작 사이드의 시선이 일제히—— 간식이 맛있다며 감동하던 카미야에게 쏠렸다.

시선을 느끼고 갑작스러운 질문에 사레들리면서도 카미야는 가슴을 펴고 대답했다.

"훗, **아직 안 정했어요**!!"——라고.

그 자리에 있던 일동의 싸늘한 시선을 비처럼 뒤집어쓰며, 그래도 카미야는 팔을 벌리고 말을 이었다.

"처음부터 전부 정해놓으면 거기 따라서 쓸 수밖에 없잖아요! 임기응변으로 가장 효과적이면서도 가장 재미있는 형태로 독자에게 제시해야 비로소 '엔터테인먼트'가 아닐까요?!"

그러나 진지한 얼굴로 그렇게 단언하는 카미야에게 감독은 오히려—— 대담하게 웃으며 고개를 끄덕였다.

"다시 말해 노 게임 · 노 라이프는—— '블러프가 전부'라는 저의 해석은?"

"완전무결한 정답!! 블러프와 똥배짱이면 이 세상은 전부 어떻게든 되죠!!"

"훗…… 네놈, 이름을 들어두도록 할까."

"카미야 유우입니다. 간식 정말 맛있네요(우물우물)."

"마음에 들었다, 카미야. 네놈과는 좋은 술자리를 함께 할 수 있겠군."

무언가 서로 통한 것이 있었는지 굳게 악수를 나누는 두 사람을, 담당편집자는 아연실색한 얼굴로 바라보고 있었다…….

――는 일이 있었다나 없었다나.

"한 페이지 꼬박 들여서 거짓말하지 마세요."

아니, 맥락은 틀리지 않았잖아요.

고유명사를 꺼내지 않고 애니메이션 선전을 하라고 말씀하셨던 건 담당[그쪽]님이고요?

뭐, 어조에서 성격까지 전부 감춰놓았으니 대사는 모조리 픽션이지만요.

"그게 픽션이면 맥락이 통째로 픽션이 되지 않나요?"

(무시) 훗, 그 감독…… 보통이 아니었어요.

올라오는 자료가 모조리 블러프 풀스로틀이라, 원작자인 제 상상마저 초월해버렸으니 말이죠.

뭐, 그걸 만화책으로 만들라는 소리라도 듣는다면 64fps로 도망치겠지만요.

──자, 담당 S, 가 아니라 어묵판을 너무 좋아한 나머지 MF에 입사한 '어묵판' 씨.

은근슬쩍 애니메이션 선전을 하라고 지정하셨던 건 이 정도면 되겠지요?

"전혀 은근슬쩍이 아닌 점만 제외하면 괜찮겠네요(활짝 웃으며)."

그럼 다시. 오랜만입니다, 카미야 유우입니다.

어떻게든 무사히, 기적적으로, 5권을 간행할 수 있어 가슴을 쓸어내리고 있습니다.

"여전히 마감이 끔찍했지만요."

아, 그 점에 대해서는 말이죠, 경악할 사실을 전달해드리려고 하는데요.

인간이란, 소설과 일러스트와 만화와 회의를 동시에는 하지 못한다는 거 아시나요?

"그건 뭐, 당연하지 않을까요?"

흠. 그러면 그 근거에 따라 저의 스케줄을 잠깐 봐 주시지요.

──어떤가요. 뭔가 이상한 점이 없나요?

"소설과 일러스트와 만화와 애니메이션 관련 안건이 드글드글 겹쳤네요. 근데요?"

…………

독자 여러분은 이미 이해하셨으리라 생각합니다만.

무엇이 신기하냐 하면, 바로 이 5권을 간행할 수 있었다는 점이랍니다.
“야~ 세상은 미지로 넘쳐나는군요.”
네, 모든 기지를 뒤집어엎는 매일이라 나날이 충실하지요. (싸늘한 눈)

——자, ‘노 게임 · 노 라이프’ 5권은 어떠셨는지요.
애니메이션 기획도 시작되었고, 게다가 저 카미야 유우와 히이라기 마시로가 합작으로 그리는 ‘노 게임 · 노 라이프 코믹스’ 1권도 동시에 발매되었으니 부디 그쪽도 함께 사 주셔서 양쪽 모두 즐겨주시기를 바랄 뿐입니다.
마지막으로 이 자리를 빌어 어묵판 이외의 각 관계자들께 깊은 감사를.
“에? 왜 저만 제외하나요?!”
이거요, 이거. *올해 안으로 6권 원고를 내놓으라고 하는 광기의 메일.
“네~? 카미야 씨라면 할 수 있다니깐요. 포기하시다니 어울리지않ㄱ

* 노 게임 · 노 라이프 5권이 일본에서 발매된 것은 2013년 11월 말.

가장 새로운(현재) 신화로 이어지는,
가장 오래된(과거) 신화――이 세계의
'플레이어' 들이 제시해야 할 것을 제시한
첫 두 사람의, 시작 이야기――

『노 게임 · 노 라이프 6』
냉큼 내놓으라고 편집자에게 위협당하며 집필 중!

하늘을 가르고 땅을 찢은, 별을 죽이는 대전……
그런 세계를 '게임' 이라고 단언했던 이마니티와
그의 곁에 함께 있었던 엑스마키나——

기억에도 기록에도 남지 않았기에
전설도 되지 못했던 역사,
그래도 '나' 만은 잊지 않는 신화——

역자후기

혹시나 모르시는 분들이 있을까봐 말씀드리는데,
저는 게임을 무지무지 좋아합니다. (……)

안녕하세요, 역자입니다.
아반트헤임 상공처럼 스포일러의 탄막이 쏟아져내리는 후기이므로, 아직 본문을 읽지 않으신 분들은 BOMB 버튼을 누른 후 1페이지로 돌아가주시기 바랍니다.

충격적인 커밍아웃으로 시작하는 역자후기입니다만, 아무튼 저는 게임을 사랑합니다.
분야도 거의 가리지 않습니다. 가장 많이 플레이하는 장르는 역시 반복노가다가 충실한 RPG와 액션 어드벤처입니다만, 시뮬레이션이나 경파 액션도 좋아합니다. 3D 멀미가 있기는 하지만 FPS도 가끔 손댑니다. 퍼즐, 환장합니다. 물론 일본식 텍스트 어드벤처도 좋아하고요, 빨간 딱지가 붙으면 더 좋습니다.
그런데 유일하게 건드리지 못하는 장르가 있으니, 바로 슈팅입니다. 옛날옛날 오락실에서 무서운 형들이 담배 피던 시절에는 슈팅도 곧잘 즐겼습니다만, 요즘처럼 탄막으로 기하학적인 전위예술을 하는 슈팅게임들은 일반인의 반사신경과 동체시력을 훨씬 밑도는 저로서는 도저히 감당할 수가 없습니다. 그러다 보니 본문에도 나왔던 도돈파치 시리즈라든가 동방 시리즈 같은 작품은 지식으로밖에 접하지 못했음을 미리 밝혀 드립니다. 제 인생 마지막 슈팅은 이카루가였어요…….

이런 이야기를 왜 하느냐 하면, 이번 5권의 메인 게임이 바로 '슈팅' 이었기 때문이지요. 네.

'노 게임 노 라이프' 는 소라와 시로의 치밀한 전략과 수읽기, 밀당 또한 '게임' 입니다만, 역시 라이트노벨 독자 여러분에게 익숙한 비디오게임이나 PC 게임의 요소가 다분히 녹아 있는 '메인 게임' 을 현실에서 플레이하는 경우가 많습니다. 1권의 전략 시뮬레이션, 3권의 FPS, 4권의 연애 시뮬레이션이 그렇다고 할 수 있겠지요. 그리고 이번이 바로 슈팅이었습니다. 그것도 탄막계…….

……다른 의미에서 소라와 시로가 정말 위대해 보였습니다. 레알 슈팅게임이라니. 그것도 소라가 말했듯 난이도는 도돈파치 수준. 인터넷에서 검색해보고 동영상을 찾아보았습니다만, 소라가 언급한 '진 히바치 카이' 는 도돈파치 대왕생의 플레이스테이션 2 버전에 등장하는 진정한 최종보스라고 합니다. 이놈을 만나기 위한 조건만 열거해도 역자후기 분량이 두

배로 늘어날 것 같으니 다 쓰지는 못하겠지만, 아무튼 이 게임이 발매되고 7년 이상이 지나도록 클리어한 사람이 없었다니 말 다했지요. 그동안 희생된 인류에게 묵념을.

사실 이번 5권의 테마는 지브릴과 아즈릴의 대화에서도 드러나듯 '완전함의 불완전함, 불완전함의 완전함' 이 아닐까 합니다만, 이 장대한 탄막 슈팅을 해결한 시점에서 소라와 시로는 그냥 완전체인 것 같았습니다. 하아……. 오랜만에 슈팅게임도 해보고 싶어지네요. 물론 금방 좌절하고 패드를 집어던질 것 같습니다만. 그러고보니 스팀에 이카루가가 들어왔던데 말이죠…….

……라곤 해도 다음 마감이 또 기다리고 있어서 아마 당분간은 게임을 하기 힘들 것 같습니다만(한숨).

그럼 저는 다음 권에서 뵙겠습니다.

2014년 3월

김완

노 게임 · 노 라이프 5
게이머 남매는 무쌍으로 뉴 게임이 싫다는데요

2024년 05월 30일 제2판 인쇄
2024년 06월 10일 제1쇄 발행

지음 카미야 유우 | **일러스트** 카미야 유우

옮김 김완

발행 영상출판미디어(주)
등록번호 제 2002-000003호
주소 07551 서울특별시 강서구 양천로 570 NH서울타워 19층
대표전화 02-2013-5665

ISBN 978-11-5627-846-7
ISBN 979-89-6730-597-0 (세트)

NO GAME · NO LIFE 5

노블엔진(NOVEL ENGINE)은 영상출판미디어(주)의 라이트노벨 및 관련서적 브랜드입니다.

카미야 유우 관련작 리스트

노 게임 · 노 라이프 1~12
노 게임 · 노 라이프 프랙티컬 워게임

[만화 시리즈]
노 게임 · 노 라이프 1~2
· 만화 : 히이라기 마시로

노 게임 · 노 라이프, 예요! 1~4 (완)
· 만화 : 유이자키 카즈야

[기타 단행본 서적]
노 게임 · 노 라이프 카미야 유우 Art Works